L'Or de Jérusalem

De la même auteure

Une étrange rencontre, Les Éditions du Cerf, 2017.
M.O. Modus operandi, tome I : *La secte du Serpent*, Denoël, 2019.
Un fauve dans Rome, Flammarion 2022 ; J'ai lu, 2024.

Nathalie Cohen

L'Or de Jérusalem

roman

Flammarion

Pour l'écriture de ce livre, l'auteure a bénéficié d'une aide du Centre national du livre.

ISBN : 978-2-0804-2045-9

Pour Monique Alexandre
et Mireille Hadas-Lebel.

À mon père, Rémi-Rahamine Cohen, Z''L,
que j'ai vu lire et relire Flavius Josèphe
quand j'étais enfant.

« Jérusalem d'or,
De bronze et de lumière,
De tous tes chants
Je suis la lyre »

Naomie Shemer

Province de Judée au Ier siècle

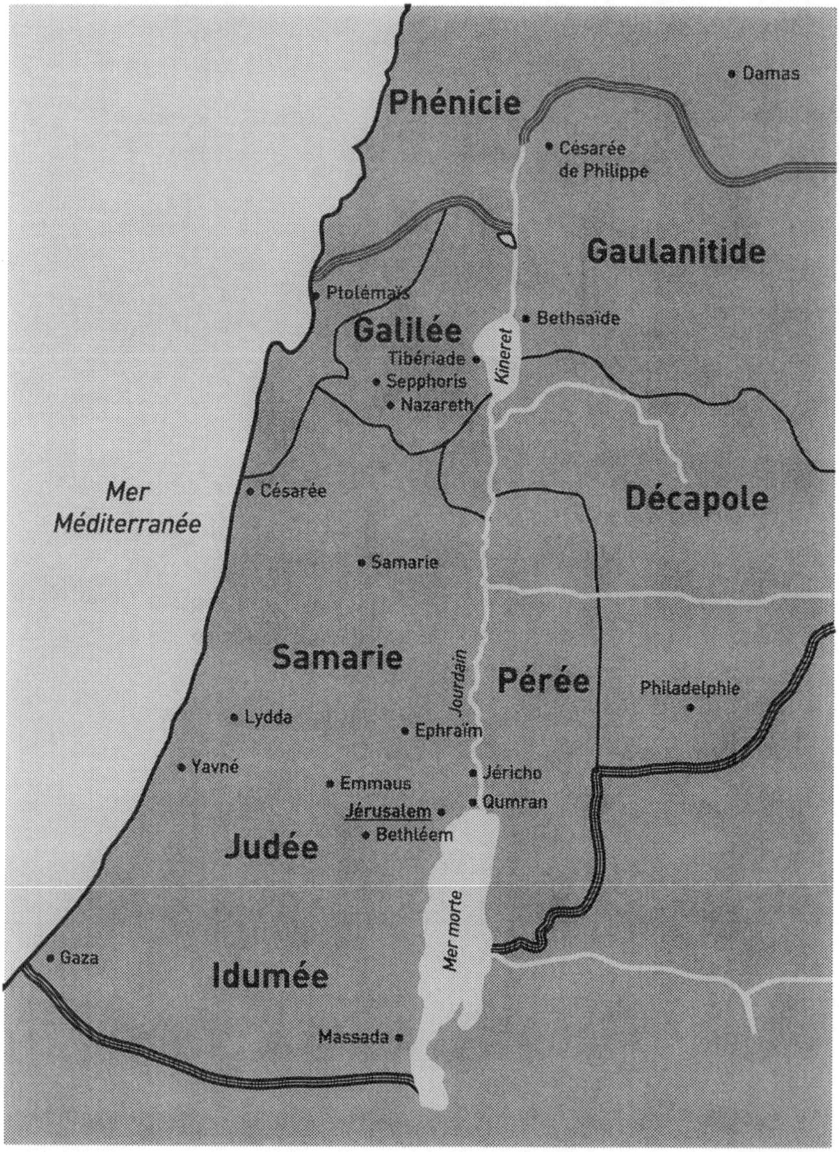

Frontière du pays des Juifs au Ier siécle de l'ère chrétienne

Ce récit commence en 66, deux ans avant la fin du règne de l'empereur Néron, le dernier des Julio-Claudiens (descendants de César et de Marc Antoine).

À cette époque, l'Empire romain compte environ 60 millions d'habitants et s'étend sur presque 4,5 millions de kilomètres carrés. Il comprend l'Europe en deçà du Rhin et du Danube, l'Asie Mineure jusqu'aux rives de la mer Noire, la Syrie, la Judée, l'ouest de l'Arabie, l'Égypte, la Libye et l'Afrique du Nord. Toutes ces régions ont le statut de provinces : elles sont soumises à Rome et sont administrées par des fonctionnaires impériaux, gouverneurs, procurateurs ou préfets, chargés des impôts, des travaux et de la justice.

Les cultes y sont variés, polythéistes et souvent syncrétistes, à l'exclusion du judaïsme qui pratique le monothéisme et ne possède aucune statue de son Dieu, ce qui est perçu comme une bizarrerie par les autres. Mais, malgré ce statut d'étrangeté, cette religion, porteuse du Décalogue et du repos chabatique, fait de nombreux sympathisants et adeptes, notamment chez les femmes, les esclaves et les affranchis. Certains historiens considèrent même qu'au Ier siècle de notre ère, un habitant sur six « judaïsait » au sein de l'Empire, bien au-delà du pays des Juifs, appelé Judée.

En réalité, l'appellation Judée est une métonymie pour désigner l'ensemble du territoire habité par les Juifs, et que le roi Agrippa Ier (mort en 44) fut le dernier à diriger intégralement : Galilée, Gaulanitide, Décapole, Pérée, Samarie, Judée et Idumée. Ses enfants, Agrippa II et Bérénice, ne régneront que sur un nombre plus restreint de cités, situées dans le Golan, la Pérée, la Décapole et la Galilée. Ils garderont aussi la responsabilité de l'administration du culte dans le Temple de Jérusalem. Quant au reste du pays, il est aux mains de Gessius Florus, un procurateur véreux installé dans la ville portuaire de Césarée.

En l'an 66, la douzième année du règne de Néron, une révolte éclate, sous l'effet des exactions de Florus qui pille les lieux sacrés, taxe et crucifie la population. Des rebelles galiléens, suivis par de jeunes prêtres de Jérusalem, se soulèvent à la fois pour des motifs religieux, sociaux et économiques. Nombre de petits paysans ruinés et de travailleurs journaliers finiront par les suivre.

Mesures, Monnaie, Poids

Stade : 180 mètres
Coudée : 0,45 mètre
Pied : 0,30 mètre

Sesterce : 0,76 euro (environ)
3 sesterces = 1 drachme : 2,30 euros (à titre indicatif, c'est à peu près le prix de 6,5 kilos de blé à Rome)
Mine : 100 drachmes
Talent : 6 0000 drachmes

Talent : 17 kilos

Partie I

La province de Judée

I

Le voyage

Rome, ides de mars 66

La vestale Gaïa Cornelia promena ses paumes tout autour d'elle, avant de comprendre qu'elle s'était réveillée dans l'obscurité d'un cercueil.

Plusieurs fois, elle tenta de s'asseoir ou de se retourner, mais elle ne parvint qu'à s'essouffler davantage. La boîte était trop glissante et étroite. Elle posa alors la main sur son cou pour s'assurer qu'un peu d'air tiède passait bien le long de sa gorge, et resta quelques instants à sentir le léger souffle qui sortait de sa bouche entrouverte. Soudain elle eut une quinte de toux ; prise de panique, elle repoussa le lourd couvercle métallique avec toute la force que lui permettait la détente de ses bras. Grâce au dieu, il y avait du jeu ! Un jeu minuscule, mais suffisant pour laisser entrer un mince filet de l'extérieur. Elle s'efforça alors de reprendre une respiration régulière pour se calmer. Alcibiades était médecin ; il savait ce qu'il faisait. Et le souvenir des dernières paroles du vieil homme affleura à sa mémoire :

Tu vas mourir ce soir, Gaïa mea…

Il lui avait tendu ensuite une petite fiole de verre en forme de datte, qui contenait un mélange repoussant de matières organiques rouges, blanches et sombres. Elle avait reculé quand il lui avait demandé d'en appliquer le contenu sur son corps pour simuler les symptômes de la peste. Le médecin des armées ordonna ensuite qu'on aille chercher les prétoriens qui montaient la garde devant le sanctuaire, et puis, plus rien… elle avait sombré dans un sommeil profond. La suite, elle ne pouvait que la deviner.

Alcibiades avait dû la déclarer officiellement contagieuse et la placer dans ce sarcophage recouvert de plomb sous prétexte de l'enterrer rapidement à l'extérieur de Rome. Depuis combien de temps y était-elle enfermée ? Des heures… Ça bougeait ; son oreille identifia le bruit de sabots d'un cheval : elle était dans un charriot. Plût au dieu qu'il se dirige bien vers le port d'Ostie ! Elle percevait maintenant le grincement des roues et ressentait les secousses douloureuses le long de sa colonne vertébrale, au fur et à mesure que l'attelage prenait de la vitesse sur les nombreux cailloux qui jonchaient la route mal entretenue.

Elle essuya la sueur autour de ses paupières. Il lui faudrait tenir jusqu'au port. Alors, pour se donner de la force, elle repensa aux rares moments de bonheur avec Marcus et leur fils, et anticipa ceux qu'elle aurait quand elle les retrouverait bientôt, en Galilée. Alexander avait quatre ans maintenant. Elle tenta de l'imaginer, courant dans le jardin d'une petite maison, au milieu d'une végétation en fleurs. Il avait dû bien changer… Avait-il conservé ses grands yeux noirs et ses boucles châtain clair ?

Elle sourit à l'image de son bébé si gracieux, et s'apaisa un temps.

Mais les mauvais souvenirs de ces dernières années revinrent lui hanter l'esprit. C'était à sa demande que Marcus avait quitté Rome avec le petit, juste après cet horrible incendie qui avait ravagé la Ville aux trois quarts, il y avait bientôt deux ans. Le jour de leur départ, elle les avait croisés, là, sur une route où l'on crucifiait des hommes accusés d'avoir mis le feu à Rome. Elle pensa à cette femme brune qui les accompagnait et qui tenait l'enfant dans ses bras comme si c'était le sien. Elle aurait tellement voulu les suivre… Mais Néron et ses acolytes l'avaient à l'œil, elle, la grande vestale, gardienne faussement chaste du feu sacré qui garantissait la stabilité de Rome. Son visage exprima un rictus de douleur, et des larmes d'amertume se mêlèrent à la sueur qui lui glissait sur les joues. L'empereur voulait qu'elle endosse le costume de grande vestale, garante de la piété de Rome, mais c'était un immonde hypocrite. Elle pensa à cette nuit de Saturnales où ce monstre l'avait salie, invité par son propre frère. Elle revoyait cette pièce sombre aux murs rouge sang, où Néron l'avait entraînée pour la violer à plusieurs reprises, proclamant à ses compagnons de débauche qu'il désirait « pénétrer les choses sacrées de l'intérieur ».

Gaïa eut un haut-le-cœur dans la moiteur du cercueil.

Ce viol impérial n'était-il pas une punition envoyée par la déesse Vesta pour avoir, quelques jours auparavant, rompu ses vœux de chasteté par amour pour Marcus ? Mais non, Vesta n'existait sûrement pas… Depuis quelques années, Gaïa n'y croyait plus. Elle s'était plus ou moins convertie au dieu des Juifs, ces gens qui habitaient sur la rive droite du Tibre, et dont elle appréciait la morale généreuse. Des larmes lui glissèrent plus bas sur le visage pour aller mourir dans sa nuque. Marcus faisait partie de ce peuple, même s'il n'en parlait jamais. Il était aussi le chef des vigiles de Rome, loyal, fort et courageux. Elle l'avait aimé dès le premier regard. Pendant des années, ils ne s'étaient pas touchés, ni même frôlés, ni même regardés franchement dans les yeux, et puis un jour… Alexander, leur fils, était né de cet amour dans le plus grand secret. Mais après l'incendie, alors que la maternité sacrilège de Gaïa risquait d'être découverte, elle avait supplié Marcus de quitter Rome avec l'enfant. Elle soupira. L'homme qu'elle aimait lui avait juré de revenir la chercher dès que possible, mais les événements l'en empêchèrent. Six mois plus tard, Néron apprenait que nombre de sénateurs avaient ourdi un coup d'État contre lui. La répression fut sanglante et systématique. Tous les amis proches de Marcus furent exécutés ou poussés au suicide. Et Gaïa avait commencé à penser que l'ancien chef des vigiles risquait trop gros et que, contrairement à sa promesse, il ne reviendrait plus la chercher. Alors, elle avait rempli son rôle de prêtresse de Vesta, à la façon d'une morte vivante, attendant la nuit pour donner libre cours à sa peine.

Jusqu'à hier soir.

Soudain l'attelage roula sur une pierre plus grosse que les autres, et la tête de la vestale heurta brutalement un coin de la boîte. Le conducteur arrêta les chevaux. Une conversation violente semblait s'engager entre deux individus. Elle en identifia des bribes et quelques jurons à travers les parois du sarcophage.

— … pestilence… contagieuse… bien fermer par Hadès !

Elle réalisa qu'on chauffait le dessus du cercueil… Est-ce qu'ils étaient en train de l'ouvrir ou de le sceller ? Prise de panique, elle déploya les bras et repoussa le couvercle. Il ne bougea plus d'un iota. Elle força encore plus fort avec le plat de ses mains, gonflant ses poumons d'air chaud et vicié. Pas le moindre jeu de charnière… Les monstres ! Ceux qui la transportaient l'avaient enfermée pour de bon ! Comment Alcibiades avait-il pu leur faire confiance ? Gaïa poussa un hurlement et se mit à frapper sur le caisson couvert de métal avec ses genoux et ses poings. Mais le charriot se remit en marche ; le cheval poursuivait sa route d'un pas régulier. Elle se débattit encore un temps, puis renonça, épuisée. Lutter ne servirait à rien. L'air se raréfiait ; elle ne prit même plus la peine de chasser la sueur qui lui brûlait les yeux. Une toux aiguë lui enflamma la gorge et les poumons. Ça ne serait plus très long. Elle mourrait bientôt par asphyxie. Elle ouvrit la bouche de plus en plus fort pour rechercher sa respiration…

Il lui sembla que le couvercle de plomb s'écrasait peu à peu sur sa cage thoracique. Les poumons en feu, elle perdit connaissance.

II

Un maître d'école à Césarée

Césarée de Galilée,
cinq jours après les ides d'avril 66

Dès le lever du soleil, l'air chaud se répandait partout, lourd et humide, sur la ville de Césarée. Marcus s'épongea le visage avec le coin de son drap. Le printemps ici valait bien l'été à Rome. La femme brune assoupie à ses côtés s'était découverte, et il suivit du doigt la courbe de son dos humide. Elle tourna la tête vers lui et plissa ses yeux de chat.

— Embrasse-moi, juste une dernière fois…

Il s'exécuta, puis s'extirpa du lit, vaguement soulagé. Cette histoire devait s'arrêter. Mégara était une vieille amie qui était revenue vers lui pour l'aider à fuir Rome avec le petit, et pour se racheter d'une action qu'elle regrettait. Elle l'avait suivi jusqu'ici, et ils s'étaient adaptés ensemble à cette terre étrangère. Ça les avait rapprochés. Marcus soupira tristement devant sa faiblesse. La jeune femme ne devait plus dormir chez lui depuis les calendes de mars ; elle était toujours là en avril. Et il attendait Gaïa d'un jour à l'autre.

Après quelques ablutions dans la bassine de terre au pied de son lit, il entra dans la chambre voisine, où son fils dormait à poings fermés, auréolé de ses boucles couleur de feu. Il sourit en pensant à Achille, le guerrier roux de l'*Iliade* que le gosse aimait tant. Il connaissait bien Homère, déjà, à quatre ans. Rien d'étonnant, puisqu'il l'accompagnait tous les jours en classe. L'ancien tribun des vigiles de Rome souleva l'enfant encore assoupi, l'enveloppa dans le drap de toile beige qui lui servait de couverture et le posa à califourchon sur ses épaules. Les passants matinaux avaient pris l'habitude de voir circuler ce colosse barbu aux yeux vairons à travers les ruelles ombragées, portant son fils sur ses épaules, comme l'Hermès des bergers avec son agneau. Marcus salua quelques connaissances d'un mouvement de tête, et gagna la basilique face au sanctuaire d'Auguste, avant de gagner l'autre côté du forum, non loin du grand cirque, en direction d'une petite échoppe où il faisait la leçon quotidienne à des enfants de moins de dix ans. Il soupira, contrarié : il était en retard. Une quinzaine d'élèves l'attendaient déjà devant la porte, en compagnie des esclaves pédagogues porteurs de tablettes. Marcus actionna le battant, déposa son fils encore endormi sur la petite chaise contre le mur, et les fit entrer dans la pièce tiède aux volets clos.

— Magister, j'ai appris les cinquante premiers vers de l'*Odyssée* par cœur, comme tu nous as demandé !

— C'est… C'est vrai Jas… Jason ? A… Alors, lance-toi.

Marcus tenta de fixer son attention sur la voix fluette qui célébrait les exploits du « héros aux mille tours », mais son esprit vagabondait dans son propre passé. Il sourit avec amertume. Comme Ulysse, il avait dû rompre avec la vie militaire pour redevenir un simple particulier, payé à peine soixante sesterces au mois. Heureusement qu'il avait des économies. De premier tribun des vigiles à Rome, il s'était converti en maître d'école ici, à Césarée, parce que son bégaiement disparaissait lorsqu'il disait des vers, et que les enseignants n'attiraient pas l'attention. C'était souvent des affranchis d'origine grecque, qui s'établissaient comme professeurs dans les grandes villes, en fonction de la demande des parents. Il hocha la tête. Avec son accent grec et sa connaissance des classiques, personne ne s'étonnerait jamais de sa présence ici.

L'élève avait fini de réciter, et Alexander, qui se réveillait peu à peu, réclama la parole.

— Par Zeus, tu es trop petit !

— Zuste un tout p'tit peu, papa !

Marcus le laissa chanter quelques vers de son épisode préféré, toujours le même, qu'il répétait à l'envi, quand Ulysse ruse avec le Cyclope. L'ancien vigile sourit. Le petit était doué. Il savait lire, déjà, et possédait le sens du rythme. À cet instant, Marcus ne sut pas pourquoi, mais il pensa à Néron. C'était peut-être à cause des hexamètres homériques. L'empereur préparait, paraît-il, une grande tournée en Grèce. Les différentes cités avaient à cette occasion regroupé l'ensemble de leurs jeux sur une année, histoire de lui faire remporter tous les prix d'un coup. Son visage se teinta de haine et de mépris. Le prince se vivait comme un histrion, le plus grand artiste que la terre ait porté, et il entraînait la cour dans son délire. Que deviendrait Rome avec un maître pareil ? Il serra les poings sur son bureau. Ça n'était plus son affaire ; son affaire à présent, c'était d'accueillir Gaïa dans de bonnes conditions. Alcibiades avait profité des préparatifs pour les jeux grecs et de l'agitation ambiante à Rome pour la faire embarquer à Ostie.

Marcus reprit le fil de la leçon, et demanda aux élèves d'écrire leurs quatre vers préférés. Puis il passa dans les rangs pour corriger les fautes d'accord, jetant un œil discret vers la fenêtre pour consulter le cadran solaire de la place centrale. L'heure de midi approchait. Les pédagogues étaient partis boire un coup pendant la classe. Ils se présentèrent en sueur dans leurs tuniques de laine malodorantes, devenues trop chaudes pour la saison. Chacun d'eux prit en charge un élève, et l'ancien vigile se mit en route vers la mer, son fils sur les épaules.

Au bout de la grande digue qui dominait les flots, ils admirèrent l'étendue apaisée que l'ancien roi Hérode avait gagnée sur le rivage houleux. Ils arrivèrent ensuite sur le port, face à deux immenses bassins entourés de brise-lames en béton, construits pour accueillir des centaines de navires dans leurs eaux profondes. Le petit Alexander demanda à s'approcher du Druséion, la tour colossale qui servait de phare aux embarcations. Marcus le coiffa d'une casquette en cuir délavé, et le fit déambuler à l'ombre des échoppes où les marins buvaient frais, protégés par les auvents qui se déployaient le long du cercle portuaire. Son regard vairon fit rapidement le tour des embarcadères. Avec l'habitude, il était devenu capable de repérer les vaisseaux nouvellement arrivés et de déceler l'origine de leurs équipages, rien qu'à leur accent. Aucun nouveau navire à l'horizon pour aujourd'hui. Il fronça les sourcils, contrarié, et tapa du pied contre un fragment de rocher gris qu'il envoya dans l'eau. L'odeur du goudron qui imperméabilisait les cales lui montait à la tête. Où était-elle passée ? Et s'il lui était arrivé quelque chose ? Il s'en voudrait toute sa vie. Alcibiades lui avait pourtant écrit qu'elle avait effectivement embarqué à Ostie. On n'était qu'en avril ; la mer pouvait être mauvaise et le trafic ralenti. Pourtant le courrier de son vieil ami, lui aussi acheminé par bateau, lui était parvenu en quinze jours à peine...

Quand ils atteignirent l'extrémité du bassin, Marcus laissa le petit déambuler et admirer les bateaux. Il s'apprêtait à rebrousser chemin quand il vit un vaisseau marchand entrer, toutes voiles baissées dans le canal. Le pilote, coiffé d'une sorte de bonnet phrygien rouge, donnait aux rameurs ses ordres de manœuvre en grec. Le cœur de l'ancien vigile se mit à battre plus vite. C'est alors qu'il l'aperçut, avec long voile clair ; il eut l'impression qu'elle leur faisait un signe, debout sur le pont. Les mains tremblantes, il déposa Alexander à ses pieds et le prit doucement par la main avant de se diriger vers l'embarcadère. L'homme au bonnet rouge fit amarrer le vaisseau avec une étonnante rapidité. Puis, précédant la femme, il l'aida à marcher le long de la planche en bois vermoulu qui menait à la terre ferme.

Une minute plus tard, à peine, Marcus et Gaïa se retrouvaient face à face. Ils restèrent là, à se fixer l'un l'autre pendant de longues secondes, sans trouver quoi dire, abêtis par le dénouement subit de leur longue attente.

— Re... regarde no... notre fi... fils.

Gaïa serra son enfant contre son cœur sans prononcer un mot, reconnaissante, pendant une minute.

— Vi... viens ; allons à l'om... l'ombre.

— Alcibiades, il m'a mise dans un cercueil plombé. Tu savais ? J'ai cru que j'allais mourir.

— Gaïa mea, je… je… vi… viens te reposer à la mais… à la maison.

Marcus entraînait maladroitement Gaïa par la taille, quand la main du pilote se posa sur son épaule pour se rappeler à leur bon souvenir. Et cette diversion leur procura, à l'un comme à l'autre, une sorte de soulagement face à l'intensité du moment.

— Par Hermès, ça me déchire le cœur d'interrompre vos retrouvailles familiales, mais ton pote, là, le vieux médecin grec, il m'avait promis la deuxième moitié de la somme à la livraison…

— Bien… bien sûr, mon a… mon ami, répondit Marcus en lui tendant précipitamment une bourse de cuir marron.

Le marin soupesa le petit sac et plaça entre ses dents une pièce d'or à l'effigie de Néron, représenté en joueur de lyre.

— Vale, dit-il en dévisageant tour à tour l'homme, la femme et l'enfant. Il est mignon votre petit rouquin… Allez, j'vous laisse. Faut qu'on descende chercher mille amphores de blé à Alexandrie, alors… bon vent, comme on dit, loin des troubles de Rome !

Marcus le remercia, et ne put réprimer un soupir désabusé alors que l'homme regagnait le pont de son navire. La région ici était en proie à des agitations peut-être plus violentes qu'à Rome ; mais ni Néron, ni ses sbires n'y étaient, et pour Gaïa c'était l'essentiel.

— Tu… tu as vu ? Ce po… port est presque aussi gr… grand qu'Ostie…

— Oui.

— Je… Je me suis inq… inquiété. Pour… pourquoi avez-vous mis tant de temps à… à… arriver ?

— Le navire s'est arrêté à Chypre pour des livraisons, et…

Gaïa ne prit même pas la peine de finir sa phrase. Soudain elle ne pensa plus ni à son sauvetage ni à sa traversée. Depuis que le marin grec avait qualifié Alexander de « rouquin », elle ne pouvait plus quitter son fils des yeux. Elle sentit que le sang lui montait au visage et demanda à s'asseoir, prétextant un vertige dû à son retour sur la terre ferme. Marcus dégotta un petit tabouret de paille dans une taverne voisine et revint vers elle. L'enfant suivait derrière, appliqué, avec un grand gobelet d'eau fraîche qu'il tenait à deux mains pour ne pas le renverser. La vestale but lentement, considérant son fils encore et encore. Elle sentit la sueur lui couler le long du dos et frissonna : les cheveux avaient pris leur couleur définitive, et l'enfant était *vraiment* roux. Elle baissa la tête sous le poids de ce qu'elle venait de comprendre. Seigneur ! Alexander était le fils de Néron. C'était un « Ahenobarbus » à la crinière d'airain, comme le prince. Elle toussa pour expulser une gorgée d'eau avalée de travers. Comment avait-elle fait pour nier si longtemps l'évidence de cette paternité ? Quand Alexander était bébé, elle s'était laissé gagner par des considérations stupides d'odeur de peau pour se persuader que c'était Marcus le père. Quelle folle elle faisait ! Son esprit n'avait pu accepter une autre réalité. Elle regarda l'homme qu'elle aimait, et qui s'occupait de son petit depuis presque deux ans. Pouvait-il avoir des soupçons ? Non. Marcus ne savait rien de cette nuit de cauchemar qu'elle avait dû accorder à l'empereur, quelques jours après s'être donnée à lui. Il ne savait pas et il ne devrait jamais savoir, jamais.

Elle implora cette divinité sans image qu'elle avait découverte à Rome quand elle avait confié son fils nouveau-né à ce couple de tanneurs juifs du Trastevere. Elle regarda autour d'elle : elle était justement dans le pays de ce dieu. Alors Gaïa fit le vœu de respecter tous ses commandements. Pourvu qu'il lui vienne en aide.

III

Une amitié

Jérusalem, calendes de juillet 66

Éblouie par le soleil de midi qui inondait la Cour des femmes, Gaïa rabattit son péplos de lin beige sur son visage. Tous les matins elle franchissait l'enceinte du Temple, pour rester prier dans la chambre sacrée avec les autres personnes qui avaient fait, comme elle, vœu de naziréat. Pendant quarante jours, nul d'entre eux ne se couperait les cheveux, nul ne boirait de vin ni ne verrait son conjoint. Tous se nourriraient à peine, consacrant le plus clair de leur temps à prier Dieu. À ce prix-là, pensa-t-elle, peut-être que la situation s'arrangerait. Elle tenta de contenir l'angoisse qui lui rétrécissait la gorge. Elle avait décidé de venir à Jérusalem faire un vœu, pour elle et surtout pour le petit, depuis ce jour de marché à Césarée, où elle avait reconnu la grande brune qui accompagnait Marcus quand il avait quitté Rome après l'incendie. La femme en question tenait une petite boutique d'encens et d'épices sur le forum, juste en face du port. Ça voulait dire qu'elle avait suivi Marcus jusqu'en Judée. Leur relation, pendant que Gaïa attendait qu'on la fasse sortir de Rome, ne s'était sûrement pas limitée à une amitié désincarnée. Elle soupira, peinée par ce qu'elle pouvait imaginer.

Ce jour-là au marché, les regards des deux femmes s'étaient croisés et elles s'étaient reconnues, mais ni l'une ni l'autre n'avait eu la force d'entreprendre une conversation. Gaïa se sentit gagnée par l'amertume. L'amour de Marcus ne lui était pas acquis ad vitam aeternam. Qu'il se détache d'elle, ça, elle pouvait l'accepter, mais de l'enfant, non : Alexander avait besoin d'un père pour survivre.

Seigneur Dieu, fais que Marcus reste toujours un bon père pour lui, qu'il ne réalise jamais qu'il n'est pas son fils selon la chair...

— Tu pleures ?

L'ancienne vestale dévisagea celle qui lui avait adressé la parole dans un grec parfait. Elle lui sembla un peu plus âgée qu'elle, mais pleine d'allure et d'assurance.

— Je pensais à ma... ma famille.

— Qu'est-ce qu'il y a ? Ils sont malades ? demanda la belle femme en arrangeant l'abondante chevelure soyeuse qui dépassait de son voile.

— Non, je crains que mon homme se désintéresse de moi. Et surtout, j'ai peur pour l'avenir de mon... de notre fils.

— C'est la raison de ta présence ici, n'est-ce pas ? reprit-elle d'un air entendu. Ce naziréat, c'est pour supplier le Tout-Puissant de protéger ton fils ?

Gaïa acquiesça tristement et baissa la tête.

— D'autant que j'ai commis une faute horrible, malgré moi. Dans tous les cas, je dois me purifier.

— Moi aussi, soupira l'autre. Viens, donne-moi le bras et faisons quelques pas dans la galerie qui longe la cour pour nous dégourdir les jambes avant de retourner prier. Quel est ton nom ?

— Gaïa... Gaïa Cornelia.

— Moi c'est Bérénice. Mais, Cornelia, c'est un nom romain ? s'étonna-t-elle. Tu es romaine et tu fais pénitence au Temple de Jérusalem ?

— La Loi juive n'est pas inconnue à Rome, rétorqua Gaïa. De nombreuses personnes l'observent là-bas. Beaucoup habitent dans le quartier du Trastevere, par-delà le Tibre. J'ai dû me rapprocher de ces gens pour des raisons personnelles, et puis j'ai pris goût à leur culte.

— Et tu t'es mise à fréquenter les synagogues ? questionna la belle femme avec un sourire incrédule.

— J'allais effectivement écouter la lecture de la Torah en grec, le chabat, dès que je pouvais. C'est une servante qui m'y a conduite la première fois. Et je n'étais pas la seule non-Juive, je te le garantis. Beaucoup de femmes romaines judaïsent, confia Gaïa, souvent sans le dire à leur mari.

— Et ton mari, justement, qu'en pense-t-il ?

Son mari… Gaïa se mordit la lèvre. Elle venait juste de faire la connaissance de cette Bérénice dont elle ignorait tout. Inutile de s'étendre sur sa liaison avec Marcus, son statut de vestale sacrilège, leur fuite en Galilée, et tout le reste.

— Mon mari fait partie de ton peuple. Mais le judaïsme ne l'intéresse pas vraiment. C'est plutôt un philosophe, un stoïcien.

— Les stoïciens pensent qu'une divinité unique régit le monde, commenta Bérénice, avec l'air de quelqu'un qui s'y connaît en philosophie. Ils ne sont pas si éloignés des Juifs. Allez viens… eamus, reprit-elle en latin. Parlons ta langue, s'il te plaît ! J'ai trop peu l'occasion de la pratiquer.

Elles firent le tour de la Cour des femmes pendant un bon quart d'heure, à circuler entre les colonnes monumentales, ornées de plaques d'argent et coiffées de chapiteaux d'or. Bérénice, qui savait où trouver la fraîcheur, entraîna Gaïa dans l'ombre des galeries, contournant la pièce où l'on entreposait l'huile et le vin casher, puis la chambre des lépreux guéris qu'elle longea avec une certaine prudence, pour rejoindre la réserve où l'on stockait le bois de cèdre et de cyprès réservé aux travaux du Sanctuaire. Leur conversation en latin, que Bérénice maîtrisait parfaitement, ravit Gaïa. L'échange prit progressivement un tour naturel, comme entre deux vieilles amies. Bercées par l'appel harmonieux des cymbales et les psaumes des Lévites qui s'élevaient de la cour intérieure, elles s'arrêtèrent au bas des marches de l'immense porte en or massif qui marquait l'entrée de la deuxième cour, dont l'accès était strictement réservé aux hommes. Les espaces suivants demeuraient inaccessibles à leurs regards, mais tout au bout de cette enfilade, le Temple majestueux irradiait d'or et d'argent. Gaïa fixa un temps le bâtiment sublime, puis elle ferma les yeux pour mieux se laisser bercer par les chants sacrés, et sentir les profonds effluves d'encens qui arrivaient jusqu'à la Cour des femmes, portés par le vent. Elle les rouvrit brusquement : la prière avait laissé place à des cris et à des sifflets d'indignation.

— Que se passe-t-il ? demanda Bérénice à un garde qui arrivait en hâte.

— Des fidèles ont fait irruption en masse devant la Cour des prêtres, ma reine. Ils ont appris qu'Éléazar, le numéro deux du Sanctuaire, vient tout juste de refuser les deux bêtes envoyées pour le sacrifice journalier en faveur de Néron et de Rome. Nombreux sont les jeunes prêtres, des zélotes pleins de foi, à soutenir son geste.

— Mais, c'est un acte totalement irresponsable ! L'équivalent d'une déclaration de guerre contre Rome ! À Dieu ne plaise ! Je pensais que mon frère et moi-même avions convaincu la population de l'absurdité d'une révolte…

— Vos paroles ont eu de l'effet sur les vieux et les notables, mais les jeunes ne pensent pas pareil, sans parler des pauvres. Ils veulent en découdre ; ils ont leurs raisons. Et sauf votre respect, on ne peut pas leur en vouloir, vu la façon inique dont les Romains nous traitent.

Bérénice ne prit même pas la peine d'écouter la suite des doléances du garde. Elle laça rapidement ses sandales le long de ses chevilles fines, se drapa dans son voile de lin translucide, et fit signe à Gaïa de la suivre.

— Il faut que mon frère envoie des troupes ici pour soutenir les partisans de la paix. Je vais lui écrire une lettre que j'enverrai porter en urgence dans son palais du Golan.

Gaïa se laissa entraîner sans avoir le temps de protester. Elles sortirent en vitesse de la Cour des femmes, descendirent les quatorze marches qui menaient au parvis extérieur et franchirent le *soreg*, qui séparait les Juifs des non-Juifs, pour atteindre l'immense Parvis des Nations. Puis elles s'engouffrèrent sous un portique, marchant à contresens de l'abondante foule qui faisait son marché en vue des sacrifices. Enfin elles atteignirent la rampe principale dont les escaliers creusés dans la pierre descendaient vers l'ouest de la Ville, et prirent tout droit vers le quartier des monuments, situé à quelques stades. Les hurlements et les slogans contradictoires se propageaient depuis les hauteurs du Temple.

— Qui es-tu exactement ? questionna Gaïa, essoufflée. Le garde t'a appelée « ma reine ».

La belle femme au nom grec marqua un temps avant de répondre.

— Je suis la sœur d'Agrippa II, roi de Tibériade, de Chalcis, de Pérée, de Gaulanitide, Trachonitide et Batanée, dit-elle en égrainant toutes ces régions avec une fierté évidente. Mon frère, qui n'est pas marié, m'a octroyé le titre de reine pour m'associer à son pouvoir. Nous ne régnons plus sur la Judée, officiellement passée sous autorité romaine depuis la mort de notre père Agrippa Ier. Mais nous avons gardé la responsabilité du culte à Jérusalem : c'est à mon frère et à moi-même qu'il revient de nommer les Grands Prêtres et de garantir le bon déroulement du culte, entre mille autres choses. Accélère le pas, il faut faire vite.

— Malheureusement, je ne peux pas te suivre, dit Gaïa impressionnée par les titres de sa nouvelle amie. Mon mari m'a recommandé de ne pas me faire remarquer des Romains.

— Ne t'inquiète pas pour ça, la rassura Bérénice. Des Romains, il n'y en a presque plus ici. Le procurateur Florus est venu il y a un mois, avec le projet de rafler dix-sept talents d'or dans les caisses du Temple, au nom d'un soi-disant arriéré d'impôts en faveur de Rome. Comme la population protestait et s'est moquée de son avarice, il a fait fouetter et crucifier plusieurs notables – dont des femmes – dans les jardins de l'ancien palais d'Hérode, puis il a perpétré un massacre dans le nouveau quartier de Bézétha, situé au nord de la Ville. Mon frère était alors en voyage à Alexandrie. J'ai essayé d'intervenir, suppliante et pieds nus, mais Florus a refusé de me recevoir : ses soldats auxiliaires m'ont même insultée et menacée comme une malpropre, ajouta-t-elle en fronçant les sourcils.

— Le procurateur de Judée n'a même pas eu de respect pour ton statut royal ?

— Non, murmura la reine entre ses dents. Il m'a signifié que Jérusalem n'était pas comprise dans mon royaume. Le légat Florus est une racaille assoiffée d'or, qui fait semblant d'agir au nom de Rome. Quand il a compris qu'il n'avait aucune chance d'accéder plus avant au Temple, il est reparti comme un voleur, en nous laissant une pauvre et unique garnison dans la citadelle de l'Antonia.

— Marcus, mon mari, est convaincu qu'il fait exprès de semer le chaos, y compris chez nous, à Césarée.

— Bien sûr, acquiesça Bérénice avec un rictus méprisant. Ses méthodes sont toujours les mêmes. Mon frère et moi savons qu'il frustre la population pour déclencher des soulèvements, et qu'il la punit ensuite en taxant et en tuant d'autant plus. D'ailleurs il paraît qu'il a un nouveau bras droit venu de Rome, un homme encore pire que lui.

Elles descendirent le long du vieux rempart qui partait de la façade ouest du Temple, et se dirigèrent vers l'antique palais des rois Hasmonéens, dont Bérénice disait qu'ils avaient régné sur la Judée avant qu'Hérode le Grand, son arrière-grand-père, ne leur dérobe le pouvoir. Gaïa considéra l'immense construction en pierres blanches, surmontée d'un beau toit en terrasse. Après une trentaine de marches, elles se retrouvèrent dans une grande pièce aux murs blancs. La reine lui fit prendre place sur des coussins colorés et moelleux avant d'ordonner à ses esclaves de leur porter des rafraîchissements et de quoi se sustenter.

— Tu vois, il n'y a que de l'eau, des fèves et des pois chiches ; avec ça tu ne rompras pas ton ascèse, commenta-t-elle en vidant son verre d'une traite.

Bérénice s'installa ensuite à son pupitre pour écrire une missive achevée en hâte devant les deux hommes de sa garde personnelle qu'elle dépêcha sur-le-champ, avec quatre de ses meilleurs coursiers. Elle semblait satisfaite. Le roi Agrippa aurait ainsi connaissance des incidents dans la journée, le temps de réunir des troupes et de les envoyer aux modérés dès le lendemain.

Après avoir demandé à ses servantes de préparer ses malles de voyage, elle se tourna vers Gaïa et lui proposa de monter sur le toit du bâtiment, nouvellement rehaussé par Agrippa, pour admirer la Ville en contrebas. Jérusalem la blanche resplendissait dans sa lumière dorée, prise entre l'immense palais d'Hérode et ses trois tours, plantées sur la colline de Sion à l'ouest, et le mont du Temple avec son halo d'or et d'argent, à l'est. L'ancienne vestale, qui avait pourtant l'habitude des merveilles de Rome, en eut le souffle coupé. La beauté de l'ouest donnait le change à la magnificence de l'est.

— Comme cette cité est belle ! dit-elle, songeuse.

— Oui. On n'a pas un panorama aussi imprenable qu'au sommet des grandes tours construites par mon arrière-grand-père Hérode, mais la hauteur de cette vieille bâtisse hasmonéenne permet déjà de se faire une idée. Regarde la vue qu'on a sur le Temple et la cour des prêtres.

— Effectivement ; on peut regarder le déroulement du culte, comme les agissements de la population.

— C'est d'ailleurs d'ici que nous nous sommes adressés aux habitants, mon frère et moi. Nous leur avons demandé de revenir au calme et de réparer les dégâts, après le départ de cette crapule de Florus il y a un mois.

— Et vous avez été écoutés ?

Le beau visage de Bérénice s'assombrit et elle désigna des points dans la Ville témoignant de la violence qui s'installait. Ici des traces de fumée noire maculaient les bâtiments, là des pans entiers de maisons s'étaient écroulés. Même les zones de marchés avaient été dévastées. Elle raconta à sa nouvelle amie que les portiques nord, qui joignaient la grande citadelle Antonia au Temple, avaient été détruits par la population pour empêcher Florus d'aller y voler de l'argent, et qu'on les avait reconstruits à la hâte, sur ordre d'Agrippa.

— J'ai d'abord cru que mon frère et moi-même avions convaincu la majorité des habitants de faire profil bas, malgré les dernières atrocités commises par Florus. Mais Éléazar, le prêtre-*segan*, chargé de la garde du Temple, a des sympathies pour les zélotes qui prônent la révolte, comme tu as pu t'en rendre compte ce matin.

— C'est l'homme qui a décidé de refuser les sacrifices envoyés par l'empereur ?

— Oui, acquiesça la reine. Il prône une foi pure, et ne veut pas composer avec le pouvoir romain, au nom de la justice, ou de l'idée qu'il s'en fait. Il a énormément d'influence sur les jeunes et les pauvres, beaucoup plus que nous, soupira-t-elle. Après la reconstruction des portiques abîmés, il a ordonné de brûler toutes les archives de la cité pour effacer les dettes des plus démunis qui veulent le suivre dans sa rébellion contre Rome.

— Je m'explique mieux les traces d'incendie sur les bâtiments, murmura Gaïa.

— Oui. Il faut qu'Agrippa intervienne pour les calmer.

Gaïa ne répondit pas et regarda le soleil se coucher au loin, sur le toit brillant du Temple, le bâtiment le plus saint du Sanctuaire. Le ciel devant elle s'était nimbé d'une lumière chaude, rose et dorée.

— Il est tard… Je vais retourner à mes prières.

— Mon amie, lui répondit Bérénice, je t'avais déjà repérée depuis quelque temps. Je t'ai vue prier tous les jours dans la chambre des nazirs depuis une semaine que j'y suis. Tu dois être là depuis au moins quinze jours ?

— Un peu plus.

— Alors tu devrais clôturer ta pénitence par le sacrifice d'une colombe et rentrer chez toi, comme je m'apprête à le faire. Les esprits ont tourné depuis que Florus s'est mis à piller et à assassiner les citoyens de Jérusalem. Le refus de sacrifier au nom de Rome en est un signe inquiétant.

— Les choses ne vont pas s'envenimer en quelques jours…

— Je n'en sais rien, l'interrompit la reine d'un air grave. On raconte que des sicaires ont pris la citadelle de Massada dans le désert d'Idumée, après avoir massacré toute la garnison romaine qui y était installée. Ça risque de donner des idées aux jeunes révoltés d'ici.

— Mais… grâce au Dieu, personne ne s'attaque aux fidèles qui se recueillent au Temple, objecta Gaïa. Comprends-moi, j'ai vraiment besoin que mon vœu soit exaucé.

— Tu as surtout besoin de rester en vie : suis mon exemple et va-t'en.

IV

Émeutes

Césarée, calendes d'octobre 66, peu avant midi

Marcus regarda son fils courir vers le bassin des Nymphes face au sanctuaire d'Auguste, et se mit à sourire. Sa nouvelle vie avec Gaïa n'avait pas affecté l'habitude quotidienne d'une pause rafraîchissante après leur matinée studieuse. L'ancien vigile gagna son banc favori, situé entre deux grandes jeunes filles roses aux ailes vertes, et s'assit à l'ombre délicieuse du soleil d'automne. Il desserra un peu la ceinture de sa tunique et s'étira longuement, songeant qu'il avait grossi ces derniers temps. C'était peut-être dû à l'arrêt de ses longues marches jusqu'au port, maintenant que Gaïa les avait rejoints. Il soupira. Deux ans qu'il attendait de retrouver la mère de son enfant, et elle était là, enfin. Mais une chose était d'aimer une femme, une autre de vivre avec elle après des années sans la voir. Et Marcus osa se l'avouer, là, tout seul sur son banc : il ne ressentait pas tout à fait le bonheur escompté. Il baissa la tête. Gaïa avait souffert ; elle posait sur le monde un regard de bête traquée, et il ne savait pas toujours comment la rassurer. Il l'entendait encore pleurer la nuit, même depuis son retour de Jérusalem, après un pèlerinage au Temple qui avait semblé l'apaiser.

Il considéra en contrebas l'ancien palais d'Hérode qui s'avançait sur la mer, avec ses jardins d'agrément et son immense piscine d'eau salée. Césarée était une ville de grand confort et ouverte sur la navigation. L'administration romaine en avait fait la capitale de Judée et des provinces alentour. L'ancien palais royal servait de quartier général à Florus, le gouverneur en poste depuis bientôt quatre ans. Marcus fronça les sourcils. Ce type était un pourri. De tous les fonctionnaires expatriés dans les provinces de l'Empire, c'était certainement à lui que revenait la palme de la cupidité. Rien qu'en avril dernier, il avait taxé huit talents aux Juifs de Césarée en échange de sa soi-disant protection, puis il s'était mis en route pour piller Jérusalem, les abandonnant à la violence des Grecs qui les haïssaient, eux, et leurs pratiques religieuses. Telle était sa façon de procéder dans toutes les villes dites mixtes, où les Juifs avaient récemment perdu leur citoyenneté, à la suite de batailles juridiques menées par les Grecs. Ces derniers influençaient beaucoup les décisions de Néron, par l'intermédiaire de ses affranchis.

— Sales porcs de Juifs ! On va tous vous planter !

Marcus se leva d'un bond, souleva son fils qui barbotait dans l'eau et se remit en marche, calant l'enfant dans ses bras. Par Zeus ! Voilà que ça recommençait. Il accéléra le mouvement, se rappelant soudain qu'on était jour de chabat. Pas la peine de traîner dans le coin. Les Grecs profitaient de cette journée chômée pour agresser les fidèles à la sortie des synagogues, et ils le faisaient avec d'autant plus de bonne conscience que Jérusalem s'était récemment soulevée contre la petite garnison que Florus y avait consignée avant de filer vers le nord.

— Papa, les gens qui crient, ils veulent tuer des animaux ou des hommes ?

— Ju… juste des a… animaux, Alexander, ne t'inq… t'inquiète pas.

Ils prirent l'artère principale en plein soleil pour remonter plus vite vers leur maisonnette, et Marcus ressentit une sorte de malaise. C'était la première fois qu'il mentait à son fils.

Quand il frappa à la porte, Gaïa ouvrit en hâte et referma le battant derrière elle. Son péplos rabattu sur la tête, elle tituba jusqu'à la cuisine, les pieds nus et en sang, pour en rapporter trois gobelets qu'elle emplit d'eau d'une main tremblante.

— Que… qu'est-ce que tu… tu as, G… Gaïa mea ? Pour… pourquoi tu ne te déc… découvres pas ?

— On m'a frappée à la sortie de la synagogue, avoua-t-elle en dévoilant son visage tuméfié.

Marcus pâlit. Cette agression lui rappelait les pires épisodes de son enfance à Alexandrie.

— P… par Dionysos, Gaïa ! Je… je t'avais pour… pourtant dem… demandé de ne plus fréq… fréquenter les… les lieux de… de culte ju… juifs dep… depuis ton retour de Jér… de Jérusalem !

Gaïa étreignit longuement son fils et ne répondit pas. Malgré l'insistance de Marcus, elle n'avait pu renoncer à son habitude d'aller écouter la lecture de la Torah traduite en grec, comme elle le faisait déjà à Rome depuis la naissance d'Alexander, dont elle avait naguère confié la garde à des Juifs. À force de leur fixer rendez-vous à la synagogue pour avoir des nouvelles de son enfant, elle s'était mise à apprécier les textes qu'elle pouvait comprendre. Ils annonçaient l'arrivée de temps meilleurs, et imposaient un code moral envers les femmes, les enfants et les esclaves, même malades, handicapés ou malformés. Et puis, le Seigneur avait exaucé ses prières. Marcus lui était plus attaché depuis son naziréat au Temple.

— Mea culpa, Marcus. J'aurais dû m'abstenir, reconnut-elle en passant la main sur son front qui commençait à violacer.

Elle prit place sur un petit tabouret et raconta ce qui lui était arrivé. Ce matin, par provocation, des Grecs avaient installé une marmite de bronze sur l'étroit chemin qui faisait face à la synagogue, et ils y avaient égorgé de gros oiseaux pendant tout l'office. La lecture et le commentaire de la Loi s'étaient déroulés au milieu des cris déchirants des animaux. En sortant, les fidèles furent contraints d'emprunter ce passage étriqué, car le terrain d'en face ne leur appartenait pas. Et ils avaient glissé dans le sang des bêtes qui agonisaient. C'est à ce moment-là que des individus masqués étaient venus les frapper.

— Tu… tu aurais pu y… y passer, commenta Marcus d'une voix blanche.

Elle acquiesça et poursuivit son récit. Alors qu'elle perdait l'équilibre dans une flaque de sang, un homme armé d'un couteau l'avait empoignée par les cheveux. Seules les quelques paroles qu'elle avait prononcées en latin, pour marquer son origine romaine, avaient réussi à lui éviter le pire. L'individu s'était contenté de lui asséner des coups de poing dans le dos. Elle appuya une main sur son épaule droite et retint une grimace de douleur. Le petit Alexander monta sur les genoux de sa mère et lui fit un baiser, sans mettre les bras autour de son cou pour éviter de lui faire mal. Marcus baissa la tête, ému.

— La Gal... la Galilée, ça n'était pas u... une bo... bonne idée.

— Tu ne pouvais pas savoir, fit remarquer Gaïa en fermant les yeux.

— N'imp... n'importe. Il... il va fal... falloir partir au... au plus vi... vite.

— On ne peut pas prendre la mer en automne ; c'est trop dangereux.

Dehors, les hurlements s'intensifièrent. Des centaines de personnes devaient se faire agresser. Gaïa pensa à ce que lui avait dit Bérénice. Le sang allait se répandre de Jérusalem à Césarée, et à toutes les villes mixtes. Plût au Dieu que les choses se calment.

Elle tâcha quand même de dresser la table pour la collation du septième jour, comme elle en avait pris l'habitude depuis son séjour dans la Ville Sainte, et s'affaira de son mieux, s'efforçant de ne pas trembler. Ce n'était pas tant la douleur qui la perturbait que l'étrange et inexplicable haine dont, pour la première fois de son existence, elle avait été l'objet.

Elle s'occupait de mélanger du lait caillé avec de l'épeautre et des poireaux bouillis, quand on tambourina à la porte. Marcus, le regard inquiet, fit signe à Gaïa de garder le silence.

— Qui... qui est-ce ?

Une voix répondit, en grec, avec un lourd accent oriental.

— C'est Jean, le publicain... le chef de la communauté.

L'ancien vigile marqua un temps avant d'ouvrir au vieil homme dont le visage commotionné portait lui aussi des traces de violence.

— Je voulais m'assurer que tu étais bien rentrée, expliqua-t-il à Gaïa qui lui tendait déjà un verre d'eau fraîche.

— Elle… elle est rent… rentrée, oui. Et… et tu… tu vois dans quel ét… état ! Tu peux… tu peux partir ! ordonna Marcus.

— Mon mari m'avait défendu de me rendre à la synagogue, pour ne pas me faire identifier comme Juive dans le contexte actuel, confessa-t-elle gênée. Et puis, il ne veut pas entendre parler de la Loi juive. C'est un philosophe.

— Épicurien ?

— Non, stoïcien.

Le vieil homme fixa Marcus un temps, et son visage abîmé se fendit d'un sourire qui lui donna l'aspect d'un masque de comédie.

— C'est bien toi l'homme qui enseigne aux enfants des Grecs près du grand cirque, en contrebas du forum ?

— Oui…

— On dit que tu maîtrises le latin, et que tu as les manières des Romains.

— Cer… certes…

— Écoute-moi bien. Je ne suis pas seulement venu pour prendre des nouvelles de ta femme ; je suis là pour te voir.

— Que… qu'est-ce que tu v… tu veux ?

— La situation ici n'a jamais été aussi mauvaise, répondit-il d'un air grave. Vous la subissez en ce moment même. Le procurateur Florus a quitté Césarée pour spolier le Sanctuaire de Jérusalem, et nous a livrés, par la même occasion, à la violence des Grecs.

— Et que fait le reste de l'armée ? questionna Gaïa, indignée.

— Nous ne sommes qu'une province de troisième rang. Les troupes auxiliaires qui restent ou transitent par la ville prétendent qu'elles sont débordées et qu'elles ne parviennent pas à rétablir l'ordre ; et quand elles le font, elles n'hésitent pas à massacrer les nôtres, ajouta le vieil homme indigné. Et les choses empirent depuis que Jérusalem s'est révoltée contre les crimes de Florus. Partout, des Juifs sont égorgés : Galilée, Décapole, Phénicie, Syrie… Même en Égypte à Alexandrie, où la populace a incendié, paraît-il, une grande partie du quartier Delta ! On parle de cinquante mille morts.

— Cinq… cinquante mi… mille ? répéta Marcus. Que… qu'est-ce que les Ju… Juifs vont f… faire ?

— Les « Juifs », dis-tu. Tu n'en es pas un ?

Comme Marcus ne répondait pas, le vieux publicain lui lança un regard sombre.

— Ici, la majeure partie des gens est en train de quitter la ville pour la campagne. Beaucoup sont partis au village voisin de Narbata, où ils ont de la famille. Même si l'armée romaine y a déjà commis des exactions, ils se sentent plus en sécurité là-bas qu'ici. Ils comptent y déplacer nos rouleaux sacrés à l'abri des Grecs qui ont juré de les brûler. Quant aux plus jeunes, ils veulent en découdre et rejoindre les rangs des zélotes, dans une guerre totale contre Rome. Mais c'est de la folie !

— Eff… effectivement, acquiesça Marcus qui serra les poings sans s'en rendre compte.

— Et, malheureusement pour nous, la situation se complique encore. Cestius Gallus, le légat de Syrie, est parti d'Antioche avec la XIIe légion, perpétrant des massacres dans toutes les villes par où il est passé. Maintenant on le dit tout proche de Jérusalem.

— P… par Zeus, il… il f… il faut envoyer une déleg… une délégation à l'empereur… en… Grè… Grèce.

— Le roi Agrippa s'en est chargé avec quelques autres, confirma Jean avec un geste méprisant de la main. Je compte parler au procurateur Gallus en personne et organiser une ambassade avant qu'il ne fonde sur Jérusalem.

— Qu… qu'est-ce que tu vas lui di… dire ?

— Les Romains ont toujours été attachés à la paix sociale : je compte dénoncer une par une les exactions de Florus, qui est techniquement le subordonné de Gallus, et je lui demanderai de garantir l'ordre et la justice auxquels notre peuple aspire.

— A… Avec ses légionnaires et ses aux… ses auxiliaires syr… syriens ? Bo… bonne chance, répondit Marcus, ironique.

— Il faut bien essayer, rétorqua le vieil homme. En fait, j'aurai besoin de ton aide pour y arriver.

V

Regain

Césarée, calendes d'octobre 66, après-midi

Malgré les regards suppliants de Gaïa, Marcus avait catégoriquement refusé d'assister le chef de la communauté. Un lourd silence se fit après le départ du vieil homme ; et le couple toucha à peine au repas.

L'ancien vigile se leva sans un mot pour jouer à l'épée de bois avec Alexander, et Gaïa desservit la table de son côté, utilisant l'eau qui lui restait pour se rafraîchir le visage. Quand elle eut fini, elle marcha jusqu'à la petite chambre où son compagnon s'était assoupi avec l'enfant. L'homme allongé, brun et massif, tenait dans ses bras le bambin au teint rosé dont les longues boucles rousses lui coulaient sur la barbe. Gaïa les observa un moment sans rien dire. Leur respiration avait adopté un rythme complémentaire. Deux respirations pour le petit, et une pour le grand, à l'unisson.

S'ils savaient...

Elle eut à la fois envie de rire et de pleurer. Au moment où elle quittait la pièce, la main de Marcus lui saisit brusquement l'avant-bras.

— Tu... tu nous lai... laisses ? demanda-t-il en posant sur elle son regard vairon, presque surnaturel.

— Oui. Je vous ai juste contemplés tous les deux pendant quelques minutes.

— Et ?

— Rien. Je me suis sentie émue, par…

— Le contraste entre mon fi… fils et moi ?

— Il te rattrapera en taille, rétorqua Gaïa en évitant de le regarder.

— Mais… mais il res… restera r… roux, remarqua Marcus. Tu… tu m'as f… fait un petit Ach… Achille !

Elle sourit malgré elle.

— Oui, et toi à côté, tu ressembles de plus en plus au vieux centaure Chiron qui l'a formé.

— Alors, je… je te fais l'ef… l'effet d'un v… vieux cent… centaure ? Viens t'expliquer !

Ils se dirigèrent vers leur chambre et se laissèrent aller à ce regain de désir. Marcus dénoua les cheveux de Gaïa et revit la beauté solaire qu'il avait rencontrée il y avait douze ans, cette jeune fille blonde, aux prunelles éclairées par une étincelle de vie qu'elle avait perdue au fil du temps. Ils firent l'amour dans une proximité retrouvée, et s'endormirent ensuite l'un contre l'autre. Jusque dans son sommeil, Marcus resserrait son étreinte sur cette Gaïa aimée et revenue du passé, comme s'il avait peur qu'elle disparaisse à nouveau dès qu'elle quitterait ses bras. Quand il rouvrit les yeux, il la retrouva assise, le visage assombri. Comme elle le vit réveillé, elle lui tendit un pot d'onguent au thym.

— Tu peux m'en passer sur le dos ? L'homme qui m'a frappée ce matin ne m'a pas ratée.

— Promets-moi de ne plus jamais te rendre dans une synagogue à Césarée, chuchota-t-il d'une traite.

— Je n'irai plus dans l'immédiat, concéda-t-elle. Mais j'aime trop écouter les textes sacrés pour y renoncer totalement. J'y retournerai dès que la situation s'arrangera.

— Nous… nous serons par… partis bien av… bien avant. La sit… situation n'est pas p… près de s'ar… s'arranger.

— Surtout si tu refuses de te joindre à l'ambassade proposée par le vieux Jean.

Marcus éluda la dernière remarque de Gaïa, et marqua un silence avant de reprendre.

— Mais, p… par Zeus, qu… qu'est-ce que tu leur trou… trouves aux… à… à ces Ju… Juifs et à leur Torah ?

— J'apprécie la justice des Commandements, leur souci de la vie. Et puis, les explications qui me sont données à la synagogue me font toujours réfléchir.

— Si… si tu veux ré… réfléchir, il… il y a la phi… philosophie, remarqua-t-il d'un ton acerbe : Zé… Zénon, Chrys… Chrysippe, Ariston de Chi… Chios… Pla… Platon aussi peut nous aider à… à vivre mi… mieux.

— Tes auteurs ont sans doute des points communs avec ce qui est écrit dans la Torah, mais ils ne me suffiraient pas. Leurs théories sont trop abstraites pour être appliquées à la vie quotidienne.

— Et Sén… Sénèque ?

— Les conseils de Sénèque ont effectivement bonne réputation. Que ne les a-t-il pas appliqués à lui-même, pour se préserver de Néron ? répliqua sèchement Gaïa.

Elle ajusta ses fins sous-vêtements de lin, tout en poursuivant la conversation. La question de Marcus avait déclenché en elle une envie de s'épancher. Son premier contact avec le judaïsme, elle l'avait eu à Rome, après la naissance d'Alexander. La servante qui l'avait aidée pour son accouchement clandestin fréquentait les synagogues, et c'est elle qui avait trouvé Dosithéos et Cerva, un couple de Juifs du Transtiberim, pour s'occuper du bébé. Elle baissa la tête. Ces deux-là étaient morts juste après le grand incendie, dans des circonstances tragiques que Marcus connaissait autant qu'elle, et peut-être mieux…

— Pendant les deux premières années où j'ai dû te cacher la naissance du petit, imagine ce que j'ai enduré en silence, moi la vestale qui avait enfanté. Imagine ma peur devant le danger que nous courrions tous les trois si l'existence d'Alexander était découverte. J'aurais pu être emmurée vivante pour avoir rompu mes vœux, toi pendu, et le petit étranglé. Sans compter la solitude que j'ai dû affronter ensuite, quand vous avez quitté Rome après l'incendie, même si c'était à ma demande.

Les paroles de l'ancienne vestale moururent sur ses lèvres et elle se mit à pleurer en tâchant de ceinturer sa tunique trop longue. Elle sentit qu'il fallait s'arrêter là. Elle ne pourrait pas en dire davantage sans divulguer son secret, la plus grande de ses douleurs, celle qui l'avait amenée à prier au Temple de Jérusalem quelques mois auparavant. De toute façon, elle s'était suffisamment confiée pour faire comprendre à Marcus combien elle avait souffert. Il lui ouvrit les bras, le visage défait et elle s'y lova en fermant les yeux, s'empêchant d'évoquer le sujet de la grande femme brune.

— Par… pardonne-moi, G… Gaïa mea, d'avoir tar… tardé à te f… faire venir, je…

— Ça va, Marcus, ça va. Maintenant, je suis avec vous. Mais tu ne me priveras pas longtemps de synagogue. C'est là que j'ai retrouvé espoir, dans les pires moments de ma vie.

— Tu… tu n'iras pas p… pour le mo… le moment !

— Pas pour le moment, je te le jure. Mais toi, de ton côté, aide le vieux Jean à mener à bien son ambassade.

VI

L'ambassade

Camp militaire de Gabaon,
deuxième jour après les calendes d'octobre 66

Marcus aperçut le sommet arboré de Gabaon au milieu des collines verdoyantes qui faisaient face à Jérusalem, et signifia à ses compagnons qu'il descendait de sa monture pour terminer le trajet à pied. Il ressentait le besoin de marcher, seul au milieu des herbes, pour dépasser son appréhension. Ce matin, il avait quitté la maison en réalisant toujours plus que la demande de Gaïa pouvait être dangereuse. Le supplier de se porter volontaire dans une ambassade auprès du procurateur de Syrie ! Rien de mieux pour le faire repérer par l'administration romaine… Il se retourna et considéra le groupe des onze notables juifs de Césarée, qui cheminaient lentement derrière lui : de braves pères de famille, montés sur des mulets, qui parlaient grec avec un accent à couper au couteau, et qui ne hantaient pas les gymnases, à en croire leur épuisement au terme de ce périple sur les reliefs de Samarie. Marcus n'avait pas l'habitude de fréquenter ce genre de types. Il se sentait différent d'eux, pas seulement par son physique rompu à l'effort militaire, mais aussi par la langue, la culture, les usages, tout.

Il hocha la tête. Un fonctionnaire impérial pourrait aisément deviner en lui l'ancien habitant de Rome, peut-être même l'ancien tribun militaire.

Il tira nerveusement son cheval par la bride, tandis que l'animal protestait à coups de hennissements indignés. Plût au dieu qu'il ne regrette pas son inconséquence ! Si le légat de Syrie l'identifiait comme déserteur du corps des vigiles, il pourrait le faire arrêter et le renvoyer, seul ou en famille, rendre des comptes à Néron. Gaïa n'aurait qu'à s'en prendre à elle-même et à ses amitiés de synagogue… Il soupira, excédé. Malgré les explications de sa compagne, malgré sa souffrance, il avait toujours du mal à comprendre cette adhésion à des usages qui n'étaient pas du tout les siens. Elle était attachée au judaïsme au point de s'être imposé une pénitence de trente jours dans l'enceinte de ce Temple de Jérusalem, qui brillait dans le lointain, face à lui. Il plissa les yeux, ébloui. La construction en pierre blanche, avec son toit et ses portes d'or et argent, reflétait tellement la lumière qu'il dut accommoder son regard pour en distinguer les contours, comme devant le sommet d'une montagne enneigée.

Pourquoi avait-il fini par accepter que Gaïa se rende à Jérusalem cet été ? Il aurait peut-être dû l'en empêcher… Il sursauta au contact rêche de la main que le vieux Jean avait posée sur son avant-bras.

— Béni sois-tu, Marcus, d'avoir accepté de nous accompagner.

— G… Gaïa m'y a pou… poussé. Mais… mais vous… vous avez emb… embarqué un bè… bègue ! rétorqua-t-il en forçant son handicap.

— Tout comme notre prophète Moïse ! Ton épouse pense que malgré tout, tu sauras nous aider à trouver les mots pour expliquer la situation au procurateur de Syrie.

— Vous… vous l'avez nommée cons… conseillère spéc… spéciale de la com… communauté ?

— Cesse de lui en vouloir ; tu as la chance d'avoir une femme pieuse, c'est un trésor, une vraie *séboumééné* :
elle est venue au judaïsme par un authentique amour pour notre Seigneur Dieu.

— Ah… ah, oui ? Pa… par Zeus ! Un com… comble pour une anc… une ancienne…

Marcus se mordit la lèvre. Il regretta ses dernières paroles : moins il en dirait sur Gaïa et sur lui, et mieux ce serait. Mais le vieux publicain fit mine de ne pas avoir entendu, et signifia à ses compagnons d'attendre à l'entrée du camp romain, expliquant qu'un deuxième groupe de notables, venus de Jérusalem, devait les y rejoindre. L'ancien vigile, qui s'était un peu éloigné du sommet, constata que le flanc de la colline était déboisé sur une dizaine de stades : la XIIe légion Fulminata et les troupes auxiliaires de Syrie s'y étaient installées en deux jours à peine, se servant de centaines d'arbres, noyers et figuiers, afin de monter leurs palissades, déployer les tentes, égaliser le terrain et construire des enclos pour le bétail. Il jeta un coup d'œil admiratif au résultat obtenu. La rapidité des légions romaines n'était pas une légende.

L'arrivée des douze hommes de Jérusalem, située à cinquante stades plus au sud, le tira de ses réflexions. Les plus jeunes avaient fait le trajet à pied, les autres à dos de mulet, mais leurs longues tuniques blanches à franges, resserrées à la taille, leur conféraient à tous une grande dignité. Un vieillard surtout attira l'attention de Marcus : il portait une barbe blanche imposante et sa tête était recouverte d'un pan d'étoffe immaculée qui lui fit penser aux pontifes de Rome quand ils accomplissaient des sacrifices. Lorsque les vingt-quatre participants de l'ambassade se trouvèrent au complet, ils traversèrent l'allée principale du camp militaire pour gagner la tente centrale qui abritait Cestius Gallus, le procurateur de Syrie. Ils descendirent alors de leurs montures qu'ils confièrent à des esclaves préposés aux abreuvoirs. Quatre soldats de la garde rapprochée de Gallus firent ensuite entrer tout le monde sous une grande tente de cuir fraîchement tanné, et les conduisirent à leur chef avec une solennité appuyée.

Revêtu de la toge pourprée qui indiquait son rang sénatorial, Gallus se tenait au milieu du baraquement, assis à sa table de travail, le dos droit, dans une attitude rigide et empruntée. Derrière lui, l'aigle en bois doré de la XIIe légion trônait au-dessus des étendards des cohortes. Il salua l'ambassade dans les formes, et ordonna d'apporter des rafraîchissements et des tabourets pour les plus âgés, conscient que certains avaient voyagé des heures sur les chemins arides, entre Césarée et Gabaon. Il affectionnait les grandes postures, pensa Marcus, mais il semblait disposé à écouter. L'ambassade donnerait peut-être quelque chose. Revigoré par l'eau fraîche et par l'attitude de leur hôte, Jean le publicain demanda le premier la parole au nom de la communauté de Césarée.

— Procurateur Gallus, nous sommes venus de Césarée au nombre de douze pour te signaler qu'il y a encore et toujours de graves problèmes dans la ville. Encouragés par le départ inopiné de ton collègue Florus, les Grecs ne cessent de nous attaquer ; ils frappent nos femmes et nos enfants dans la rue et dénigrent notre culte. Il y a deux jours encore, ils ont égorgé des oiseaux sur l'étroit chemin de la synagogue, nous contraignant à marcher un jour de chabat au milieu de cette boucherie...

— Combien de morts ? l'interrompit Gallus.

— Des centaines, répondit tristement le publicain. Beaucoup d'entre nous ont perdu des proches dans les émeutes. Ils ont dû envoyer leurs familles dans un village voisin pour les mettre à l'abri.

— Ce que tu me décris, je l'ai déjà constaté depuis Antioche, remarqua le procurateur. Vous, les Judéens de Césarée, n'êtes pas les seules victimes. Depuis que Jérusalem s'agite, tout le monde dans la région s'attaque aux Juifs, lesquels ripostent.

— Mais l'armée romaine elle-même...

— L'armée romaine elle-même a parfois la main lourde, lui concéda Gallus. Et les victimes peuvent se compter par dizaines de milliers, ajouta-t-il d'un ton faussement compatissant. Mon ami Tiberius Julius, le procurateur d'Égypte, m'a signalé qu'il y avait dû réprimer des émeutes, même à Alexandrie. D'où ma présence ici avec la XIIe Fulminata. Nous sommes venus en force pour éteindre le feu que certains dans votre communauté ont allumé d'une façon irresponsable.

— Les Juifs de Césarée n'ont rien fait ! s'indigna Jean avec son fort accent oriental. Dieu et les hommes m'en sont témoins, ton collègue Florus s'était engagé à nous protéger en échange des quarante mille drachmes que je lui ai données. C'est une somme ! Je me suis endetté pour la trouver. Les seuls bénéfices que je tire de ma collecte d'impôts en tant que publicain n'y auraient pas suffi. Il était donc logique qu'il assume sa part de notre accord et qu'il nous protège des Grecs, conclut-il la voix tremblante d'indignation.

Marcus sentit le sang lui cogner les tempes. Gallus avait confirmé qu'Alexandrie, sa terre natale, était en proie à des troubles sanglants. La situation actuelle le renvoyait à un passé qu'il avait tout fait pour oublier… Il se laissa gagner par une colère qui pourrait devenir incontrôlable. L'odeur du cuir fraîchement écorché qui émanait de la tente lui monta à la tête jusqu'à la nausée. Il se glissa alors vers la sortie pour éviter de se faire remarquer et bénéficia par la même occasion d'une vue d'ensemble sur toute l'assemblée. Son attention fut retenue par une silhouette qui lui sembla familière, un grand homme blond, revêtu d'une cuirasse sombre, et qui chuchotait quelques mots à l'oreille du procurateur Gallus. Ce dernier l'approuva d'un signe de la tête et s'adressa au vieux Jean sur un ton encore plus ferme.

— Ne nous emballons pas. Le préfet des camps de mon collègue Florus, ici présent, me confirme que les quarante mille drachmes demandées n'étaient qu'un arriéré d'impôts que les Juifs de Galilée devaient depuis longtemps au peuple de Rome, et rien d'autre. Si les notables et toi-même l'avez pris pour la rémunération d'une protection spéciale, c'est un malentendu. Rome est là pour veiller, à parts égales, sur tous les habitants de la région : Judéens, Grecs et Syriens.

— Pardonne-moi d'insister, procurateur Gallus, mais je suis publicain ; je sais de quoi je parle. C'est moi qui collecte les taxes auprès de nos gens, y compris des plus démunis. Je t'assure que nous n'avions aucun arriéré d'impôts à Césarée.

— Tais-toi, par Jupiter ! répliqua le légat avec un geste agressif. Ça suffit. Mon collègue Florus n'est malheureusement pas là pour t'apporter la contradiction. Il a dû rester dans la ville de Sébasté, car il est… souffrant depuis sa mésaventure de Jérusalem. C'est d'ailleurs pour cette raison que je suis venu sur place voir ce qu'il en est. Et jusqu'à présent, j'avoue qu'il m'a fallu frapper fort malgré moi pour calmer tout le monde, en Galilée et ailleurs.

Jean baissa la tête et Marcus serra la mâchoire ; il comprenait que Gallus en avait profité pour tout saccager et piller sur son passage, d'Antioche jusqu'ici. Les fonctionnaires expatriés dans les provinces de l'Empire avaient les dents qui raclaient le sol.

— La parole est aux notables de Jérusalem, intima Gallus en frappant dans ses mains.

Le vieux barbu vêtu de blanc s'avança alors jusqu'au premier rang et prit la parole dans un grec parfait.

— Je te salue, ô procurateur Gallus, et te remercie de bien vouloir écouter notre détresse. Moi, le Grand Prêtre Annan-ha-Cohen, je te parlerai au nom de l'immense majorité de la population de la région, et de Jérusalem en particulier. Depuis quelques mois, nous courons un grand danger. Des agitateurs galiléens parmi ceux qui ont pris la forteresse de Massada au sud sont entrés dans la Ville Sainte et ont convaincu une partie de la jeunesse d'en découdre avec les Romains. Mon propre neveu, Éléazar, en charge du fonctionnement du culte dans le Temple, fait d'ailleurs partie des jeunes révoltés. Ils ont déjà incendié les bâtiments d'archives et, depuis quelques jours, l'ancien palais des rois Hasmonéens.

— Mais pourquoi vos jeunes se laissent-ils influencer par des extrémistes qui prennent parti contre Rome ?

— C'est qu'ils éprouvent un terrible sentiment d'injustice, expliqua le Grand Prêtre. En Judée et ailleurs, trop de petits propriétaires crèvent de faim et sont réduits à l'esclavage à cause de leurs dettes. Les travailleurs journaliers sont malmenés et taxés. Et au point où en sont les choses, beaucoup n'ont plus rien à perdre. Il sera facile de les enrôler dans une rébellion contre Rome, ajouta-t-il presque à voix basse. S'ils ont brûlé les archives, c'est justement pour effacer les dettes des plus pauvres, et les convaincre de se soulever.

— Des « travailleurs malmenés et taxés » ? As-tu des reproches à faire à l'empereur Néron, Grand Prêtre Annan ?

— À l'instar de feu mon beau-père Caïphe, je n'ai jamais remis en question l'empire de Rome sur la Judée, rétorqua calmement le vieil homme. Du reste, j'ai toujours plus de mal à trouver les mots pour consoler le peuple des innombrables crucifixions de nos frères, ordonnées par ton collègue Florus. Comme ses prédécesseurs, il a tendance à considérer toute protestation comme une menace de sécession politique.

— Qu'est-ce que tu veux exactement ?

— Il faudrait alléger la fiscalité. En plus de l'impôt obligatoire sur les produits de la terre, les habitants de Judée doivent s'acquitter d'un tribut individuel annuel, jusqu'à l'âge de soixante-cinq ans. Ils n'auront pas les moyens de payer indéfiniment. Et je te le dis sincèrement, nous, les prêtres sadducéens, nous ne pourrons plus apaiser les tensions si tu ne fais pas un geste envers la population.

— C'est bien ce que je disais ; tu profères des menaces contre Rome ! l'interrompit Gallus avec un rictus mauvais.

— Non, Dieu m'en garde ! Mais, entends-moi : la Pax Romana n'est plus une réalité pour nous depuis longtemps. Florus s'est rendu à Jérusalem pour se servir directement dans le trésor du Sanctuaire, et il n'a pas hésité à crucifier des notables, femmes et hommes confondus, pour l'occasion. Certains d'entre eux avaient même le statut de citoyens romains ! Il a ensuite fait massacrer des milliers d'innocents au marché, avant de détaler, pardonne-moi, comme un voleur.

— Mais ensuite, vous les Juifs, avez réduit en pièces la garnison que Florus avait laissée en poste dans la forteresse Antonia !

— Les habitants sont sortis traumatisés de cet épisode : leurs proches ont été écrasés sous le pas des chevaux. Incapables de les identifier, ils n'ont même pas pu les enterrer dignement, protesta le vieux prêtre. Alors, oui, nos jeunes ont riposté, stimulés par des agitateurs exogènes, des sicaires venus de Massada avec leur chef, un certain Menahem. D'ailleurs, ils se sont ensuite désolidarisés de lui, car il s'est révélé incontrôlable.

L'homme à la cuirasse sombre chuchota à nouveau à l'oreille de Gallus, qui signifia brusquement la fin de l'ambassade. Comme le Grand Prêtre Annan ne bougeait pas, le légat s'adressa à lui :

— Écoute-moi bien, vieillard. Voici comment les choses vont se dérouler. Le roi Agrippa m'a demandé la faveur d'une dernière tentative, et il a envoyé deux hommes de sa suite pour négocier une reddition des insurgés. J'imagine sans mal que les zélotes et leurs associés vont refuser. Et donc, avec l'aide des dieux, je lancerai une attaque sur la ville, pour mettre fin aux dissensions civiles. Mais, vous les notables, ne venez pas chialer ensuite sur le nombre de victimes. Mes soldats n'ont pas fait le voyage pour rien.

— Tu… tu devrais d'ab… d'abord env… envoyer un rap… rapport à Nér… Néron p… pour dénoncer les exac… exactions de… Flo… Florus. C'est… c'est la règle !

Le silence se fit sous la tente, et tous les regards se posèrent sur Marcus. C'était plus fort que lui. Il n'avait pu s'empêcher de rebrousser chemin et d'intervenir. Gallus le considéra un temps et plissa les yeux.

— Qui es-tu, le bègue, pour me faire un cours de droit romain ?

L'ancien tribun des vigiles fut incapable de répondre. Il ne pouvait détacher son regard de l'officier blond qui lui souriait de toutes ses dents, debout, aux côtés du procurateur. Il reconnut alors la chevalière en or sur laquelle un loup était gravé. Tout à l'heure déjà, il avait eu des doutes, mais il avait chassé cette idée invraisemblable de son esprit. L'homme auquel il pensait était trop loin. Mais maintenant… maintenant, il le reconnaissait.

Par les dieux infernaux, non… Pas ici !

Il sentit l'effroi l'envahir, en même temps qu'une douleur foudroyante lui vrillait les tripes. Les autres notables quittaient silencieusement la tente, quand Lucius Cornelius Lupus, le frère de Gaïa, et son plus grand ennemi, s'approcha de lui avec un rire glaçant.

VII

Libation

Mont Scopus,
deux jours après les calendes d'octobre 66,
à la tombée de la nuit

Assis sur une chaise à haut dossier dans le baraquement du préfet du camp, Lucius Cornelius Lupus engouffrait cul sec sa troisième rasade de vin de Laodicée, sous le regard envieux des auxiliaires syriens postés près de la porte. D'un geste brutal, il leur signifia de disposer, avant de poser un regard incrédule sur son verre à pied. Il n'en revenait toujours pas : aller jusqu'au trou du cul du monde et tomber sur ce silène de Marcus travesti en maître d'école, et accompagné de son idiote de sœur, qui plus est ! Son visage se fendit d'un sourire mauvais. À la fin de l'ambassade, le vieux publicain de Césarée, croyant faire bonne impression, lui avait avoué que « l'épouse du magister » venait « d'une grande famille romaine » et qu'elle se nommait Cornelia. À la bonne heure ! Avec la description qu'il avait balancée ensuite, âge, taille, blondeur, Lucius avait compris qu'il s'agissait de Gaïa.

Sans l'ombre d'un doute.

Il palpa une fois encore la missive qu'il tenait cachée dans sa ceinture, sous son armure de cuir sombre. Fortunata, leur mère, lui annonçait que sa « pauvre sœur » avait succombé à une sorte de peste, et que son corps, scellé dans un sarcophage de plomb, était inhumé sous la stèle funéraire de leur père, via Ostiensis, à la sortie de Rome… Il fronça les sourcils et se reversa une dose de liquide rouge sirupeux, sans même prendre la peine de le couper avec de l'eau. Comment Marcus s'y était-il pris pour faire accroire un pareil bobard ? Sûrement un coup du médecin grec de la Première Caserne, cette vieille tarlouze qui marchait de travers avec sa canne, pensa-t-il en tapant du poing sur la petite table où étaient posées les coquilles d'huîtres, figues et autres reliefs de son repas. Dès ce soir, il écrirait une lettre à Rome, au préfet de la Ville, ou même en Grèce, à Tigellin tiens, pour qu'il règle son compte au vieux boiteux. Quant aux deux autres – sa face rougie par l'alcool prit un air carnassier – il n'éprouvait même plus le besoin de les détruire, physiquement.

Ce qu'il avait dit à Marcus avant de le laisser partir, suffirait largement à les ravager. Il repensa au visage épouvanté de l'ancien chef des vigiles quand il lui avait raconté en détail cette nuit de Saturnales, où sa chère Gaïa s'était offerte à l'empereur, avec la meilleure volonté du monde. Il se revit en train de contrefaire ses petits cris de jouissance sous le regard ahuri de l'ancien vigile. Et il fut emporté par un rire bruyant, incoercible, qui l'empêcha de remarquer l'arrivée du préfet du camp, son ami Turranius Priscus.

— Qu'est-ce qui t'arrive, Lucius ? On t'entend depuis l'extérieur de la tente. C'est la proximité de Jérusalem qui te met dans cet état ?

— Non, je repensais à ce bègue en colère qui est intervenu lors de l'ambassade de ce midi. Tu sais, le maître d'école que j'ai fait relâcher malgré son arrogance.

— C'est vrai qu'il était drôle celui-là, avec ses yeux vairons. Une vraie tronche de démon, par Pollux ! Le procurateur Gallus voulait le mettre en croix. Tu lui as fait un beau cadeau en lui laissant la vie.

— Oui, un très beau cadeau, et qui me rend très heureux, mon ami, renchérit-il en levant son verre rempli à ras bord. Mais, pour être honnête, la vue de ce truc qui irradie là, sur les hauteurs, me rend plus heureux encore. Ça sent le fric à plein nez tout ça !

— Une vraie merveille que ce truc, comme tu dis, approuva l'autre avec enthousiasme. Tu désignes là le Temple des Juifs, le bâtiment le plus sacré du Sanctuaire de Jérusalem, tout de bronze, d'or et d'argent, et dont la partie la plus riche est uniquement accessible aux prêtres.

— Je le sais bien... C'est l'or de Jérusalem ! s'exclama Lucius.

— Exactement, confirma Priscus. J'ai déjà eu l'occasion de m'en approcher à six stades de distance, quand je me suis rendu dans l'enceinte du Sanctuaire, sur le Parvis des Nations qui est ouvert à tous. Même de là, on comprend que cette maison sacrée regorge de richesses : arcades en métaux précieux, portes plaquées or et argent. Et tout autour de l'entrée principale du Temple, une vigne en or décorative mais tellement lourde... Pff... Un Juif m'a raconté qu'un jour elle avait atteint le poids de mille talents, et qu'il avait fallu trois cents prêtres pour décrocher des perches le surplus trop lourd. Parce que, tiens-toi bien, les fidèles du monde entier vénèrent tellement l'endroit, qu'ils multiplient les dons. Certains y font accrocher une feuille d'or, d'autres un grain, et les plus riches, une grappe, carrément ! Alors avec tout ça ils peuvent bien nous lâcher les dix-sept talents qu'ils doivent encore à l'empereur.

— À l'empereur ? releva Lucius avec un sourire dubitatif.

— Enfin, à l'empereur et à nous. Tu vois ce que je veux dire.

Lucius prit un air gourmand, et poursuivit, intrigué.

— Tout le monde donne, même les plus pauvres ?

— Ouais, il y a un minimum exigé. Tous les Juifs de plus de treize ans, figure-toi, même ceux qui crèvent la dalle, doivent verser deux drachmes par an pour ce foutu Sanctuaire. Et ça arrive de tout l'Empire ; y'a même des ronds qui leur viennent de chez les Parthes… Imagine !

— J'imagine d'autant mieux que, comme je te l'ai écrit avant de venir, j'ai besoin de me refaire, confessa Lucius d'un air sombre. Je me suis brûlé les ailes à la cour de Néron.

— On m'a raconté que tu t'étais saigné pour l'empereur, et qu'il n'en a pas été très reconnaissant, acquiesça l'autre d'un air faussement désolé. Mais sois tranquille, mon vieux. Niveau fric ici, tu pouvais pas mieux tomber. Ces Juifs, avec leurs coutumes bizarres, sont tellement haïs par tout le monde, qu'on peut les taxer ad libitum. Et s'ils ne sont pas contents… T'as bien vu comment ce vieux filou de Florus s'y est pris il y a quelques mois ?

Lucius vida entièrement son verre.

— Bien sûr ; j'étais avec lui. On s'est effectivement pointés à Jérusalem pour se remplir les poches, mais on n'a pas pu approcher le Temple, ni même l'enceinte du Sanctuaire. Et on est sortis bredouilles. Florus a fait massacrer pas mal de gens, mais lui-même il a été rudement amoché par des insurgés. Il paraît que sa blessure s'infecte. Je l'ai quitté très mal en point le mois dernier, quand je suis venu vous rejoindre avec les troupes auxiliaires qu'il m'a confiées. Qui sait, il va peut-être mourir à Sébasté, sans pouvoir regagner son quartier général de Césarée, ajouta-t-il sans la moindre émotion.

— En tout cas, remarqua Priscus, j'ai quand même l'impression qu'il t'a beaucoup appris. On raconte que tu te livres à de petites tractations avec les différentes bandes qui pillent les villages de Samarie et de Galilée ?

— Je laisse ces crève-la-faim faire ce qu'ils veulent à condition de toucher ma com'. Regarde ! dit Lucius en exhibant une bourse remplie de pièces d'or.

— L'élève a dépassé le maître, remarqua l'autre d'un ton sec. Ne m'oublie pas dans l'histoire, c'est tout.

— T'inquiète, par Mercure ! Tu sais qu'on partage les bénefs sur la Galilée. Mais franchement, ici, je ne vois plus vraiment comment on va s'y prendre : Rome n'a pas la mainmise sur le Temple. C'est ce que j'ai pu constater aux dépens de Florus.

— La gestion des affaires religieuses revient effectivement à Agrippa deuxième du nom, un roitelet sans grande importance, arrière-petit-fils d'Hérode le Grand. Mais nous, tu vois, contrairement à ton chef Florus, nous sommes venus d'Antioche sur la demande *officielle* de certains notables de la Ville. Donc, si les rebelles ne veulent pas se rendre – et ils ne le voudront pas en dépit des initiatives de ce toquard d'Agrippa – notre attaque sera légitime. On entre dans la Ville et on investit directement l'Antonia, tu sais, le grand bâtiment qui fait face au Sanctuaire côté nord-ouest. Ensuite, d'une tour l'autre, suis mon doigt. Il y a deux escaliers qui mènent aux portiques du bâtiment convoité.

— Si tu le dis… Buvons le fruit de la vigne en attendant les grappes d'or ! suggéra Lucius qui levait déjà son verre.

— Freine un peu sur la boisson et suis-moi pour inspecter les troupes. L'attaque est prévue dans deux ou trois jours.

Lucius fit alors une titubante invocation au dieu Mars et renversa du vin à ses pieds. Puis il accompagna Priscus, les yeux brillants, souriant à la pensée du double bonheur qui s'annonçait : l'or de Jérusalem l'enrichirait au-delà de ses espérances. Quant à la petite confidence qu'il avait faite à Marcus, elle allait esquinter les deux êtres qu'il haïssait le plus au monde, avec raison. Oh ! Qu'il était heureux !

VIII

La tempête

Troisième nuit après les calendes d'octobre 66

Marcus frappa des talons les flancs de sa monture, qu'il sentait hésitante à attaquer de nouveau la pente sous la pluie qui menaçait. Après sa confrontation avec Lucius, il avait enfourché son cheval et quitté Gabaon malgré le ciel de plomb, et sans la moindre considération pour le vieux Jean et les autres notables, qui voyaient dans son entretien privé avec un Romain haut placé le signe que leurs doléances seraient écoutées. Les crétins... Il cheminait vers Césarée à toute vitesse, éclairé à peine par les apparitions intermittentes de la lune entre les nuages noirs. Son allure était trop vive pour les routes escarpées des collines de Judée, mais c'était sans importance. La pluie se mit à tomber, légère d'abord, puis en abondance. Tant mieux ! S'il finissait noyé dans un ravin, ce serait aussi bien. Des larmes amères roulèrent sur ses joues, rapidement dissoutes par les gouttes d'eau et la bise tranchante qui s'était levée, et il accéléra encore sa course en se remémorant le sourire gourmand de Lucius quand il lui avait jeté à la figure sa bouleversante révélation.

Un éclair lointain transperça le ciel, et son cheval se cabra, prêt à le rejeter. Un démon malfaisant devait se moquer de lui. Il s'était exilé à vingt mille stades de Rome pour fuir l'empereur et ses courtisans, parmi lesquels Lucius Cornelius Lupus, le frère de Gaïa, était le plus à redouter. Et voilà qu'il le retrouvait ici, rattaché à la XIIe légion Fulminata, en charge de mater la rébellion de Jérusalem.

Par Zeus, mais pourquoi Lucius avait-il échoué en Judée ? Marcus se rappela soudain la splendeur hors norme du Temple qu'il avait admiré de loin, sur la colline face à Gabaon, et il comprit. Lucius ne pensait qu'à l'argent. Il s'était ruiné à Rome, à côtoyer Néron, en paris, trictrac et compagnie ; il était venu ici pour rafler du fric. On avait dû lui vanter la richesse du Sanctuaire et lui faire miroiter la facilité avec laquelle on pouvait taxer la populace dans cette instabilité permanente. L'ancien vigile pensa aux pillages et aux massacres perpétrés par le procurateur Florus quelques mois auparavant, et ralentit sans s'en rendre compte le pas de son cheval. Et si Florus avait agi sous l'influence de Lucius ? Il ne connaissait que trop sa cupidité morbide, qui l'avait même poussé à assassiner son propre père.

La pluie devint si dense qu'elle l'empêcha de respirer normalement. Marcus baissa la tête pour prendre une bouffée d'air humide et replongea dans ses souvenirs. Lucius n'était pas seulement le frère de Gaïa, mais le sien… Pas un frère dans la chair, non, mais un frère adoptif, qui lui était échu par malheur et par testament. Contre toute attente, lui, le petit vigile venu d'Alexandrie, avait été adopté post mortem par l'honorable sénateur Cornelius, père de Gaïa et de Lucius. C'était Marcus qu'il avait choisi comme héritier officiel, et non son fils naturel ! Lucius de son côté était tellement persuadé d'hériter qu'il n'avait pas hésité à abréger les jours de son père, accusant les esclaves domestiques d'avoir empoisonné leur maître. Mais les choses n'avaient pas tourné comme prévu. Gaïa, qui nourrissait des soupçons envers son frère, était allée trouver Marcus, et ils avaient mené une enquête. Alors la colère de l'assassin démasqué et la jalousie du fils éconduit s'étaient emparées de l'esprit de Lucius. Lors de la lecture du testament de Cornelius, il y avait déjà douze ans maintenant, Marcus avait officiellement refusé la filiation et l'héritage pour apaiser Lucius. Il n'avait demandé en échange que l'affranchissement des quelques esclaves violentés par Lucius, mais rien n'y avait fait. Depuis douze ans, Lucius Cornelius Lupus poursuivait Gaïa et Marcus de sa vengeance et de sa haine, depuis douze ans, il les torturait au sens propre et au figuré, menaçant de produire des documents dévoilant le passé égyptien et servile de Marcus. Et maintenant… Maintenant, il venait de lui faire une révélation destructrice.

Un bruit infernal transperça le ciel, suivi par un trait de foudre. L'arbre sur sa gauche était en feu. Cette fois-ci, le cheval se délesta de son cavalier. Marcus roula violemment sur le flanc de la colline et laissa échapper un hurlement de douleur et de colère. Il posa ses mains sur sa tête et le long de son dos pour vérifier l'état de son corps. Un liquide rougeâtre lui coulait sur les paumes, emporté par la pluie. Il saignait quelque part, il ne savait pas où. Il ferma les yeux et prit le parti d'attendre la fin de l'orage, accroupi au sol. Tant pis pour son cheval. Les idées continuaient de se bousculer dans sa tête, malgré la violence du ciel. Il comprenait enfin le visage triste de Gaïa quand elle avait posé les yeux sur l'enfant à son arrivée ; il s'expliquait aussi son air de bête traquée, sa piété exacerbée et sa volonté sans faille de faire pénitence à Jérusalem. Elle avait un terrible mensonge à expier, un mensonge qu'elle avait tous les jours devant elle : le petit Alexander était aussi roux que Néron, son père.

L'orage s'arrêta peu à peu et il se releva avec peine, le corps cassé et trempé jusqu'aux os. *Mais pour… pourquoi ?* se demandait-il, seul sur la route, à voix haute. Pourquoi sa Gaïa, Gaïa la chaste, avait-elle accepté de coucher avec la bête immonde ? Il avait supplié Lucius de lui en dire plus, mais l'autre s'était mis à rire, surjouant des détails sordides à chaque question… *Pourquoi ?* Marcus ne voyait qu'une seule raison : cette ordure de Lucius avait dû forcer sa sœur en exerçant un chantage. Il n'osa penser lequel.

IX

Une fuite en avant

Césarée, calendes de novembre 66

Gaïa Cornelia écoutait les paroles du vieux Jean, les yeux écarquillés de terreur.

— Qu'est-ce que tu dis ? Comment se nommait le Romain qui a reconnu Marcus à l'ambassade ?

— C'était un certain Cornelius, avec un surnom d'animal, Ursus, ou quelque chose comme ça. Un patricien, grand, de belles dents blanches et les cheveux clairs.

— Est-ce que sa chevelure était de cette couleur-là ? demanda Gaïa en soulevant son voile d'une main tremblante.

— Oui, exactement ! confirma le vieil homme, troublé.

— Est-ce que quelqu'un lui a mentionné mon fils ?

— Non, je ne lui ai parlé que de toi, pas du petit.

— Jure-le-moi, par le Dieu de tes ancêtres !

— Je n'ai pas parlé du petit, je te le jure, Gaïa. Ce gradé m'a posé toutes sortes de questions sur tes origines et il m'a demandé de te décrire très précisément. Tu le connais ?

L'ancienne vestale ne répondit pas. Elle se mit à trembler de tous ses membres et s'assit sur un tabouret de cuisine, évitant le regard inquiet de son interlocuteur.

Quel horrible tour de la Fortune ! Elle secoua la tête, incrédule. Marcus avait croisé la route de son frère ennemi, lors de la délégation à laquelle elle-même l'avait contraint à participer ! Elle l'avait envoyé dans la gueule du loup… Elle aurait dû être plus prudente. Ni Marcus ni elle n'avaient plus d'existence officielle à Rome ou ailleurs. Ils étaient devenus des fantômes, ils devaient vivre cachés. Mais elle avait quand même insisté pour qu'il prenne sa part dans cette fichue ambassade. Pourquoi ? Était-il si important de montrer à tous que son compagnon pouvait être utile à la communauté ? Idiote qu'elle était ! Elle les avait conduits vers leur perte. Sans parler du petit… Si jamais Lucius venait à apprendre son existence, Alexander courrait un grave danger. Elle regarda le grand couteau de cuisine posé sur la table et eut envie de se l'enfoncer dans le bras, comme ça, pour se punir. Le vieux Jean lui avait raconté que Marcus et Lucius avaient parlé en privé. Qu'est-ce que cette pourriture avait pu raconter à Marcus, à part cette nuit infâme qu'il lui avait imposée lors des saturnales ?

Gaïa réfléchissait à toute vitesse, rétablissait les dates et les faits. Oui ; c'était bien après cette ambassade, il y avait de cela un mois, que Marcus avait changé. Depuis un mois, il ne l'aimait plus. Il dormait chez la brune du forum et ne rentrait qu'au petit matin, sans dire un mot. Elle frissonna. La jalousie qu'elle aurait dû éprouver envers cette femme était complètement occultée par la honte et la peur. Après avoir appris qu'elle avait couché avec Néron, Marcus avait dû réaliser qu'Alexander n'était pas son enfant. Exactement comme elle-même l'avait compris quand elle avait revu le petit pour la première fois, à l'embarcadère. Sa chevelure rousse et son teint clair ne laissaient aucune place au doute. Son cœur battit à tout rompre. Bien sûr que Marcus savait ! Elle fit un effort immense pour retenir les sanglots qui lui enserraient la gorge. Pendant un mois, ignorant qu'il avait vu Lucius à cette ambassade, elle n'avait cessé de lui demander ce qui n'allait pas, l'invitant à se confier, tour à tour prévenante et coquette. Elle avait même concédé qu'elle était allée trop loin en lui imposant cette rencontre avec les autorités romaines. Mais Marcus avait éludé toute tentative de conversation. Il s'était contenté de lui dire que l'ambassade l'avait inquiété, lui faisant encore jurer de ne plus se rendre à la synagogue et de rester discrète en attendant un départ dès le début du printemps, peut-être vers l'Hispanie. Il était resté d'humeur égale et emmenait le petit tous les jours à l'école, comme à l'accoutumée. Mais il évitait son regard, ne s'approchait plus d'elle et ne rentrait pas la nuit.

Rongée par l'inquiétude et les questions, Gaïa avait voulu sortir du doute. Voilà pourquoi elle avait écrit au vieux Jean, réfugié dans le village proche de Narbata, comme une grande partie des Judéens de Césarée. Elle l'avait supplié de venir lui rapporter exactement ce qui s'était produit durant cette ambassade de Gabaon, car le vieux publicain ne maîtrisait pas assez le grec pour lui donner des précisions par lettre. Et maintenant qu'elle avait compris, elle prenait la mesure de la situation.

— Mon récit a-t-il éclairé ta lanterne ? Qui est ce Romain, Gaïa ?

— Lucius Cornelius Lupus est mon frère, né du même père et de la même mère. C'est aussi un démon malfaisant, précisa la jeune femme d'une voix sourde.

— Il souriait pourtant quand il a reconnu Marcus. Il lui a évité le plus horrible des châtiments.

— Le plus horrible des châtiments, c'est celui qu'il est en train de faire subir à notre famille.

— Qu'est-ce que tu veux dire ? demanda le vieillard, interloqué.

— Merci d'être venu, répondit-elle en mettant fin à la conversation d'un geste de la main. Tu es en danger ici ; rentre à Narbata. La situation est assez compliquée en ce moment pour les gens de la communauté. Je ne veux pas t'encombrer l'esprit avec mes problèmes. C'est à moi de les résoudre, avec l'aide du Dieu.

Jean hocha tristement la tête, et apposa ses deux mains sur la tête de Gaïa pour la bénir, avant de prendre congé. Quand elle eut refermé la porte, elle se dirigea vers la chambre à coucher et se saisit d'un stilus et d'un rouleau de papyrus, qui contenait un abrégé des traités de Zénon. Elle en déchira une mince parcelle dans la marge du bas et y griffonna une phrase qu'elle cacha sous son oreiller. Elle se rendit alors dans le petit jardin derrière la maison, où son fils jouait au héros avec sa petite épée de bois. La chevelure de feu resplendissait dans les derniers rayons. Elle le prit dans ses bras et l'embrassa longuement.

— J'ai faim ! Est-ce qu'on attend mon papa pour manger ?

— Non, Alexander. Je crois qu'il a trop à faire pour rentrer ce soir. On va grignoter un petit quelque chose dans la cuisine.

Il était tard. La nuit tombait, mais Gaïa avait pris sa décision. Elle inspira profondément, ébaucha un sourire et entraîna son fils vers la table pour lui servir la galette d'épeautre et de fromage de chèvre qu'il adorait. Pendant qu'il mangeait, elle avala rapidement un bol de soupe au chou, et fit quelques bagages. S'adressant alors au petit de la façon la plus naturelle possible, elle promit, s'il montait sur le petit âne blanc qui paissait à l'entrée de la maison, de lui chanter son passage préféré d'Homère en y mettant bien le rythme. L'enfant, amusé, accepta avec enthousiasme. Elle l'enroula délicatement dans une couverture avant de le charger sur sa monture. Munie d'une lampe à huile, elle se mit en chemin vers le sud, récitant de mémoire les quelques vers du chant IX de l'*Odyssée*, quand Ulysse piège le Cyclope en se faisant appeler « personne ». Bercé par les vers et le pas régulier de l'âne, l'enfant finit par s'endormir dans la nuit fraîche. Gaïa donna alors libre cours à son angoisse, et la lampe commença à trembloter dans sa main droite.

Elle fuyait deux hommes à présent. Le premier par honte absolue, le deuxième parce qu'il représentait un danger mortel pour son fils. Si Lucius voyait un jour Alexander et ses cheveux roux, il comprendrait aussitôt qui il était, et… Que le Seigneur le protège ! Son frère voudrait l'utiliser. Il pourrait se servir de lui pour revenir en grâce auprès de Néron. S'emparer de l'enfant, le ramener à Rome, ou même le tuer, selon les desiderata de l'empereur ou les besoins de sa cause.

Elle ressentit d'un coup la froideur de la nuit et trembla de plus belle. Plût au Dieu qu'elle soit aussi rusée qu'Ulysse, plût au Dieu que son fils ne soit plus « personne » pour se fondre dans le décor et disparaître.

Comment réparer ? Mea culpa, mea maxima culpa. Elle se mit à pleurer.

Quel mauvais coup de la Fortune avait conduit Lucius en Judée ? Il était tombé en défaveur auprès de Néron au moment du grand incendie de Rome – ça, elle l'avait noté à l'époque – et l'empereur avait dû refuser qu'il l'accompagne dans son nouveau périple en Grèce. Mais pourquoi ici ? Rome ne manquait pas de provinces. Elle regarda son fils, petit corps menu allongé sur le dos de l'âne, et ses larmes cessèrent. Le bruit courait qu'une légion entière venue d'Antioche avait été repoussée par les habitants de Jérusalem avec une facilité déconcertante, et que les troupes défaites se dirigeaient actuellement vers Césarée. Elle faisait donc bien de partir de chez elle et de retourner dans la Ville Sainte. Seule Jérusalem, avec ses trois rangées de remparts, pouvait les protéger de Lucius et des armées. Seule Jérusalem. Et puis, le Seigneur avait quelque chose à lui reprocher. Elle savait quoi. Son précédent naziréat interrompu n'y avait pas suffi. Elle devait se rendre à nouveau au Temple et se livrer à une pénitence complète, pour expier sa faute et pour protéger son fils.

X

Une étrange retraite

Route d'Antipatris, troisième jour après les calendes de novembre 66, au matin

Lucius marchait vers Antipatris, entouré d'un troupeau de fantassins claudicants et blessés. Certains avaient abandonné armes et boucliers dans la hâte de la retraite. D'autres, la tête cabossée, glissaient piteusement sur la route dans leurs godillots qui avaient perdu des clous. À côté de lui, Turranius Priscus, le bras en bandoulière dans un bandage sanguinolent, se traînait sur son cheval moucheté. *L'imbécile !*

Lucius poussa un soupir méprisant. Ces derniers jours, le procurateur de Syrie et son préfet avaient agi en dépit de tout bon sens guerrier. Ils avaient pourtant réussi à forcer le troisième et récent rempart de Jérusalem, celui que le précédent roi des Juifs, Agrippa Ier, avait laissé inachevé. Puis ils avaient mis le feu à la Ville neuve pour établir un campement face au palais d'Hérode avant de diriger une attaque contre le flanc nord du Temple. Lucius restait incrédule. En formation « de tortue » et protégés des offensives judéennes, les fantassins auraient pu saper la base du deuxième rempart, et mettre le feu au premier portique qui brillait insolemment près d'eux. Mais non ! Contre toute attente, alors qu'une grande partie des habitants, effrayés par le radicalisme des zélotes, appelait l'armée à l'aide et jurait d'ouvrir leurs portes, Priscus avait subitement conseillé à son chef Gallus de reprendre ses troupes et de reculer. Toujours en mode « tortue ». Pourquoi abandonner, si près de prendre la Ville et de se servir dans les caisses ? Qu'est-ce qu'il lui était passé par la tête, à cet abruti ?

Forcément, quand ils les avaient vus partir, les rebelles en avaient profité. Menés par un colosse, un certain Éléazar ben-Simon, ils avaient balancé des pierres du haut des toits et détruit les portiques de la citadelle Antonia, qui donnait accès au Temple. Ensuite, quand l'armée se remit en route vers Gabaon, ce fut au tour de la cavalerie d'arrière-garde d'être attaquée dans les défilés. Des Judéens avaient surgi de partout, innombrables. Au campement de Gabaon, Gallus avait même donné l'ordre d'abandonner les bagages et de tuer toutes les bêtes de somme, ânes, bœufs et mulets. Lucius considéra un temps les soldats et se fendit d'un sourire ironique : Ah, elle était belle, la fameuse XIIe légion « Fulminata » ! Tu parles d'une « foudre de Zeus » ! Elle tombait en morceaux, en se mouvant douloureusement vers Antipatris, la dernière ville de garnison avant Césarée.

La veille au soir, à Beth-Horon, le procurateur Gallus avait profité de la nuit pour battre retraite en douce. À nouveau sur les conseils de son chef de camp, il avait laissé sur place quatre cents de ses hommes, chargés de faire du bruit pour tromper les Juifs et leur faire croire à un campement véritable de toute la légion. Lucius fut secoué d'un rire nerveux : à l'heure qu'il est, ces pauvres bougres avaient dû être réduits en miettes par ben-Simon et ses Barbares. Mais le plus embêtant dans l'histoire, c'était qu'on avait abandonné là-bas toutes les hélépoles, scorpions, balistes, catapultes et autres machines de guerre. Les Juifs allaient forcément les récupérer pour les utiliser ensuite. Lucius supportait très mal la frustration. Il jeta un regard mauvais en direction de son ami Priscus qui chevauchait tête basse, dans un mutisme inhabituel.

Ce con est pire que Florus ! murmura-t-il entre ses dents.

Il n'y avait pas à dire, Turranius Priscus était bien une chiffe molle. Il n'avait rien trouvé de mieux que de conseiller à son chef de fuir quand il s'était rendu compte qu'il ne pourrait pas accéder facilement au trésor du Sanctuaire. Mais quelle erreur ! Au contraire, Gallus aurait dû aller au bout de son geste, faire venir d'autres troupes, perpétrer un bon gros massacre, et se servir en or sous prétexte de l'arriéré d'impôts. Maintenant, leur retrait serait interprété comme un signe de faiblesse… ce qu'il était. Et à nouveau, lui, Lucius, revenait sans un rond.

Il serra les dents d'impuissance. Tout ça ne l'arrangeait pas. Il avait déjà perdu pas mal de fric aux courses à Sébasté, où il avait dû s'endetter jusqu'au cou pour acheter son équipement militaire. Mais c'était à Rome surtout qu'il avait de grosses échéances. Sa mère et sa femme avaient confié leurs derniers bijoux à ses créanciers, en gage de bonne foi, mais ça ne suffisait pas, et elles lui avaient écrit qu'elles s'apprêtaient à hypothéquer leur maison familiale du Palatin. Un rictus de frustration se dessina sur son visage. Sa brave maman Fortunata louait des chambres à quelques putes de luxe pour se garantir les rentrées d'argent nécessaires à la vie courante, mais Licinia, son épouse, ne l'entendait pas de cette oreille. Elle l'avait menacé dans une lettre de retourner habiter chez son frère aîné, et de salir sa réputation quand elle demanderait le divorce. Par tous les dieux des Enfers ! Qu'est-ce qu'il en avait à foutre ? Au point où il en était.

— Tu as l'air en colère, remarqua Priscus, la voix altérée par la douleur.

— Je suis légèrement contrarié de revenir sans rien. Je ne devrais pas ?

— Non, par Mars, j'te jure que non : tu vas palper encore plus que prévu. Notre retraite fait partie du plan. C'est voulu.

— Ah oui ? Et qu'est-ce que vous comptez faire maintenant, toi et ce grand stratège de Gallus ?

— On va tout mettre sur le dos de Florus. L'accuser auprès de l'empereur d'avoir initié le conflit, avec ses crucifixions de masse et son histoire des dix-sept talents.

— Qu'est-ce que ça change ?

— Ça change qu'on va transformer tout ce merdier en une guerre officielle de Rome contre les Juifs, expliqua-t-il la voix éraillée. Parce que, finalement, si on veut vraiment l'or de Jérusalem, il faut s'octroyer le droit d'un pillage légal. Réclamer de simples arriérés d'impôts ne suffira pas, ajouta-t-il en remuant douloureusement son épaule engourdie par le bandage.

Lucius répondit à Priscus d'un mouvement de tête incertain. Il pensa au fameux dicton des légions : « Quand un soldat est en pays ami, il paie, mais en pays ennemi, il pille. » C'était vrai. Seule une guerre décrétée par l'empereur, « selon la religion et le droit », pourrait légitimer un pillage de grande envergure. Il réfléchit. Une guerre en bonne et due forme contre la Judée et les autres provinces juives, ce n'était pas si bête… La situation dans la région était merdique. Non seulement les Juifs y étaient criblés d'impôts, mais en plus, et il l'avait constaté à plusieurs reprises, ils engendraient naturellement la haine de leurs voisins. Grecs et Syriens méprisaient leur religion, les traitaient de femmelettes superstitieuses, et leur tapaient dessus à la moindre occasion. En outre, avec cette misère endémique, des hordes de paysans affamés, dont une grande partie avaient été réduits à la servitude pour dettes, les sicaires, sévissaient un peu partout dans le pays. Nombreux étaient les habitants qui réclamaient le soutien de Rome, mais d'autres Juifs pauvres et très observants de Galilée, qui se faisaient appeler les « zélotes », créaient aussi beaucoup d'émules dans le pays. Ils voulaient en découdre avec l'Empire pour accélérer la venue du « Royaume de Dieu », comme ils l'appelaient. C'étaient ces gens-là qui prenaient l'ascendant en ce moment à Jérusalem.

Lucius se mit à espérer pour la première fois depuis longtemps. Oui, on pouvait faire de cette défaite le premier épisode d'un affrontement stratégique : on pouvait laisser s'amplifier la révolte, et revenir ensuite à la charge pour mieux détruire et décrocher le pompon, grâce à une guerre légale. Ah ! Ce serait la fin de tous ses problèmes de fric… Finalement, ce Turranius Priscus n'était pas si con. Il lui jeta un regard et remarqua qu'il frissonnait drôlement.

— Tu ne te sens pas bien ?

— Mon épaule me lance jusqu'au cou. J'ai très froid. Je crois que j'ai pas mal de fièvre. Bof, je verrai un médecin à Antipatris.

Un cavalier vint dans leur direction. Le procurateur Gallus, positionné à l'avant-garde, les priait de le rejoindre pour un avis. Priscus lui fit signe d'y aller sans lui. Alors Lucius se mit à espérer. *Dieux infernaux, faites que Priscus y passe !* Ce serait une aubaine de devenir préfet du camp de la XIIe à sa place, et d'alimenter un chaos qui l'enrichirait vraiment.

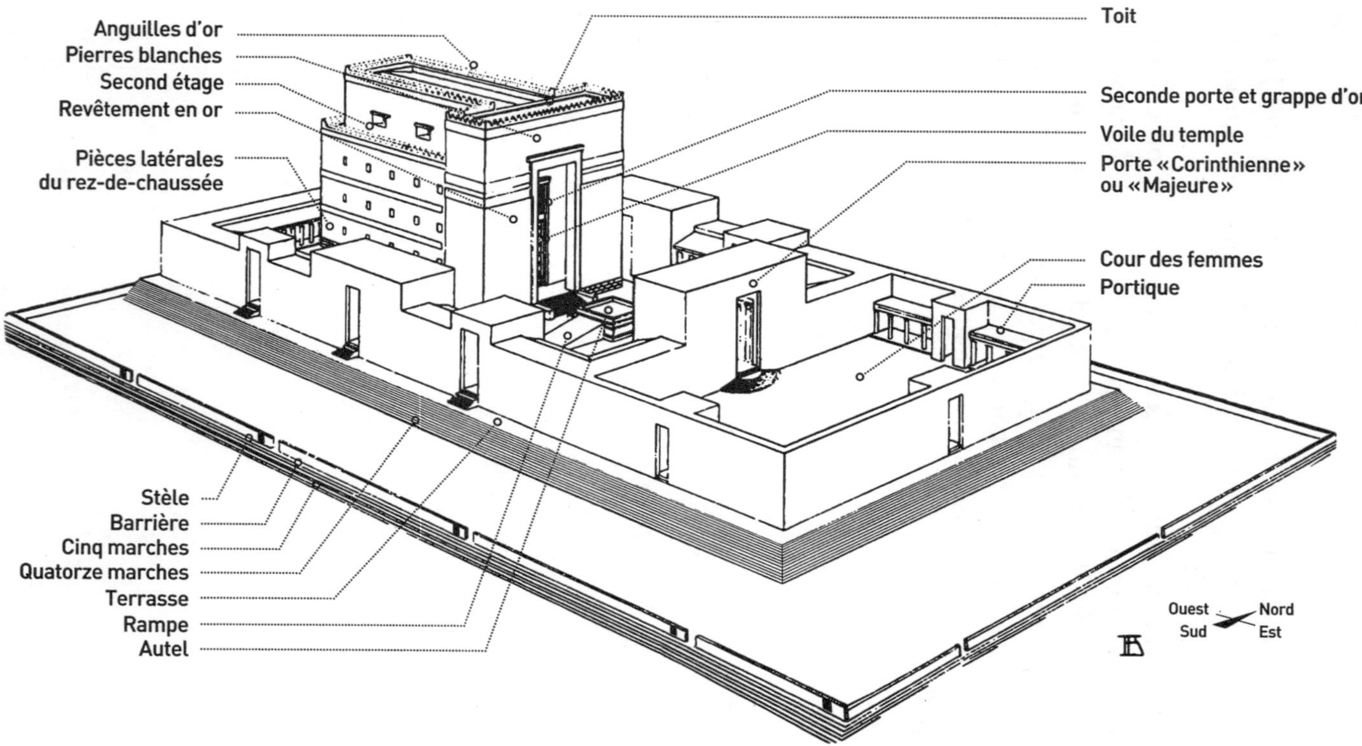

Temple d'Hérode : partie intérieure du Sanctuaire

Reconstitution de Th. A. Busink *Der Tempel von Jerusalem*, t. II p.1095

XI

Le Temple

Jérusalem, septième jour après les ides de novembre 66, au petit matin

Marcus recherchait Gaïa, désespérément. Il avait l'impression que toute sa vie, il rechercherait Gaïa, un peu comme ces âmes maudites des Enfers, contraintes de renouveler pour l'éternité un travail dont les effets s'annulaient sans cesse. Après avoir chevauché toute la nuit, il était entré dans Jérusalem par la porte nord, face à la citadelle Antonia.

En haut, sur la colline devant lui, le Temple déployait sa splendeur sous les premiers rayons. Hypnotisé par sa lumière, Marcus mit pied à terre pour le contempler un moment avant de reprendre sa marche dans un quartier en travaux qui semblait avoir été récemment ravagé.

Son cheval refusa d'aller plus loin, énervé par la fébrilité et l'activité environnante. Il cogna alors des talons pour contraindre l'animal à avancer malgré les hurlements des nombreux ouvriers. Juchés sur des échafaudages, ils alignaient à grand bruit de lourdes pierres que d'autres hissaient vers eux grâce à des poulies de bois. Marcus comprit qu'on renforçait la troisième muraille, que le précédent roi, Agrippa Ier, avait laissée inachevée. Cet Agrippa, élevé à Rome et intime de Claude, lui avait donné, paraît-il, de judicieux conseils pour accéder à l'Empire après la chute de Caligula. Alors, en gage de sa reconnaissance, Claude lui avait rendu la totalité du royaume de son grand-père Hérode. Des rives du Jourdain à la mer, il comprenait la Galilée, la Judée, la Samarie, l'Idumée, la Gaulanitide, l'Iturée, la Batanée, et la Trachonitide... Le pays des Juifs dans son intégralité. Mais Agrippa, mort brusquement, n'avait régné que trois ans. Trois petites années pendant lesquelles, pour la dernière fois, l'antique royaume d'Israël et de Juda s'était déployé en entier. L'ancien vigile soupira. Toutes ces régions avaient maintenant le statut de « provinces romaines », gérées au fils des ans par des procurateurs tous plus cupides les uns que les autres. Il y avait bien encore un roitelet juif, Agrippa II, le fils du précédent, officiellement en charge du culte à Jérusalem. Mais ce n'était qu'une pâle réplique de son père, régnant sur Tibériade et sur quelques cités, situées à l'est du Jourdain pour l'essentiel. Les mauvaises langues disaient qu'il traitait sa sœur Bérénice, avec qui il partageait son royaume, comme sa femme. Marcus haussa les épaules ; ce n'était peut-être que des ragots. Gaïa lui avait confié qu'elle avait rencontré la reine en question pendant son naziréat et qu'elle avait apprécié sa gentillesse et sa piété.

— *Leh'... Adoni ! Leh'...* Eh ! Pousse-toi mon gars ; tu vois bien que tu gênes.

Marcus se rabattit le long du mur comme on le lui avait demandé, évitant de justesse une altercation entre son cheval et deux ânes qui transportaient un homme et une femme âgés. Derrière eux, des familles entières marchaient d'un pas rapide, entraînant avec elles des moutons ou des bœufs chargés de nourriture, d'objets et de petit mobilier. Cette foule dense remontait le quartier de Bézétha pour sortir de Jérusalem par la porte nord, celle-là même qu'il venait d'emprunter pour y entrer. Il redoubla d'inquiétude en pensant à Gaïa et à l'enfant. Depuis la débâcle de Cestius Gallus, nombreux étaient ceux qui avaient décidé de quitter la Ville. Notables et modérés redoutaient autant les représailles de Rome que la vindicte des zélotes. Gaïa avait agi à contre-courant, songea-t-il agacé. Elle avait décidé de séjourner à Jérusalem au moment même où il fallait en partir. Inconsciente du danger, elle cherchait refuge dans un navire qui menaçait de couler. Il devait la retrouver sans tarder.

Il baissa piteusement la tête. Comme il découchait depuis cette horrible ambassade et qu'il y avait relâche à l'école, il avait mis deux jours entiers à s'apercevoir qu'elle avait quitté la maison. D'abord il s'était précipité au port de Césarée, à la recherche d'un navire sur le départ, mais on lui confirma que la mer était trop mauvaise en cette saison pour embarquer un voyageur avec un enfant. Ensuite il s'était rendu à Narbata, pensant que sa compagne pouvait avoir trouvé refuge chez Jean le publicain, dont il la savait proche. Elle n'y était pas, mais le vieil homme lui rapporta leur conversation récente, étonné par la panique qui s'était emparée d'elle quand il lui avait parlé du Romain de l'ambassade. Gaïa était donc au courant de sa confrontation avec Lucius… C'était seulement après cet entretien qu'il avait découvert le minuscule bout de papyrus sous son oreiller de crin :

« *Pardonne-moi pour mes fautes. J'ai choisi de les expier avec mon fils à Jérusalem.* » Marcus se mordit les lèvres. Il avait été pris de violents remords devant cette trouvaille tardive. Gaïa savait bien qu'il ne dormirait pas dans le lit conjugal, et qu'il mettrait un moment à trouver son message, ce qui lui avait donné un temps d'avance pour partir. Il enroula un peu plus la bride de son cheval autour de sa main et accéléra le pas.

La grande citadelle de l'Antonia se rapprochait, et en face d'elle, le côté nord-ouest du Sanctuaire. Marcus quitta Bézétha et franchit la deuxième muraille, beaucoup plus ancienne. Il confia sa monture à un relais destiné aux chevaux des voyageurs, adossé à la deuxième muraille. Devant lui, une grille de bronze se déployait de part et d'autre d'un ravin assez profond, lequel semblait plonger dans la Ville. Il marcha ensuite à travers les habitations, pour longer un mur de pierres monumentales et très blanches, d'une hauteur inouïe. Cette enceinte circonscrivait le Sanctuaire, le complexe architectural et religieux dont le Temple, construit au plus haut de la colline, était le joyau. L'architecture et la taille des pierres utilisées pour ce mur blanc lui firent penser à ces gigantesques constructions antiques dont les Grecs disaient qu'elles avaient été érigées jadis par des Cyclopes. Quelle pouvait être la hauteur de cette muraille immaculée qu'il était en train de longer en contrebas ? Il leva le visage vers le ciel. Par Zeus… au moins trois cents coudées… De l'endroit où il se trouvait, il n'avait pas la vue sur la totalité des bâtiments qui composaient l'enceinte sacrée. Seul le Temple apparaissait à l'extrémité ouest, avec ses murs scintillants. Il pouvait en apercevoir le toit monumental qui se terminait par des pointes d'argent, sûrement pour empêcher les oiseaux de venir le souiller. Au dessous se trouvaient les deux chambres les plus sacrées du judaïsme, dont sa mère lui avait souvent parlé quand il était enfant. Seule la catégorie de prêtres que les Juifs appelaient *Cohanim* avait le droit d'y pénétrer.

Marcus sentit que son passé demandait à remonter à la surface de son esprit, et il l'en chassa. Il ne voulait surtout pas penser à sa mère, morte lors d'un massacre à Alexandrie quand il avait huit ans. Alors il accéléra le pas, et suivit le grand mur, le long duquel s'alignaient des maisonnettes en pierre et des boutiques de toutes sortes. Certaines vendaient des rafraîchissements en même temps que de petits animaux destinés aux sacrifices, tourterelles et pigeons. Il se retrouva ensuite devant le dernier rempart, fait de pierres plus foncées, apparemment le plus ancien, qui croisait le grand mur blanc. Il entendit comme des bruits de sabots, accompagnés de mugissements et surtout, de bêlements. L'odeur animale se faisait si forte à cet endroit qu'il se pinça les narines. Il leva la tête. Il devait y avoir en hauteur une sorte de rampe où on acheminait les bêtes à sacrifier vers des enclos où elles étaient gardées. Et les gens, par où entraient-ils ? Il s'arrêta dans une échoppe pour boire un jus de grenade et chercha des yeux une voie pour accéder à l'ensemble du complexe. Le vieux vendeur de fruits comprit ce qu'il voulait, et lui désigna du doigt un escalier d'une centaine de marches qui se déployait le long de l'ancien rempart, prolongé par une espèce de pont en arc de cercle qui conduisait vers le côté sud du Temple. Des centaines de personnes, hommes, femmes, enfants, gravissaient déjà l'escalier vers le mont sacré, au soleil levant.

Parvenu au sommet des marches, Marcus fut pris de vertige. Il cessa de regarder en arrière et concentra son attention sur l'immense portique de Salomon, double et couvert, qui lui fit penser aux imposantes stoa grecques fréquentées dans son enfance. Les étals s'y étendaient à perte de vue, proposant des fruits, des céréales, de l'huile, du pain, du vin, et des animaux autorisés pour les offrandes. Tout ça le fit penser à la Tour de Babel. On y négociait dans toutes les langues, surtout chez les changeurs d'argent qui proposaient un cours du shekel dont la valeur en drachmes ou en sesterces augmentait au fur et à mesure que l'on s'approchait des bâtiments sacrés. Marcus décida de changer une centaine de drachmes sans négocier la commission. Il ébaucha un sourire. Les sanctuaires étaient aussi des lieux de commerce, et celui-ci ne faisait pas exception. Il rangea dans sa bourse la vingtaine de shekels obtenus et sortit par les colonnades de gauche qui s'ouvraient sur l'immense Parvis des Nations, où Juifs et non-Juifs pouvaient déambuler et se livrer à toutes sortes de discussions. Ici des femmes, la tête recouverte de voiles colorés, bavardaient bruyamment pendant que leurs enfants couraient dans tous les sens. Certains gamins feignaient de libérer les volatiles destinés au sacrifice, sous les réprimandes des adultes.

Mais Marcus ne fit pas longtemps attention à cette foule bigarrée, ni à l'incroyable diversité des dialectes qu'il entendait. Il fut emporté par l'imposante beauté du complexe de bâtiments qui lui faisaient face. Colonnades en or, portes monumentales incrustées de pierres précieuses, rivalisaient d'éclat. Et tout au bout, dans l'enfilade, trônait le Temple qu'il avait admiré d'en bas, renvoyant rayon pour rayon au soleil qui lui faisait face. Comme aspiré, il traversa le grand parvis pour franchir le *soreg*, la balustrade à laquelle on accédait par cinq marches, et qui marquait l'endroit où l'espace devenait accessible uniquement au peuple d'Israël. En haut des marches, un garde armé d'un arc désigna du doigt une stèle incrustée à même la barrière de bois précieux, dont le message hébraïque était traduit en grec et latin :

« *Que nul étranger ne pénètre à l'intérieur de la balustrade et de l'enceinte qui font le tour de l'esplanade du Sanctuaire.*

Celui qui transgresserait cette limite entraînerait sa propre mort. »

Marcus eut un mouvement de recul. Qu'est-ce qu'on entendait par le terme « étranger » ? Est-ce qu'il n'en était pas un ? Sans véritable éducation religieuse, il n'était Juif que par la naissance, puisqu'il avait perdu ses parents à l'âge de huit ans. D'ailleurs il n'avait jamais vraiment su comment il devait se considérer : d'origine juive, parlant le grec, il était né à Alexandrie et avait vécu à Rome la majeure partie de son existence. Qu'importe, il fallait retrouver Gaïa. Il chassa ces pensées parasites d'un geste nerveux de la main, et hocha la tête de haut en bas pour faire comprendre au garde qu'il avait lu l'avertissement. L'autre lui fit signe de grimper les cinq marches et l'accueillit par des paroles de bienvenue.

— *Barou'h haba*, béni soit celui qui vient ici.

Marcus franchit le fameux *soreg*, assez troublé par la solennité de cette étape. Il se retrouva ensuite sur une étendue presque aussi grande que le Parvis des Nations. Entièrement pavée de pierre blanche de Jérusalem, elle se clôturait par un escalier de quatorze marches qui menaient enfin vers les cours et les bâtiments de l'enceinte intérieure.

L'escalier débouchait sur un double portique aux précieux lambris de cèdre, ouvert sur une grande cour plantée d'épaisses colonnes aux chapiteaux d'argent. Il reconnut la Cour des femmes d'après la description enthousiaste que Gaïa lui en avait faite, et songea qu'elle n'avait pas hésité à venir toute seule jusque-là. Il sourit à l'ironie de la chose, réalisant que, contrairement à lui, elle n'avait eu aucun mal à se considérer comme juive. Il se mit à arpenter cette grande Cour carrée, où régnait une forte odeur d'encens qui le fit tousser. Quatre constructions en pierre, fermées par des portes de bois noble, peut-être du cèdre, y étaient disposées aux quatre coins. Il demanda à la cantonade où se situait la Chambre des nazirs, espérant y trouver Gaïa. Des fidèles lui indiquèrent du doigt la première pièce sur sa gauche, dont un jeune prêtre vigile contrôlait l'entrée.

— Qu'est-ce que tu veux ?

— Je... je cherche ma f... femme. Elle... elle a f... fait vœu de naz... naziréat. Elle... elle s'est enf... fuie...

— Alors laisse-la où elle est. La chambre des nazirs n'est franchement pas un lieu de retrouvailles conjugales.

— Elle... elle est a... avec mon fi... fils. Je d... dois la trouv... trouver.

Le bégaiement de Marcus était amplifié par sa détresse, et l'une de ses deux pupilles, celle dont l'iris était grisaillé, s'était dilatée étrangement. Le garde sentit qu'il fallait le laisser entrer un instant et lui montra la porte d'entrée.

La modeste pièce où il pénétra était plongée dans une semi-pénombre, effet d'une toiture en bois ajouré. Un banc fixé au mur en faisait le tour, mais beaucoup d'hommes étaient assis en tailleur à même le sol. Vêtus de longues tuniques blanches, pieds nus et décoiffés, ils semblaient méditer. D'autres priaient à genoux, se balançant au rythme de leur psalmodie. Son regard se posa ensuite sur le banc mural, occupé par des femmes, entièrement couvertes elles aussi de manteaux clairs. Certaines déchiffraient avec peine des papyri ou de petits rouleaux de parchemin en les plaçant sous les rais de lumière que laissait passer le toit.

— G… Gaïa, Gaïa ? appela-t-il, en tentant de dévisager celles qui étaient assises dans l'ombre.

— Gaïa ! Gaïa Cor… Cornelia ? cria-t-il.

Toutes gardèrent les yeux baissés, en silence, et Marcus allait renoncer quand une dame âgée le tira sans ménagement par la manche de sa tunique. Elle le fit sortir de la pièce et s'exprima dans un grec approximatif.

— Moi connaître Gaïa Cornelia… femme pieuse, craignant Dieu, séboumémé. Toi mari ? Elle prier vingt jours ici l'an dernier. Maintenant, pas là.

Il prit le temps d'encaisser la déception. Si Gaïa était arrivée dans la Ville, elle n'était pas encore venue prier dans l'enceinte sacrée. Il s'inclinait pour prendre congé de la femme, quand elle agrippa à nouveau le bas de sa tunique pour le retenir.

— Toi, étranger, partir, chuchota-t-elle. Ici dangereux. Préparer guerre ils vont !

Et elle désigna à Marcus l'immense porte d'airain qui ouvrait sur la deuxième cour, juste devant eux.

XII

Le Temple et la guerre

Jérusalem, plus tard dans la matinée

Marcus s'éloigna de la chambre des nazirs et resta un moment à réfléchir, perdu dans ce Sanctuaire qu'il foulait pour la première fois.

— Tu ne l'as pas trouvée ?

Il reconnut le jeune garde de tout à l'heure qui posait sur lui un regard compatissant. Quel âge pouvait-il avoir ? Moins de vingt ans, en tout cas.

— Au… aucune trace. Sais-tu à… à qui je peux m'ad… m'adresser ? Où… où est vo… votre chef ?

Le jeune désigna la cour exclusivement réservée aux hommes, avec un sourire ironique.

— Tout ce que Jérusalem compte d'autorité religieuse et d'administration du culte est réuni là, de l'autre côté de cette porte.

— Mais… mais l'adm… l'administration civ… civile ?

Cette fois-ci il éclata de rire.

— L'administration « civile » ? Il n'y en a plus. C'était le roi Agrippa qui s'en occupait avec l'aide des Romains, mais ils sont tous partis, pshiit, envolés ! Le seul détachement de soldats qui restait a été massacré par des affamés et des jeunes en colère qui ont brûlé toutes les archives et les autres registres dans la foulée... Bon courage si tu veux retrouver ton épouse. Il n'y a plus personne, aucun fonctionnaire à qui parler, rien.

De bruyantes clameurs accompagnées d'applaudissements les firent se retourner. Le jeune vigile, nommé Yaacov, l'invita à entrer avec lui dans la deuxième cour, qu'on appelait Cour d'Israël. Marcus accepta. On ne savait jamais ; les gens semblaient nombreux à s'y agglutiner. Peut-être quelqu'un pourrait-il le renseigner malgré tout ? Ils eurent bien du mal à franchir l'épaisse Porte de Nicanor, avec ses doubles arcades de bronze incrustées d'or. Une foule étonnamment dense pour cette heure matinale s'y engouffrait en masse. Ils parvinrent finalement à passer et se glissèrent au centre de l'attroupement. Peu étendue et surpeuplée, la Cour d'Israël, uniquement réservée aux hommes, faisait face à un troisième espace, lui-même strictement réservé aux prêtres. Une balustrade moyennement haute, d'environ trois coudées, rendait ce troisième lieu impénétrable, tout en l'offrant aux regards. C'était dans cette dernière cour que l'on procédait deux fois par jour au sacrifice perpétuel, qu'on brûlait entièrement sur un grand autel de pierre, dont la base carrée devait mesurer une trentaine de coudées de long sur une trentaine de large. Marcus pouvait sentir les fortes odeurs d'encens et de viande fumante, marque que le sacrifice du matin venait d'être accompli.

Les prêtres-*Cohanim* montaient et descendaient de l'autel par une rampe pentue et impressionnante. Il observa aussi sur la droite de l'autel des crochets de hauteurs variables pour attacher les bêtes sacrifiées, d'imposantes tables de marbre pour les dépecer, et une centaine de vases d'or réservés à la liturgie.

— Ici rien n'est en fer, expliqua Yaacov. Parce que le fer n'apporte aux hommes que la mort et la destruction.

Marcus entendit à peine ces paroles ; il ne pouvait détacher son regard du bâtiment qui se dressait au bout de cette troisième cour : le Temple lui-même. Enfin, il le voyait de près. Avec sa gigantesque porte toute d'or et d'argent, la construction monumentale rayonnait. Sous ses épais linteaux, il distingua une gigantesque vigne dorée, qui s'enroulait accrochée à de fines perches en bronze.

— C'est une vi… vigne tou… toute en or ?

— Oui, répondit Yaacov. Les donateurs y suspendent, qui une feuille, qui un grain, ou même une grappe pour les plus riches.

— Et… c'est… à l'int… l'intérieur du Tem… Temple qu'il… il y a les deux ch… les deux chambres ? chuchota Marcus, fasciné.

— Oui, les deux chambres les plus saintes de notre culte. La première se nomme le *Kodesh*. Seuls les prêtres-*cohanim* y ont accès pour nettoyer et allumer la Ménorah, un grand chandelier d'or à sept branches. Ils doivent aussi y entretenir l'Autel des Encens, et la Table d'or où sont posés les pains du Chabbat.

— Et dans… dans l'autre ch… chambre ?

— L'autre chambre est vide, murmura le garde, un peu étonné de la question.

Marcus, intrigué, regarda son jeune guide qui reprit, la voix tremblante :

— Dans cette salle n'y a rien, mais il y a tout. C'est le *Kodesh-ha-Kodashim*, le Saint des Saints, lieu de la

Shekhina, la Présence divine sur terre. Son entrée est protégée par un immense voile tissé de lin et de pourpre. Seul le Grand Prêtre a le droit d'y entrer, et seulement en un jour précis, une seule fois dans l'année : le *Yom-ha-Kippourim*, Jour des Expiations.

Soudain, trois prêtres sortirent du Sanctuaire ; ils furent rejoints par deux autres qui descendirent la rampe de l'autel, au milieu des odeurs de viande grillée et d'encens. Marcus les vit se laver les mains et les pieds dans une gigantesque vasque circulaire en bronze, située entre l'autel et la Porte du bâtiment. Puis quelqu'un souffla dans une grande corne de bélier serpentine, et les cinq prêtres s'alignèrent au sommet des douze marches de l'entrée du Temple inondé de soleil. À l'unisson, ils levèrent les bras vers la Cour d'Israël.

— Baisse la tête et couvre-la avec ton manteau, ordonna Yaacov. Les prêtres vont bénir l'assistance.

Marcus, ébloui par le soleil, s'exécuta, impressionné. Une psalmodie s'éleva alors dans les airs, un chant solennel, qui se conclut sur le mot de « *shalom* », la paix, et auquel les gens manifestèrent leur adhésion en répondant « *Amen* ».

— Qu... qu'est-ce que ça... ça veut di... dire ?

— *Que le Seigneur te bénisse et qu'Il te garde*, commença Yaacov, *que le Seigneur éclaire sa face vers toi...* Ah, mais, attends ! Regarde le Grand Prêtre ; on dirait qu'il s'avance vers nous.

Le plus âgé des bénisseurs traversa effectivement la balustrade vers la deuxième cour. Il avait ôté son capuchon, une grande étoffe immaculée qui lui couvrait le sommet du crâne, et l'avait fait basculer sur ses épaules. Des franges de fils blancs torsadés en dépassaient aux quatre coins. Marcus reconnut Annan-ha-Cohen, le Grand Prêtre à la barbe blanche qu'il avait vu à l'ambassade. Alors qu'il s'avançait lentement vers une estrade, installée au centre de la Cour d'Israël, l'homme lui sembla changé, vieilli et fatigué. Trois autres personnes vinrent respectueusement le saluer avant de monter à ses côtés. À sa droite, un immense gaillard blond aux yeux clairs, musclé et large d'épaules, recueillait toutes les acclamations, tandis que de l'autre côté deux vieux notables de l'âge d'Annan gardaient les yeux baissés. Tout autour, la trentaine de jeunes prêtres, qui assuraient ce jour la garde du Temple et de son Sanctuaire, levèrent les bras et applaudirent pour motiver l'assistance. Mais Annan les fit cesser d'un signe de la main. Muni d'un papyrus qui lui servait d'aide-mémoire, il appela nommément des hommes dans la foule, les invitant à monter sur l'estrade aux côtés du grand costaud qui roulait des mécaniques. Marcus se rendit compte qu'il comprenait un peu ce qui se disait dans une langue qui était censée lui être étrangère. Il pensa soudain au dialecte que parlait sa mère, morte assassinée avant ses huit ans, puis tâcha de se concentrer sur la cérémonie.

— *Yeshoua ben Sapphias... Éléazar ben Annanias : aloufim chel Edom.*

— *Yossef ben Shimon : alouf chel Yericho.*

— *Yohan ha Hassid : alouf chel Thamna, Lydda, Yaffa ve Ammouas.*

— *Yohan ben Annania : Gofna ve Hacrab.*

— *Jossef ben Mattathiaou-ha-Cohen : alouf chel Hagalil ve Gamla.*

Pour chaque nom appelé, Annan semblait octroyer une région du pays des Juifs. Et la foule d'applaudir. Le jeune Yaacov lui confirma qu'on affectait bien des généraux à la défense de chaque secteur : Idumée, Judée, Samarie et Galilée. Marcus n'en croyait pas ses yeux. Il était en train d'assister à ce qui semblait n'être ni plus ni moins qu'un conseil de guerre. Les gens de Jérusalem, y compris le Grand Prêtre et les notables modérés, avaient finalement décidé d'initier un conflit contre la plus grande puissance de leur temps ! Son cœur se mit à battre plus fort. Ces gens n'avaient aucune idée de la capacité guerrière de Rome. C'était de la folie ! Il fallait absolument sortir Gaïa et le petit de Jérusalem. Il pensa soudain à Alexander et à son zézaiement quand il chantait les exploits de ses personnages favoris. L'enfant voyait en lui son héros, son modèle… son père. Il laissa échapper un sanglot. Bien sûr qu'il se sentait son père. Deux années durant, il s'était occupé de lui, tout seul. Cet attachement ne pouvait pas cesser, même s'il était le fils d'un autre ; quel que soit cet autre.

Le jeune Yaacov, qui s'était un peu éloigné, revint accompagné d'un homme plus âgé, assez beau et de haute taille. Revêtu d'un caleçon blanc et d'une tunique dont les franges, similaires à celles du Grand Prêtre, lui descendaient jusqu'aux genoux, il portait par-dessus une armure de cuir.

— Je te présente Éléazar ben Annanias ; c'est le *segan*, le numéro deux du Sanctuaire, en charge de la sécurité et du bon fonctionnement du culte.

— *Shalom aleha*, lança-t-il à Marcus. Yaacov m'a dit que tu cherchais ta famille, mon frère ?

Marcus fixa l'homme avec étonnement : il lui ressemblait étrangement. Mêmes cheveux crépus, même menton carré, même gabarit ; seul son nez, plus massif, et ses yeux, sombres et monochromes, différaient. *Mon frère...* Il avait effectivement l'impression de faire face à un proche.

— Ou... oui. À... à qui je peux m'adresser ?

— Pas à grand monde, hélas, soupira Éléazar. Depuis les défaites successives de Florus et de Gallus, nous sommes tous en train de préparer la défense de notre territoire contre une offensive que Néron ne tardera pas à organiser. Moi-même, je viens d'être nommé responsable des forces du Sud, en Idumée.

— Dis... dis-moi juste... où... où sont lo... logés les pèlerins qui... qui viennent de l'ext... l'extérieur ?

— Beaucoup s'installent dans le nouveau quartier de Bézétha, au nord-ouest, parce que les auberges y sont plus récentes et meilleur marché, répondit-il. Mais avec les violences actuelles, les voyageurs recherchent aussi la Ville basse à l'opposé, dans le quartier de Siloé. La Ville haute qui fait face au Temple est également une possibilité si ta femme y a des amis riches, ajouta-t-il après un moment de réflexion.

— Tu... tu m'invites à par... parcourir toute la Vi... Ville, là ?

Le *segan* regarda Marcus, compatissant.

— Jérusalem est vaste. Et si ta femme ne t'a rien dit, tu risques de mettre un certain temps à la trouver. Yaacov, le jeune prêtre-*Lévi*, a presque fini son tour de garde. Prends-le avec toi pour qu'il te serve de guide ; il t'évitera de perdre ton temps dans les quartiers que les pèlerins ne fréquentent jamais.

XIII

Des cadeaux de la fortune

Sébasté, calendes de décembre 66

Lucius Cornelius Lupus n'en revenait pas. La Fortune, qui l'avait si mal servi à Rome, le favorisait ici au-delà de ses espérances ! Il faudrait qu'il pense à lui sacrifier une truie, pour la remercier de cette succession de morts qui servait si bien ses intérêts. Ces tablettes de défixion achetées chez une sorcière d'Antipatris s'étaient révélées très efficaces. À peine les avait-il déposées sous le lit de Priscus, que le préfet du camp était mort d'une convulsion fébrile la nuit suivante. Sur ces entrefaites, le procurateur Gallus, qui l'avait nommé nouveau préfet de la XIIe dans la foulée, avait eu le bon goût de se suicider quelques jours après sa déconvenue militaire. Quant à son ancien chef, le procurateur de Judée Florus, il venait de mourir dans ses bras, ici même, à Sébasté ! Lucius ricana, satisfait. L'extrait d'amanite verte, dont il avait assaisonné ses dernières collations, avait dû accélérer son agonie : quelque part, il avait rendu service à ce vieux brigand en abrégeant ses souffrances. Bien sûr, il avait dû s'endetter encore un peu plus en finançant une cérémonie funéraire conséquente, avec combats de gladiateurs, libations, bûcher mortuaire et tout le bazar, mais ça valait le coup. Il considéra en propriétaire les paysages muraux rose pastel et vert amande, les riches mosaïques au sol, et les imposants vases de marbre beige à veinules violettes posés aux quatre coins de la pièce. Avec tous ces trépassés, c'était lui, Lucius, qui se retrouvait le plus gradé. Il était en droit d'occuper l'ancien palais d'Hérode à Sébasté, dont le luxe et la magnificence lui convenaient parfaitement. Il leva son verre pour demander du vin au joli petit esclave préposé à son service, mata un peu ses fesses galbées, et marcha vers la grande baie vitrée pour regarder le soleil se coucher sur les montagnes nuageuses de Samarie. Il y avait d'épaisses nuées sombres ce soir. Elle n'était pas belle à voir, comme les projets qu'il portait en lui, pensa-t-il en se fendant d'un sourire.

Naturellement, il avait dû envoyer un rapport à Néron et à Tigellin pour les informer de la situation, et il savait qu'ils nommeraient bientôt un militaire qualifié pour redresser les choses. Mais ce ne serait pas chose facile. Ces deux dernières années, entre la conjuration de Pison et la révolte de Vinicianus, tous les types capables de mener correctement une guerre avaient été mis à mort par le pouvoir. Le grand Corbulon lui-même, vainqueur des Parthes pour le contrôle de l'Arménie, était tombé en disgrâce, simplement parce que l'empereur devenait jaloux de ses succès. Certains racontaient même que Néron était en train de le pousser au suicide… Bref, avec la mort des procurateurs de Syrie et de Judée, et tant qu'un nouveau général n'était pas nommé, c'était à lui Lucius que revenait l'administration du pays des Juifs. Et il comptait bien leur faire payer l'impudence de Jérusalem et, comme on dit, s'en mettre plein le ceinturon.

Il sursauta au moment où Rufus, l'unique centurion primipile rescapé de la XIIe, entra dans la pièce.

— Un certain Pinkas ben je-sais-pas-quoi, demande à te voir.

— Qu'il entre ! Et tu nous laisseras seuls.

Lucius connaissait le Pinkas en question. Originaire de Nazareth en Galilée, sa bande d'affamés mettait à sac tous les villages de la région sous des prétextes politico-économiques.

— Que mon Dieu garde toi, seigneur Lucius.

Le type parlait à peine grec. Il fit un signe à son mignon qui s'était mis au repos, recroquevillé dans un coin de la pièce. Le garçon était syrien et parlait plus ou moins la même langue que les Juifs ; il lui servirait de traducteur.

— ... Cet homme dit qu'il t'a réservé un butin de mille drachmes sur ses expéditions.

— Réponds-lui que ce n'est pas suffisant, que c'est largement en dessous de ce qu'il m'a promis.

— Il dit que c'est tout ce qu'il a trouvé, et que les gens n'ont plus d'argent à cause des impôts de Rome.

— Et le blé ? Est-ce qu'il m'a trouvé du blé que je pourrais revendre, comme il m'avait promis ?

— ... Un peu.

— Alors pourquoi est-il venu ? Qu'est-ce qu'il a à me proposer ?

— ... Des esclaves. Des femmes, des enfants et quelques jeunes. Il dit qu'il les a trouvés en Samarie et en Galilée, alors qu'ils fuyaient vers Jérusalem.

— Où sont-ils ?

— Au circus ils sont, répondit Pinkas, qui avait compris la question.

Lucius hocha la tête pour manifester sa satisfaction. Il était toujours bon d'avoir des captives à disposition, et des jeunes captifs aussi. Ils étaient utiles pour faire la cuisine, et appréciables dans les lupanars, histoire d'amuser les soldats et leur remonter le moral. Rien de mieux qu'une bonne baise en ces temps d'incertitude. Les deux hommes et le jeune garçon quittèrent le palais, escortés par cinq légionnaires, et entrèrent dans le grand cirque qui se trouvait à l'opposé de l'agora. Là, des femmes et des enfants sales et harassés de fatigue se reposaient sur les gradins. Certains s'étaient couchés, déshydratés et apeurés, indifférents aux transactions qui se déroulaient à leur sujet.

— Elles ne sont pas si jeunes, tes bonnes femmes ; et j'en vois beaucoup de moches, commenta Lucius, déçu. Il n'y a quasiment pas de jeunes gens. En revanche, les enfants sont intéressants.

Il avait toujours adoré les enfants, mais juste avant la puberté, au moment où le masculin et le féminin étaient confondus. Et puis avec eux, on pouvait tout oser. Ils ne vous jugeaient pas à tort et à travers, contrairement aux adultes. Lucius était déjà descendu dans l'arène, laissant errer son regard dans les tribunes. Un joli bambin roux aux longs cheveux bouclés, assis au plus près de la piste, lui tapa dans l'œil. Une femme, entièrement voilée, tâchait de l'allonger, mais il protesta.

— Maman, je veux rester debout ! Je suis un héros ; je suis Achille, le faucheur de vies.

Lucius était de plus en plus intrigué. Le gosse parlait un grec homérique. Est-ce que Pinkas avait capturé des Grecs ? Si c'était le cas, ça poserait des problèmes. On ne pouvait pas traiter les Grecs aussi mal que les Juifs, d'autant que l'empereur était dans une période particulièrement philhellène en ce moment. Il fit signe à un soldat de lui ramener la femme et le petit. La mère se débattit de toutes ses forces. Elle tenait son enfant derrière elle et rendit coup sur coup au légionnaire, qui dut appeler un collègue à la rescousse. Les deux hommes la frappèrent au visage avec une grande violence et déchirèrent son voile pour la conduire, la gorge gonflée et écumante, jusqu'au préfet.

Alors là… par la Grande Louve ! Lucius se frotta les yeux pour bien voir ce qu'il voyait. Ces cheveux blonds… non, il ne rêvait pas. La femme qui se tenait devant lui était Gaïa. Et elle était accompagnée d'un délicieux petit rouquin à la peau rose qui l'appelait du doux nom de « maman ».

XIV

Chez Mégara

Césarée, trois jours après les calendes de décembre 66

Marcus descendait tant bien que mal le long de la pente qui menait à Césarée. Il était à pied, et mettait toute son attention à éviter de se blesser les jambes sur la roche. Il avait dû vendre son cheval pour prolonger ses recherches à Jérusalem. Soudain ses genoux ne le portèrent plus, et il chuta de tout son poids sur un flanc de colline, déchirant au passage les papyri qu'il portait à la ceinture. Les portraits de Gaïa et d'Alexander y étaient grossièrement dessinés. Assis par terre, il resta un moment sans bouger, la tête entre les mains. Miné par l'angoisse et la culpabilité, il avait ratissé la Ville aux quatre collines de long en large pendant près de quinze jours. Il avait eu d'abord l'aide de Yaacov, le jeune prêtre-*Lévi* du Sanctuaire, puis il s'était retrouvé tout seul, quand son compagnon fut réquisitionné pour servir au Temple. Il avait exploré les environs directs du Sanctuaire, le quartier royal, la ville basse, la ville haute, et enfin le nouveau marché de Bézétha. Les bains publics, les bains rituels, les tombeaux des prêtres et des personnages célèbres, tout ce qui pouvait constituer des lieux de pèlerinage, n'avait plus aucun secret pour lui. Tout seul, il les avait écumés, multipliant les questions partout où il allait.

Comme il se trouvait sans la moindre piste au bout de douze jours, il était retourné dans le sanctuaire pour revoir Tamar, la vieille Juive qui ânonnait en grec, et qui lui avait dit connaître Gaïa. D'après ce qu'il avait compris, elle et son mari faisaient partie d'un groupe de fidèles qui ne quittaient pas la chambre des nazirs, parce qu'ils attendaient le retour d'un certain prophète combattant, un zélote, dont ils disaient qu'il avait été injustement crucifié mais qu'il allait bientôt ressusciter, entraînant l'avènement du Royaume des Cieux. Elle lui avait aussi confié que Gaïa s'était rapprochée d'eux durant son naziréat, et qu'elle n'aurait pas manqué de les contacter si elle était revenue à Jérusalem. Voilà pourquoi il avait choisi de retourner à Césarée pour reprendre ses esprits et parler avec Mégara. Peut-être qu'elle aurait une idée ? Peut-être que Gaïa avait changé d'avis et décidé de retourner sur ses pas ?

Il se dirigea vers l'agora et la boutique de son amie. Le soleil venait à peine de se lever et les étals étaient encore vides. Il poussa la porte et trouva la jeune femme dans sa petite cuisine, en train de trier les herbes médicinales à la fraîcheur du matin. Ses fines mains brunes répartissaient les plantes dans cinq ou six paniers en osier.

— Je… je ne les ai pas trouv… pas trouvés.

Mégara observa gravement le visage défait de Marcus et sa jambe blessée. Elle lui tendit un verre de vin aux herbes, plaça son index sur sa bouche pour lui faire signe de se taire et le prit par la main pour le mener dans la minuscule chambre de l'arrière-boutique.

Gaïa était là, recroquevillée sur le lit, l'œil droit tuméfié, à moitié fermé. Elle était vêtue d'une longue tunique de lin propre, mais son visage et ses mains portaient des marques sanguinolentes.

— Il a pris mon enfant, murmura-t-elle.

— Qu… qui ?

Marcus s'accroupit à hauteur du matelas pour lui demander des explications. Son cœur se mit à battre à tout rompre et il fut pris de vertige. Il avait deviné de qui elle parlait.

— Co… comment ?

— Nous étions à mi-chemin, aux environs de Sébasté. Un paysan m'a proposé de nous conduire à Jérusalem si je lui donnais notre petit âne blanc, ajouta-t-elle, reprenant sa respiration avec peine. J'ai accepté parce qu'Alexander était fatigué, mais… nous sommes tombés ensuite sur un groupe de voyous. Ils ont tué le paysan, puis ils nous ont attachés et amenés au cirque de Sébasté. Et là…

Gaïa marqua une pause avant de reprendre. Elle ne les regardait plus, ni lui ni Mégara. Et Marcus eut l'impression qu'elle s'adressait à un interlocuteur invisible.

— Lucius est devenu préfet de Judée, ou quelque chose comme ça. Il s'adonne à toute sorte de trafics, du blé, des esclaves. Les brigands viennent le voir pour lui montrer leur butin, et il se sert. Il a pris mon fils, suffoqua-t-elle. Il a compris tout de suite… il me l'a arraché.

— Et toi ? Il t'a laissée ? Pourquoi ?

— Il m'a fait rouer de coups. Ensuite il a coupé une mèche de cheveux d'Alexander et il me l'a lancée à la figure pour que je revienne te voir avec ses cheveux roux. Comme ce n'est pas ton fils, chuchota-t-elle, il pense que tu ne viendras pas le chercher.

Gaïa s'arrêta net. Marcus l'aida à s'asseoir pour respirer. On l'avait frappée, et ses côtes lui faisaient si mal qu'elle n'avait même pas la force de pleurer.

— Les hommes de la XIIe n'ont pas voulu de moi pour leur lupanar, et ils m'ont battue et jetée sur la route... Des voyageurs qui remontaient vers Bérytos m'ont prise en pitié et transportée jusqu'à Césarée. Je savais que je te trouverais ici.

— Je... je vous ai cher... cherchés par... partout à... à Jérusalem !

— On n'y est jamais arrivés.

— Pour... pourquoi es-tu par... partie ?

Mégara baissa la tête, puis elle se mit à reculer doucement et quitta la pièce. Elle connaissait déjà l'histoire et se sentait en trop dans cette intimité.

— Tu nous as abandonnés à ton retour de l'ambassade, répondit Gaïa en tremblant. Alors j'ai fait venir le vieux Jean pour lui demander ce qui s'était passé là-bas. Il m'a appris que tu étais tombé sur Lucius, et que vous aviez eu une « conversation ». J'ai réalisé que tu avais compris pour Alexander.

— Gaïa...

— Tu avais parfaitement le droit de nous laisser. Il n'est pas ton fils.

— Si ! N... non ! O... oh... P... Par Zeus, Gaïa ! Tu... tu peux com... comprendre ? Je... je me suis senti tra... trahi !

— Je sais, fit-elle d'une voix blanche. Mais si j'ai couché avec Néron cette nuit de Saturnales, ce n'était pas par trahison.

— C'ét... c'était pour... pour me sau... sauver, m... moi ?

Gaïa répondit par l'affirmative, et Marcus avala d'une traite son verre de vin aux herbes, détournant les yeux pour ne pas voir la femme qu'il aimait se débattre avec son passé d'abnégation et de sacrifices. L'horreur de voir sa crainte confirmée l'avait réduit au mutisme. Les mots s'abîmaient dans sa bouche, alors Gaïa continua de s'expliquer.

— Cornelius, mon père, connaissait ton passé égyptien, Marcus, et ça ne l'a pas empêché de vouloir t'adopter. Mais juste avant sa mort, il a reçu chez lui deux lettres qui te dénonçaient comme un esclave en fuite, peut-être pour le dissuader de sa démarche juridique. J'ai détruit la première, comme tu sais, dans le feu du sanctuaire de Vesta, mais Lucius m'a dérobé la seconde.

Elle se retourna vers le mur pour éviter son regard.

— Il y a cinq ans, mon frère m'a menacée de la produire devant le préfet de la Ville, à moins que j'accepte de participer aux sales orgies du prince, qui s'était mis en tête de coucher avec une vestale. Voilà comment c'est arrivé.

Elle se tut pendant un temps et ajouta dans un murmure :

— J'ai longtemps cru qu'Alexander était ton fils. Les dates coïncidaient. En tout cas, j'ai voulu le croire.

Marcus se mit à genoux et lui prit les mains.

— E… Écoute-moi bi… bien, Gaïa mea : tu… tu vas te rep… reposer ici, et moi je vais ramener no… notre fils. *Notre fils*, tu m'en… tu m'entends ?

Tout ce qui était arrivé était de sa faute. Il avait dépassé l'orgueil et l'humiliation. La seule chose importante à présent, c'était de retrouver l'enfant.

Deuxième partie

Pères et fils

XV

La mission

Banlieue de Corinthe, ides de décembre 66

Flavius Vespasianus jeta un regard plein de fierté sur ses choux frisés. Ils se révélaient de belle taille ; la douceur de l'hiver ionien les avait préservés du gel et la terre grecque leur avait conféré cette belle couleur vert foncé et cet arôme fruité, qui rendait un petit goût de miel à la cuisson. Gourmand, il en croqua une feuille et la sentit craquante sous la dent. Il adorait les choux frisés, en ragoût le matin, et en soupe le soir. L'homme en cueillit trois, les plaça délicatement dans son panier d'osier, y ajouta quelques gros navets qu'il frotta un peu dans ses mains pour les débarrasser de leur gangue terreuse et se dirigea vers sa petite cuisine. La vieille esclave qui l'attendait s'empara du panier, s'inclinant sans un mot, et le renvoya de la pièce d'un regard dissuasif. Par Hercule ! Il aurait bien aimé faire sa tambouille lui-même à la place de ses projets du jour. Parcourir cinquante stades au milieu de l'après-midi pour aller retrouver le cercle de Néron à la palestre des thermes de Corinthe ne l'enchantait guère ; mais il avait besoin de s'expliquer sur sa bévue du mois dernier… Il émit un juron. Non mais quel imbécile ! S'endormir en plein théâtre, au moment précis où l'empereur, grimé en Bellérophon, proclamait à tue-tête son apothéose sur un Pégase de bois tracté !

Il baissa la tête, contrarié. Depuis le début de cette foutue tournée en Grèce, il fallait reconnaître qu'il avait enchaîné les gaffes. Voilà pourquoi il avait loué cette maisonnette en banlieue, histoire de se faire oublier un peu et de désamorcer la situation. Il ne fallait pas que ses deux fils, restés à Rome, tombent en disgrâce à cause de lui. Il pensa aussi à son frère, le loyal Sabinus, préfet de la Ville depuis presque dix ans. C'était grâce à son aide précieuse qu'il avait pu recouvrer une aisance financière après sa préfecture malheureuse en Afrique. Il sourit et son visage rond et massif exprima de l'amertume. Des navets, à l'époque, il en avait pris plein la gueule en Cyrénaïque, lors des émeutes de la faim… Mais grâce aux dieux et à Sabinus, il avait pu réunir les fonds pour monter son commerce de mulets, dès son retour en Italie. Vente en gros, demi-gros, détail. Un vrai succès.

Vespasien s'installait tout juste à son tablinum pour écrire une lettre tendre à Caenis, sa vieille maîtresse restée à Rome, quand le gardien lui annonça qu'il avait de la visite. Il se leva brusquement pour saluer les deux imposants gardes germains qui s'avançaient vers lui, et frémit. Néron s'était donc décidé à le punir pour son faux pas ?

— Flavius Vespasianus ? L'emperrreur veut te parrrler de toute urrrgence.

— Bene, je comptais justement me rendre à Corinthe dans l'après-midi.

— Non. Tu dois nous suivrrre dès maintenant.

— Puis-je savoir à quel sujet ? demanda Vespasien, dont le cœur se mit à battre un tantinet plus vite.

Les gardes germains haussèrent les épaules. Ils étaient bien incapables de l'éclairer. On leur avait ordonné de venir le chercher, comme ça, sans leur en donner la raison. Vespasien eut un geste résigné et ramassa son nécessaire de correspondance, stilus et papyrus, avant d'aller se préparer en hâte. Là où on l'emmenait, il aurait peut-être besoin de prévenir ses proches. L'homme d'âge mûr se sentit écrasé pendant les deux heures que dura le trajet, contraint de chevaucher entre deux colosses qui le dépassaient d'au moins deux têtes. Est-ce que l'empereur allait lui imposer un blâme public ? Le contraindrait-il à se donner en spectacle à la prochaine représentation ? Il pouvait aussi l'exiler dans un coin paumé de la Pontique, ou pire, le forcer au suicide, comme il l'avait fait pour son vieil ami, le général Corbulon, accusé de conspiration. Il soupira. Avec Néron, personne ne pouvait jamais savoir. Le vieux militaire avait pourtant toujours pratiqué les princes ; il avait servi dans l'armée sous Caligula et Claude, et s'était habitué à côtoyer les gens de la haute, mais il se sentait toujours aussi complexé par ses trop évidentes origines plébéiennes. Il pensa à son fils Titus. Lettré et amateur de chant lyrique, le jeune homme avait été éduqué au palais avec le fils de Claude, son camarade Britannicus, mort prématurément. Titus au moins ne se serait pas endormi pendant que l'empereur déclamait de l'Euripide…

Ils arrivèrent devant l'immense demeure maritime que Néron avait choisie pour sa situation, construite juste à l'endroit où l'isthme était le plus étroit. Les Germains communiquèrent le mot de passe aux « Amazones », de grandes femmes à la tête rasée et aux formes généreuses qui en gardaient l'entrée, moulées dans leurs armures et nanties de haches et de boucliers. Puis les trois hommes pénétrèrent dans l'immense vestibule, et progressèrent jusqu'à l'atrium où l'empereur se trouvait en grande discussion avec son ami intime, Tigellin. Son visage exprimait un mélange de contentement et de contrariété. Il claqua des doigts et donna congé aux deux gardes sans prendre la peine de saluer Vespasien, mais lui annonçant tout de go que lui, Nero Claudius Caesar, avait de sérieuses chances de remporter les Jeux isthmiques dans les deux domaines qui lui tenaient le plus à cœur : la déclamation lyrique avec cithare, et la course de quadriges. Et ce, sans débourser un seul sesterce à l'égard des juges. Le prince rajusta ensuite les pans de son chiton couleur parme dans un geste coquet, et toisa ses mollets tout en demandant à Tigellin ce qu'il en pensait. Après quelques minutes d'une argumentation serrée, les deux hommes tombèrent d'accord sur le verdict : les mollets de l'empereur étaient un peu gros, certes, mais bien dessinés. Vespasien regarda le prince et son préfet du prétoire, médusé. Ils avaient parfois des réactions incompréhensibles, à la limite du grotesque. Était-ce pour lui parler mollets qu'ils l'avaient fait venir ?

Néron resta ensuite quelques secondes devant son miroir, puis sourit d'un air rêveur. Il remodela les boucles rousses qui lui tombaient sur le front et se réjouit avec des trémolos dans la voix. Voilà qu'il devenait officiellement un artiste professionnel, son rêve le plus cher ! Enfin, il s'accomplissait !

— Par Dionysos, déclara-t-il, il n'y a que les Grecs pour s'y connaître en art dans ce fichu Empire ! Il faudrait les en remercier par un bienfait spectaculaire, un bienfait inédit… Les exonérer d'impôts, pourquoi pas ? Et donner à tous les hommes libres de Grèce le statut de citoyens romains, pour damner le pion à ces rustauds d'Italiens, tiens ! Qu'en dis-tu, Tigellin ?

— C'est une belle idée, rétorqua l'autre dont la voix commençait à trahir l'agacement. Nous pourrions en reparler plus tard. Mais pour l'heure, tu as devant toi Vespasien avec lequel tu avais une affaire urgente à régler.

— C'est vrai, reconnut Néron, à contrecœur.

Il s'approcha alors du militaire, le prit par les épaules, et s'adressa à lui comme s'il récitait un texte :

— Euh… Titus Flavius Vespasianus, tu le vois, ton prince n'est pas susceptible. Je te reçois sur les conseils de mon ami Tigellin ici présent, malgré l'affront que tu m'as fait en t'endormant le mois dernier pendant mon exceptionnelle prestation poétique.

— Je te remercie pour ta clémence, ô Néron, s'empressa de rétorquer l'autre. Puisses-tu avoir la bonté d'imputer mes ronflements à l'âge, et non pas au manque d'intérêt…

— Bon, laissons cet épisode grave et fâcheux et venons-en à un problème non moins grave et tout aussi fâcheux. J'ai une mission de la première importance à te confier… Ah ! Mais j'y pense ! Tu n'as jamais vu mes orgues hydrauliques ? Tu veux les tester ? De pures merveilles de puissance et d'harmonie.

Et le prince de se diriger, enthousiaste, au fond de la pièce, vers les imposants instruments de musique qu'il faisait transporter avec lui à travers la Grèce. Il se mit à tapoter les touches d'ivoire de l'un d'entre eux, en déclamant le début de la *Médée* d'Euripide, et annonça fièrement qu'il travaillait ce rôle pour sa prochaine compétition, à Delphes. Vespasien demeura un moment interdit, puis s'avança vers l'instrument et en actionna les touches, tâchant de témoigner son intérêt. Il n'en tira qu'une dissonance étouffée. Néron murmura quelque chose dans sa barbe et renonça à son exposé technique sur le fonctionnement de la machine. Il en vint enfin à la situation qui le préoccupait.

— Les provinces de l'ancien royaume d'Hérode sont actuellement en train de se soulever contre Rome malgré nos tentatives de pacification, déclara-t-il en cherchant le regard de Tigellin. Pfff ! Je ne comprendrai jamais ces Barbares de Judée. Qu'est-ce qui leur prend de refuser la Pax Romana ?

— Je l'ignore, intervint Vespasien, soulagé par le retour de la guerre et de la politique. Mais je crois savoir que Florus et surtout Gallus, les procurateurs de Judée et de Syrie, ont déjà essuyé de cuisants échecs militaires ayant entraîné leur mort, non ?

— Florus est mort d'une mauvaise blessure et Gallus s'est suicidé, sur mes conseils. Par Apollon ! Il a perdu la majeure partie de la XIIe légion Fulminata… Cinq mille fantassins et près de cinq cents cavaliers, tout de même ! Mais je vois que tu es bien renseigné, presque mieux que moi, releva Néron, vexé.

— Je suis effectivement au courant de l'inquiétante tournure des événements, mon prince, parce que je reçois régulièrement des lettres de mes anciens officiers équestres actuellement basés à Antioche ou à Césarée.

— Tu dois donc savoir que les prêtres de Jérusalem n'acceptent plus les sacrifices quotidiens envoyés par Rome. C'est in-ad-mis-sible ! En plus, après la défaite de

Gallus, leurs notables ont ordonné l'achèvement de la muraille extérieure, laissée en plan par le roi Agrippa Ier, l'ami de mon père, le Divin Claude. Ils ont aussi nommé des généraux pour la défense de chacune des régions de l'ancien royaume des Juifs.

— Par Jupiter, ça, je l'ignorais, concéda Vespasien, soucieux d'établir son infériorité dans la maîtrise du renseignement.

— Bien. Mon entourage me dit que tu possèdes une très bonne expérience militaire. Tes victoires en Germanie et en Bretagne témoignent en ta faveur, j'imagine ?

— Il me semble que oui, répondit l'autre, gêné.

— Du coup, Tigellin et moi, nous t'avons choisi pour écraser la révolte juive, dit-il en pointant son index droit sur l'ancien militaire. Dorénavant, c'est toi qui commanderas aux préfets de Césarée, d'Antioche et d'Alexandrie, ainsi qu'à toutes les légions qui dépendent d'eux !

— Je… je suis très honoré, mon Prince, je…

— Comment comptes-tu t'y prendre ?

Si Vespasien fut surpris par la naïve brusquerie de la question, il n'en laissa rien paraître. Quand il s'agissait de guerre, il était dans sa sphère. Et son esprit mettait au point des stratégies à mesure qu'il parlait.

— Il me fôdra d'abord faire la jonction entre toutes les légions de la région. J'irai chercher la Ve et la Xe à Antioche… Et en même temps, j'enverrai… mon fils Titus – que tu connais – ramener la XVe d'Alexandrie. Nous pourrions faire la jonction avec ce qu'il reste de la XIIe à Ptolémaïs ou à Césarée, avant d'attaquer au nord, en Galilée.

— Très bien ! approuva Néron. Nous avons consulté les haruspices et les augures ce matin : notre guerre sera victorieuse, ont-ils dit, « car elle est conforme au droit et à la piété » !

— L'empereur a transmis au sénat le décret officiel de ta nomination par le courrier de ce matin, ajouta Tigellin en lui appuyant fortement les deux mains sur les épaules. Te voilà maintenant légat de l'armée consulaire, à la tête des Ve, X^e^, XIIe et XVe légions, sans compter les troupes auxiliaires.

Tigellin prenait manifestement un malin plaisir à peser sur lui de tout son poids, mais le vieux soldat resta imperturbable.

— Je vais de ce pas sacrifier aux dieux, et implorer Victoire et Fortune, annonça-t-il en tentant de se dégager de l'encombrante étreinte.

— Alors vas-y ! s'exclama Néron les poings levés. Je vais écrire aux pontifes de Rome pour qu'ils ouvrent les portes du Sanctuaire de Janus, puisque maintenant, malheureusement, nous sommes en guerre.

Vespasien ressentit une sorte de vertige. Déjà habité par sa nouvelle fonction, il salua Tigellin en tendant le bras droit vers l'avant, ce qui eut pour effet de propulser l'autre un pas plus loin et de faire retomber la pression sur ses épaules. Puis il entreprit consciencieusement d'honorer l'empereur : il fit trois pas en arrière, et s'inclina à gauche, à droite, et très bas devant lui, avant de quitter la pièce, à la fois fier et abasourdi de la rapidité avec laquelle on lui avait confié le commandement en chef des armées d'Orient.

— Alors ? questionna Tigellin quand il fut parti.

— Il est comme tu m'avais dit : vieux, chauve, court sur pattes et ennuyeux, décréta Néron avec une moue dégoûtée. Pas grec pour un sou, le gars ! Et puis t'as entendu son accent des montagnes ? Il dit « ô » pour « au » ! Pas même fichu d'articuler correctement les diphtongues… Un vrai plouc ! Ça ne m'étonne pas qu'il ait si bien réussi dans la vente de mulets après ses déboires en Afrique.

— Justement ! Ce type est l'homme qu'il nous faut pour écraser la révolte : terre à terre, bon militaire, et homme de confiance. Il ne nous glissera pas entre les doigts ; ce n'est pas une star à la Corbulon. D'ailleurs, ajouta Tigellin, la loyauté est un trait de sa famille. Son frère Flavius Sabinus est préfet de Rome depuis presque dix ans et nous n'avons jamais eu à nous plaindre de lui, même pendant la conjuration de Pison.

— N'empêche. De toute cette ennuyeuse fratrie, il n'y a guère que le fils, Titus, à être intéressant. Lui au moins, il a encore des cheveux, et puis, il sait vivre. Il nous a offert des orgies for-mi-da-bles sur le lac artificiel, avec ses mignons, tu t'en souviens ?

Néron prit affectueusement Tigellin par le coude et s'avança vers la terrasse nord-est, d'où on voyait les deux bras de la mer, séparés par l'isthme, cette mince plate-bande de terre bistre des deux côtés de la Méditerranée, et dont l'existence contraignait les bateaux de commerce à contourner le Péloponnèse, ce qui était long et dangereux.

— Rappelle-moi d'écrire au beau Titus. Je ne veux pas qu'il m'oublie dans ses prises de guerre. Il devra m'expédier quelques milliers de prisonniers juifs vigoureux quand j'inaugurerai le creusement de mon canal.

XVI

Coup de foudre à Ptolémaïs

Ptolémaïs, calendes d'avril 67

Titus avança, jambe et bras droit tendus, pour asséner un violent coup de glaive en direction de la clavicule de son adversaire, qui l'évita au dernier moment par une reculade. Les soldats groupés autour d'eux sous la basilique applaudirent devant la force et la précision du fils de leur général. Le jeune homme ébaucha un sourire discret. Il était important que les hommes admirent la puissance physique de leur chef, d'autant qu'il l'emportait sur un bellâtre de patricien beaucoup plus agréable à regarder que lui, et dont le physique rappelait celui d'un grand Celte, ce qui ne gâchait rien au spectacle. L'homme aux épais cheveux blonds leva les deux mains, signe qu'il avait besoin d'une pause pour éponger la sueur qui lui coulait dans les yeux. Il ôta son casque masque et s'essuya le visage avec un linge blanc. Titus l'observa, satisfait.

Il était tombé sur Lucius Cornelius, alors qu'il venait d'arriver à Ptolémaïs, il y avait quelques jours à peine. Son ancien camarade à la cour de Néron avait réussi à se faire nommer préfet de camp de la XIIe légion après la mort de Priscus et Gallus, déshonorés par leur défaite contre ben-Simon et ses rebelles de Jérusalem. Lucius était juste de passage, le temps de les saluer, son père et lui-même, car la XIIe – ou du moins ce qu'il en restait – avait lancé une riposte contre la Galilée à partir du QG de Sébasté. En attendant, s'entraîner contre lui dans cette basilique de la ville haute était bon pour son image de général et galvanisait les hommes.

Devant eux, le soleil se couchait, et on entendit les trompettes sonner la fin du rassemblement des armées. Titus prit le temps de regarder l'astre mourir sur la mer, et fit signe aux autres qu'il arrêtait l'entraînement. Il s'étira ensuite de la tête aux pieds, effectuant quelques moulinets de ses bras puissants pour se désengourdir. Ses courbatures ne cesseraient pas de sitôt. Rien d'étonnant, après deux mois de marche intensive pour conduire la XVe légion d'Alexandrie à Ptolémaïs, et faire la jonction ici avec la Ve et la Xe ramenées d'Antioche par son père. Un bruit de conversation animée à l'entrée de la basilique le tira de ses pensées. Devant lui, un garde s'avança pour l'avertir de l'arrivée de son paternel, accompagné des hauts gradés. Le jeune homme jeta un regard sur les gens qui arrivaient : ils étaient trente au moins à accompagner le général en chef. Alors il fit signe à son valet personnel de l'aider à ôter son armure pour revêtir en hâte la toge blanche bordée de pourpre qui marquait son statut de numéro deux des armées.

— Salve pater ! s'exclama-t-il en se dirigeant vers Vespasien, qui lui ouvrait les bras.

— Que les dieux te gardent en bonne santé, fils. Je pensais bien te trouver à l'entraînement. Je reviens de mon inspection, et je ne peux que te féliciter de la tenue de la XVe, malgré le court délai que je t'ai imposé. Puissent Jupiter Stator et Mars Campestris nous apporter la victoire dans cette guerre !

Titus se joignit à ces bons vœux, tout en jetant un regard acéré sur la suite de Vespasien. Il salua les tribuns Fronton et Frugi qui l'avaient accompagné depuis Alexandrie, puis eut un mot pour Céréalis et Lepidus, les légats des deux autres légions. Chacun d'eux était accompagné de son préfet de camp, et le jeune homme en profita pour leur présenter Lucius, dont le visage, encore rougi, montrait qu'il avait souffert de l'entraînement. Soudain, Vespasien frappa dans ses mains pour obtenir l'attention de l'assistance et présenter l'homme et la femme qui s'avançaient vers lui.

— Voici le roi Agrippa II et sa sœur, la reine Bérénice, qui descendent tout à la fois de l'antique dynastie des Hasmonéens et d'Hérode le Grand. Ils ont mis à la disposition de l'empereur et de Rome d'énormes ressources matérielles et financières, et nous apportent aujourd'hui deux mille archers et mille cavaliers. Il nous a semblé juste qu'ils assistent à notre premier conseil de guerre car les rebelles sévissent ôssi sur leur territoire, à Tibériade et même de l'ôtre côté du Jourdain.

Titus s'entendit remercier le roitelet pour son aide, mais toute son attention se concentra sur sa sœur. Par Hercule, elle avait du chien ! Une allure folle… La chevelure châtain clair, très fournie, comme il les aimait, avec un chignon haut d'où dépassaient d'épaisses boucles.

Et cet adorable cou de cygne, encadré par de lourds pendants d'oreille en or massif ! Alors qu'elle rabattait son voile translucide sur sa tête, il découvrit ses longues mains et ses attaches fines ornées de nombreux bracelets aux cliquetis délicats. Il adorait les attaches fines, chez les hommes comme chez les femmes, d'ailleurs. Quand elle leva la tête et que leurs yeux se rencontrèrent, il fut chaviré par la profondeur des prunelles gris foncé. Une mer, un jour d'orage… Son cœur se mit à battre à tout rompre, alors qu'il venait de croiser l'épée pendant deux heures avec le grand blond sans en ressentir le moindre malaise. Il porta instinctivement la main à la poitrine et entreprit de rajuster les plis de sa toge pour masquer son trouble. Bérénice quant à elle semblait moins embarrassée. Elle tenait naturellement sa place de reine alliée à l'Empire, et soutint le regard du jeune homme avec un demi-sourire qui masquait l'absence d'une prémolaire sur le côté. Quel âge pouvait-elle avoir ? Trente ans, comme lui ? Peut-être davantage. Cinq ans, dix ans de plus ? Il s'en fichait. Cette femme à la silhouette de nymphe lui avait tapé dans l'œil. Lui qui ne raffolait pas toujours de la compagnie féminine, il se mit à désirer celle-là, et à l'imaginer nue, sa chevelure de lionne lâchée, la nuit sous sa tente de guerrier.

— Titus… Titus ? Tiiitus ! Veux-tu faire le bilan rapide des effectifs ? Je poserai ensuite les grands axes de notre stratégie.

Titus sursauta. Son père l'avait appelé d'un ton ferme, et ses injonctions l'avaient péniblement ramené à la réalité. Bérénice se dirigea avec une grâce féline vers les colonnades extérieures de la basilique, tandis qu'il s'avançait pour occuper le centre du cercle formé par les chefs des armées.

— Comme vous le savez, milites, nous disposons de trois légions que mon père et moi-même avons ramenées d'Antioche et d'Alexandrie : la Ve Alaudae, la Xe Gemina et la XVe Apollinaris. En plus de ces effectifs superentraînés, nous pouvons compter sur dix-huit cohortes supplémentaires, une aile de cavalerie romaine, cinq ailes de cavaliers auxiliaires syriens, et enfin sur un total de cinq mille archers envoyés par nos alliés les rois de Commagène, d'Émèse et d'Arabie, mais aussi par le roi Agrippa… et la reine Bérénice ici présents.

Le jeune homme marqua une pause et poursuivit :

— Le tout s'élève environ à cinquante-cinq mille hommes.

— Tu oublies mes hommes de la XIIe qui campent à Sébasté, intervint Lucius. Si on y ajoute les troupes régulières basées dans le port de Césarée, on peut arriver à cinq cohortes supplémentaires.

Des rires étouffés fusèrent çà et là dans la basilique. La XIIe légion Fulminata, qui avait pour emblème la foudre de Jupiter, avait été honteusement défaite lors de sa retraite de Jérusalem. La référence n'était donc pas des plus glorieuses. Lucius reprit la parole, la voix altérée par une colère larvée.

— En tant que préfet de camp de la XIIe, je peux vous garantir que nous avons massacré près de trente mille rebelles dans les villages de Samarie et de Galilée, y compris dans les cités sous l'administration royale d'Agrippa. Notre butin est d'ailleurs conséquent et se compte en milliers de bêtes et d'esclaves, hommes, femmes et enfants.

— Oui, confirma Vespasien. Les survivants de la Fulminata se sont révélés très efficaces, sous la direction de Placidus, et de Lucius Cornelius ici présent. Nous leur devons, entre ôtres choses, la reddition de Sepphoris, qui s'est livrée sans combattre. Cette cité, située au cœur de la région, constituera une bonne base de manœuvre et de ravitaillement pour notre future campagne.

Cette fois-ci des murmures d'approbation coururent dans les rangs. Le roi Agrippa baissa la tête, gêné qu'on pût se réjouir d'avoir massacré nombre de ses sujets. Quant à Bérénice, elle tournait délibérément le dos à l'assemblée. Appuyée contre une colonne, elle observait la nuit, immobile comme une cariatide éclairée par la lune pleine. Titus la fixa un temps, parcourant du regard le modelé de ses épaules et la courbe de ses hanches. Vespasien regarda Titus d'un air contrit, puis reprit la parole.

— Avec l'aide du dieu Mars et de Jupiter Valens, nous allons écraser les Juifs partout où ils bougeront ! Il nous fôdra procéder du nord vers le sud : d'abord pacifier la Galilée des montagnes au Jourdain, puis la Samarie et la Pérée. Enfin nous descendrons en Judée, et en Idumée. L'idée est d'isoler Jérusalem, le noyô de la révolte, en la coupant des ôtres villes juives. Des informateurs m'ont dit que ses habitants n'en menaient pas large. La perspective d'un siège va achever de les démoraliser, et la Ville n'en tombera que plus aisément. Qu'en pensez-vous, milites ?

Vespasien n'arrivait pas à prononcer la diphtongue « au ». Son accent paysan trahissait ses origines plébéiennes, mais, justement, tous les gradés sentirent qu'il n'était pas dans la palabre et qu'on pouvait lui faire confiance. Il apparaissait comme un authentique militaire, un dur à cuire. L'assemblée manifesta son approbation par des vœux et des applaudissements. Son intervention fut reprise en un slogan unique répété à l'envi.

— Les Juifs, nous écraserons, partout où ils bougeront !

L'enthousiasme général explosa ensuite dans un d'hymne d'allégresse, un péan spontané qui célébrait à la fois Néron et Vespasien. Mais ce dernier y mit fin d'un signe de la main.

— Milites ! Ce matin, les ôgures ont observé le vol de dix aigles qui tourbillonnaient ô-dessus de nos campements. Ils m'ont expliqué que c'était là un signe, et que les dieux approuvaient notre départ. L'ordre de marche est pour demain. J'ai sur moi les consignes de placement pour vos tribuns des cohortes, dit-il en distribuant quatre papyri à chaque préfet de camp. Infanterie légère et archers ôxilliaires iront en tête, suivis d'un corps de fantassins et de cavaliers lourdement armés. Ensuite, ce sera ô tour des déblayeurs et des arpenteurs. Je suivrai moimême avec ma cavalerie d'élite. Viendront après les machines de siège portées par les bêtes de somme, puis les gradés de chaque cohorte et leurs soldats d'élite, avec aigles et trompettes. Et enfin le gros de la phalange, en colonnes de six. À l'arrière, comme d'habitude, vous placerez les porteurs de bagages. Ils seront suivis des mercenaires, et de l'arrière-garde. Allez ! Je reviens tout juste de ma tournée et je peux vous dire que vos hommes sont près. Ils veulent en découdre !

L'assemblée, galvanisée, se remit à taper des pieds, siffler et applaudir, mais Vespasien la fit taire à nouveau.

— Je vous propose à présent d'aller rejoindre nos troupes et de fêter le début de la guerre ce soir avec elles, par le sacrifice simultané d'un porc, d'un bélier et d'un tôrô, et ce pour chacune des cohortes ! Honorons Mars-le-Père avec enthousiasme ! Venez en profiter, et que le dieu nous accorde la victoire !

Alors que tous quittaient la basilique, Titus, comme aimanté, se dirigea vers Bérénice. Elle se tenait toujours dans sa posture de statue, le dos contre la colonne extérieure, et elle avait adopté à présent ce déhanché irrésistible propre aux plus belles sculptures grecques. Par Vénus, quel style ! Il fallait absolument qu'il lui parle. Il cherchait encore la meilleure formule pour entamer une conversation, quand il vit son père venir à grands pas dans sa direction. Lucius suivait derrière, casque sous le bras, avec de faux airs de chien fidèle.

— Ta place n'est pas sous cette basilique, mais avec tes hommes pour les sacrifices, lui fit remarquer Vespasien, un léger agacement dans la voix.

— Oui, répondit Titus sans quitter Bérénice des yeux ; oui, tu as raison mon père, j'arrive tout de suite. Je m'en vais de ce pas sacrifier une truie en l'honneur de Mars... et d'Aphrodite.

XVII

À la source de Pan

Quatrième jour avant les calendes d'août 67

Titus plissa les yeux de bonheur. Si les Champs Élysées existaient bien dans l'au-delà, alors ils devaient ressembler à Panion, cette source de Pan, qui donnait naissance au Jourdain. Il ferma les paupières et les rouvrit plusieurs fois pour être sûr qu'il ne rêvait pas ; mais non… Il venait de faire l'amour avec Vénus sortie des flots. Et il la voyait nager là, devant lui, offrant son opulente chevelure à l'eau pure, là où la cascade était la moins violente, au milieu des senteurs de palme et de jasmin.

— Fais attention ! lui cria-t-il en lorgnant sa chute de reins. Je ne viendrai pas te chercher. Je suis un piètre nageur.

La reine éclata d'un rire cristallin et s'allongea sur l'eau, offrant ses seins fermes à l'onde translucide. Autour d'eux, on n'entendait que les pépiements sourds et tranquilles des oiseaux, réfugiés à l'ombre des saules dont les branches s'inclinaient sur la rive.

— Les Romains, ça n'a pas le pied marin !

— Mais ça a le pied guerrier, ma jolie !

Quel idiot ! Il n'aurait pas dû dire une chose pareille. Les gens qu'il massacrait en ce moment faisaient tout de même partie de son peuple.

Il regretta sa maladresse. La récente victoire sur la ville fortifiée de Jotapata avait été particulièrement meurtrière. Sa muraille, consolidée par un assez bon stratège venu de Jérusalem, avait constitué une épreuve de force pour les Romains, même avec l'aide des machines de guerre les plus sophistiquées. Alors, forcément, son père Vespasien avait laissé l'armée se défouler ensuite. Les soldats ne faisaient pas dans la demi-mesure dès qu'on les lâchait après un combat difficile. Quinze mille habitants, vieillards, femmes, enfants, y étaient passés. Deux mille autres, violés et roués de coups, avaient été réduits en esclavage. La colère des troupes était d'autant plus importante, que les Juifs, allez savoir pourquoi, étaient haïs par les archers arabes et syriens, qui les traitaient de femmelettes. Quant aux légionnaires romains, ils les pensaient athées et détestaient leurs superstitions. Titus hocha la tête. Les Samaritains aussi avaient morflé. Même quand ils s'étaient retirés sur le mont Garizim, leur montagne sacrée, les troupes de Céréalis n'avaient pas hésité à frapper dans le tas. Ils avaient égorgé tout le monde, sans faire un seul esclave.

Bérénice s'avança vers lui, toute nue sans en ressentir la moindre gêne. Légère comme l'air, elle semblait survoler les pierres. Incroyable, comme il avait envie d'elle. Son cou de cygne et ses bras fins, ornés d'innombrables bracelets d'or le rendaient fou, il ne savait pas pourquoi.

— Tu vois le sanctuaire, là-bas ? dit-elle en lui montrant un bâtiment de pierre bistre un peu plus loin. Il est dédié à la famille impériale. Quant à la grotte de Pan que nous avons traversée en douce pour venir, c'est un sanctuaire grec très ancien qui remonte à la période d'avant les rois hasmonéens. Mon frère l'a fait restaurer, mais personne n'y vient jamais, surtout l'après-midi. Il y fait beaucoup trop chaud en été, même pour les prêtres. C'est pour ça qu'on y est tranquilles, toi et moi.

— Dis-moi, fit-il, taquin. On raconte que tes deux sœurs sont encore plus belles que toi. C'est vrai ?

— Elles sont plus jeunes, précisa Bérénice, piquée au vif. Mais c'est vrai qu'elles ne sont pas mal. Elles tiennent leur beauté de notre arrière-grand-mère Mariam, la dernière descendante de la lignée hasmonéenne. D'ailleurs toutes les deux ont fait d'excellents mariages... en secondes noces.

— Ah oui ?

— Ma sœur Mariamne a épousé Alexander Demetrius, l'homme le plus riche d'Alexandrie. Quant à Drusilla, la plus jeune, elle s'est enfuie avec Antonius Felix, tu sais, l'ancien gouverneur de Judée. Ça a fait scandale à l'époque, mais elle a fini par devenir sa femme.

— Tes sœurs ont eu la main heureuse. Et toi ?

— Moi, j'ai cumulé les échecs, reconnut Bérénice, le regard sombre. Je me suis retrouvée « veuve », alors que je n'étais qu'une enfant, avant même d'avoir consommé mon premier mariage avec un banquier d'Alexandrie. La deuxième fois, on m'a mariée à mon oncle, le roi Hérode de Chalcis, mais il est mort quatre ans après notre union. J'avais tout juste vingt ans. Enfin, mon troisième mariage avec Polémon, le roi de Cilicie, s'est conclu au bout d'un an par un divorce, alors...

— Alors, tu aimerais peut-être te marier une quatrième fois ? Avec un beau gosse ? D'accord, je ne suis pas roi et j'ai un peu de bide, mais…

— Arrête.

Des servantes brunes au regard fuyant montaient la garde autour d'eux. Bérénice demanda à l'une d'elles de lui apporter la longue tunique jaune safran brodée d'or qu'elle portait à leur arrivée.

— Déjà ? dit Titus, déçu.

— Je serais bien restée, mais mon frère prépare une surprise pour ton père, pour fêter ses premières victoires. Un banquet suivi d'une pièce de théâtre, dans laquelle j'ai un petit rôle. Et puis, il ne faut pas qu'on s'attarde, ça pourrait jaser.

— Tout le monde a des soupçons, riposta Titus en tirant sur sa masse de cheveux pour l'embrasser dans le cou. Mon père lui-même m'a fait la morale. Je pense qu'il est jaloux.

— Peut-être, fit-elle, songeuse, mais pas autant que mon frère.

— Agrippa ? Il…

— Il est très proche de moi.

— C'est-à-dire ?

— Il est très proche de moi, c'est tout.

Bérénice fit signe à ses servantes d'avancer et prit la main de son compagnon pour l'entraîner dans la grotte qu'ils devaient traverser à nouveau pour regagner la ville. Ils marchèrent enlacés, sous le regard oblique de Pan, Écho et Hermès, dont les statues aux couleurs vives étaient nichées le long des parois humides.

Quand ils atteignirent la sortie, chacun prit un chemin différent. Titus feignit de rejoindre ses légions, qui campaient en contrebas de la cité de Panion, parce que Vespasien leur avait accordé une permission de vingt jours après la victoire éprouvante de Jotapata. La reine regagna son aile personnelle du palais, annonçant à ses servantes qu'elle envisageait de faire une sieste avant de se préparer pour le banquet du soir. En réalité, tenir jusqu'à la tombée de la nuit leur était impossible. Titus fit un détour de trois stades pour rejoindre sa belle par une porte dérobée, située à l'arrière du bâtiment, et ils refirent l'amour passionnément. Ils dormaient dans les bras l'un de l'autre, quand une esclave frappa à la porte.

— J'ai demandé qu'on ne me dérange pas !

— Un couple demande à te voir, ma reine.

— Qu'ils attendent mes audiences de demain matin.

— La femme est romaine. Elle dit qu'elle s'appelle Cornelia et prétend qu'elle te connaît.

— Ah ? Dis-leur que j'arrive.

Bérénice se dégagea avec peine de l'étreinte de Titus, qui protesta, plongé dans un demi-sommeil. Elle se leva d'un bond et se rhabilla en hâte. Gaïa Cornelia avait parcouru presque mille stades pour venir la trouver ; elle devait avoir ses raisons.

— Lève-toi, mon amour ! Je dois voir ces gens.

— L'homme est l'un de tes amants ? demanda-t-il, suspicieux.

— Mais non ! Je ne couche jamais avant le mariage… à part avec toi.

— Qui est-ce alors ?

— La dernière fois que je suis allée prier à Jérusalem, je me suis fait une amie romaine, Gaïa. Elle est venue jusqu'ici avec son mari, apparemment.

— Un Juif marié à une Romaine ? C'est bizarre… Je reste avec toi.

— Comme tu veux, répliqua-t-elle. On n'aura qu'à dire que tu m'aidais à choisir un cadeau pour ton père ce soir.

— On n'a rien à dire, ce ne sont pas des gens importants.

Ils quittèrent la chambre de la reine et gagnèrent une sorte de péristyle ombragé dont les colonnes étaient constituées par autant de palmiers dattiers aux feuilles grasses et vertes, tous taillés et plantés à l'identique. Bérénice fit apporter des chaises et offrit des rafraîchissements à ses visiteurs. Seul Titus refusa de s'asseoir. Ses yeux allaient sans cesse du mari à la femme juste devant lui. L'homme surtout lui semblait familier. On pouvait le prendre pour un autochtone avec ses cheveux bruns crépus, mais cette stature large, et surtout ces yeux vairons lui disaient quelque chose…

— Marcus Alexander ? s'écria-t-il, étonné.

— Ou… Oui.

— Par Pollux ! Mais qu'est-ce que l'ancien chef des vigiles de Rome peut bien foutre ici ? demanda-t-il en latin. Mon oncle, le préfet Sabinus, m'a raconté que tu t'étais volatilisé juste après le grand incendie. Tu as déserté ?

— N… non, répliqua Marcus. J'av… j'avais mes rais… mes raisons.

Titus regarda en direction de la femme. Il avait l'impression de la connaître elle aussi. Il l'avait déjà vue, mais où ? Malgré sa curiosité, le jeune homme ne poursuivit pas son interrogatoire. Sa présence dans les appartements de Bérénice à l'heure de la sieste ne l'y autorisait pas trop. Il y eut un silence gêné. Gaïa, le visage défait, fixait le sol.

— Gaïa, mon amie, l'apostropha Bérénice, parle sans crainte devant le général Titus : je réponds de lui. Dis-moi juste ce qui t'arrive, et pourquoi tu es venue me trouver.

— Mon fils Alexander… On me l'a enlevé.

— Seigneur ! s'exclama Bérénice. Mais qui ?

— Un certain Lucius Cornelius Lupus, répondit Gaïa. Il m'a…

— Lucius ? l'interrompit Titus. Le bellâtre qui a pris la tête des rescapés de la XIIe ? Je le connais bien. Il a récemment postulé pour le poste de gouverneur de Judée, mais mon père ne l'a pas nommé. Tu dis qu'il a pris ton fils ? Pourquoi ?

Gaïa, embarrassée, regarda Marcus. Ce dernier hésitait à parler devant Titus, mais après tout, il n'avait pas grand-chose à perdre. Le jeune homme était un familier de Néron, il connaissait Lucius et saurait peut-être où le dénicher. Marcus soupira. Il avait mené des mois d'enquête, recherchant Lucius et Alexander, à Sébasté, à Césarée et dans toutes les autres villes de garnison où on lui avait signalé la présence des hommes de la XIIe. Se faisant passer pour un centurion romain, il avait écumé tous les camps de la province sans succès, c'était comme s'ils s'étaient évaporés.

Quant à Gaïa, si elle s'était remise de ses blessures physiques, elle n'était plus que l'ombre d'elle-même. Devant la gravité de ce qui leur arrivait, Marcus lui avait suggéré d'écrire à Bérénice, dont on disait qu'elle avait l'oreille des Romains. Et elle n'avait pas que l'oreille, pensa-t-il en considérant le jeune homme au visage massif et à la calvitie naissante en face de lui. Peut-être avait-il des informations ? Il se lança.

— Lu… Lucius est le frè… frère de Gaïa. Un frère ennemi qui… qui la dét… la déteste.

— Attends ; je ne comprends pas, répliqua Titus. Ta femme est la sœur de Lucius ? Je pensais que sa sœur était une vestale.

Marcus se mordit la langue. Il en avait trop dit. Il cherchait une répartie, quand Bérénice anticipa sa réponse.

— D'après ce que j'ai compris quand nous avons fait connaissance toutes les deux à Jérusalem, il y a deux filles Cornelia. Mon amie ici présente est la jeune sœur de la vestale Cornelia. D'ailleurs elle se nomme Gaïa Cornelia Junior, la fille cadette de la famille, c'est ça, non ?

Marcus et Gaïa acquiescèrent, soulagés. Cette reine était une fine mouche. Elle comprenait les choses et réagissait vite, heureusement pour eux.

— Ah ! Je comprends mieux, fit Titus en plissant les yeux.

Marcus se demanda si le jeune homme n'avait pas un peu compris qu'on lui mentait. Qu'importe. Titus était fou de Bérénice, et ça se voyait : il la dévorait des yeux. Or la reine n'avait pas hésité à interrompre leur amoureuse sieste pour les recevoir tous les deux, et elle semblait très concernée par leur malheur. Même si Titus voyait en Marcus un déserteur et en Gaïa une vestale sacrilège, on était loin de Rome. Il les aiderait sûrement, juste pour se faire bien voir de sa maîtresse.

— Je vais tâcher de localiser Lucius, lâcha-t-il avec suffisance.

— Tu peux aussi compter sur l'armée de mon frère, renchérit Bérénice.

— *Gra... Gratias*, Ti... Titus, rei... reine Béré... Bérénice, je...

— Mais s'il a tué ton fils ou s'il l'a revendu comme esclave à la campagne, on ne pourra rien faire, hein ? prévint le fils de Vespasien.

Gaïa, raide comme un piquet, déglutit doucement et baissa les paupières. On voyait qu'elle faisait tous les efforts du monde pour rester digne. Titus poursuivit en direction de Marcus.

— Et puis, c'est du donnant-donnant. Quand tu es entré, je t'ai d'abord pris pour un gars du cru. Ton physique peut nous être utile à mon père et à moi. On a besoin d'hommes expérimentés et d'espions. Tu devras nous rendre quelques services le moment venu.

XVIII

Le lac Kinneret

Ides d'octobre 67

Marcus but le fond d'eau tiède qui stagnait dans sa gourde en peau de chameau et réprima une envie de vomir. Il ne pouvait détourner son regard du lac rougi par le sang des corps qui flottaient à sa surface, gonflés et démembrés. Toujours sans la moindre trace de Lucius et d'Alexander, il avait été contraint de suivre les troupes romaines en Galilée, entre Tibériade et Tarichée. Titus ne savait pas encore comment l'utiliser, mais il ne voulait pas qu'il s'éloigne du théâtre des opérations. Pour lors, il lui demandait de prévenir d'éventuels incendies dans les vastes campements militaires, saturés de bois et de paille. Il observa autour de lui. Ici en tout cas, ça ne risquait pas de flamber : il n'y avait plus aucun arbre sur cinquante stades à la ronde. À croire que l'armée les bouffait. Les soldats utilisaient du bois pour la fortification des camps militaires et les murs d'égalisation en cas de siège. Ils défrichaient aussi les plaines pour faciliter les combats. Là où les Romains passent, les arbres trépassent, conclut-il. Et il n'y avait pas que les arbres.

Les armées de Vespasien étaient là depuis six mois à peine, et déjà toute la Samarie avait été matée. Les morts se comptaient par dizaines de milliers, peut-être déjà par centaines. La Galilée à son tour, était pratiquement tombée. Tibériade, en partie révoltée, avait fini par renouveler son allégeance au roi Agrippa qui régnait sur la ville, et tous les rebelles qui s'y trouvaient s'étaient enfuis en bateau vers la cité jumelle de Tarichée, située elle aussi sur les rives du lac Kinneret. Là, Marcus avait pu voir Titus en action. Le jeune homme savait si bien galvaniser ses troupes et dénigrer l'adversaire, que ses mille cavaliers d'élite fondirent comme un seul homme sur les cinq mille combattants juifs massés aux portes de la ville. Pendant ce temps, deux mille archers syriens avaient tiré contre les remparts, pour empêcher les habitants d'apporter leur aide aux insurgés. Une vraie boucherie. Les cavaliers avaient embroché les Juifs avec leurs lances, ou les avaient écrasés sous les sabots de leurs chevaux. Les archers, quant à eux, tuèrent beaucoup de monde dans la ville. Le sang avait coulé à flots. Et quand les portes s'étaient enfin ouvertes sous le poids des insurgés qui reculaient, bien des survivants, même ceux qui n'avaient pas pris part à la guerre, s'étaient laissé égorger dans la masse, comme des moutons, désespérés.

Marcus posa son regard en direction du lac. Un carnage horrible s'y déroulait actuellement dans un bruit de cauchemar. Les survivants de Tarichée s'étaient repliés sur le lac dans leurs embarcations, pensant qu'elles les protégeraient du massacre. Mais Vespasien avait fait construire des radeaux pour permettre aux archers de les viser avec précision, tandis que les fantassins les plantaient comme des thons avec leurs lances. Ou alors, ils leur envoyaient des tisons enflammés et incendiaient leurs barques. Quant à ceux qui avaient eu le malheur de se réfugier sur la rive, ils étaient égorgés sans hésitation. Marcus entendait leurs hurlements qui déchiraient le soir tombant. L'eau s'était transformée en sang. Il eut un haut-le-cœur plus violent que les autres. Cette tuerie de masse avait duré plus de vingt-quatre heures, et les cadavres commençaient à pourrir. La puanteur insoutenable de la mort s'élevait du lac et de son pourtour. L'ancien vigile s'éloigna d'un stade environ et se mit à vomir au milieu des herbes. Il s'assit ensuite sur une grosse pierre, plaça un index dans chaque oreille, et ferma les yeux. Il ne voulait plus rien voir ni entendre. Ni les corps déchirés, ni les cris des victimes, ni les lugubres chants de deuil des survivants qui succédaient aux plaintes de ceux qu'on avait massacrés. Il sentit une présence derrière lui. Titus l'avait rejoint en silence, encore vêtu de son armure de cuir brun, qui accentuait l'épaisseur de sa nuque et lui donnait l'allure d'un gladiateur.

— Tu n'as pas assisté aux combats, Marcus ? Les hommes ont été très braves.

— Je… je ne s… suis ni ar… archer ni cavalier. Com… combien de mo… morts ce… ce soir ?

— Pas loin de sept mille ; trente-deux mille de ces voyous sont encore vivants. Mon père a établi un tribunal dans la ville, pour faire le tri entre les habitants soi-disant paisibles, et les rebelles. Mais c'est pure mise en scène, confia-t-il avec une once de fierté.

— Une mi… mise en scène ?

— Oui. Pas un mot à Bérénice, hein ? L'armée va s'arranger pour les faire tous converger dans le calme au stade de Tibériade. Là, ils tueront les vieux et les malades ; le reste sera vendu à l'encan. Tu te rends compte ? Trente mille esclaves d'un coup ! fit-il en claquant des doigts. Les cours vont rudement baisser. Dans le tas, on en trouvera bien six ou sept mille assez charpentés qu'on enverra à Néron pour creuser son isthme.

Marcus fit un effort surhumain pour masquer son dégoût et son indignation. Ces rebelles venus de Galilée ou de Pérée, n'étaient pas des voyous, c'était surtout des pauvres. Beaucoup, nés sur les rives du Jourdain, combattaient Rome au nom d'une société plus juste, dans l'espoir qu'advienne le « Royaume des Cieux », comme ils disaient. Marcus ébaucha un sourire amer. Question « Royaume des Cieux », ils allaient être servis, les pauvres hères. Il inspira ensuite profondément pour aborder le sujet qui le préoccupait plus que tout.

— Tou... toujours rien sur Lucius ?

— Toujours rien ; désolé. Le tribun Placidus, à qui mon père a confié une aile de cavalerie de la XIIe, m'a confirmé que Lucius s'était évanoui depuis qu'Antonius Julianus avait pris ses fonctions ; tu sais, le nouveau procurateur de Judée.

— Il a... il a dû m... mal pren... prendre la nom... nomination d'un autre.

— Ouais, il pensait vraiment avoir le poste. Mais Vespasien a jugé qu'on ne pouvait pas totalement lui faire confiance.

— Ton pè... père a du nez, acquiesça Marcus en fixant le sol.

— Avant ça, je te garantis que Lucius nous envoyait quotidiennement les comptes rendus détaillés de ses déplacements et de ses exploits militaires. Voilà pourquoi j'étais sûr de pouvoir t'aider, précisa Titus, gêné.

— En… att… en attendant, j'ai perdu la tra… trace de mon fils. Où Lu… Lucius a… a-t-il pu aller ?

— J'en sais rien, par Hercule… Est-ce que ton gosse peut lui servir à obtenir quelque chose, niveau financier ou autre ? demanda l'autre après un temps de réflexion. Si c'est le cas, il ne l'a peut-être pas encore tué.

Marcus regarda Titus avec intérêt, puis baissa à nouveau la tête. Il ne pouvait pas tout dire, mais le jeune général avait visé juste. Le « fils de Néron » s'avérerait utile à Lucius d'une façon ou d'une autre.

— Écoute, lui dit Titus. Tu me fais de la peine : voici des lettres de recommandation avec le sceau de Vespasien. Je vais y écrire ton nom. Va où tu veux dans le pays. Mène ton enquête, montre ces papyri en cas de nécessité. Mais n'oublie pas que nous sommes en guerre et que mon père aura bientôt besoin de ton aide pour son renseignement à Jérusalem.

XIX

La fête de la Dédicace

Jérusalem, cinquième jour
de la fête de la Dédicace, décembre 67

Marcus regardait Gaïa remplir en hâte son seau à la source de Siloé et rajuster sa palla sombre sur ses épaules. Derrière elle, trois chèvres engouffraient des touffes de mauvaises herbes coincées çà et là entre les pierres. Soudain il les entendit éternuer sous les lourds effluves d'encens qui descendaient du Sanctuaire. On avait dû procéder au sacrifice du soir. C'était la fin de l'après-midi et un vent froid s'était levé, une sorte de bise qui n'épargnait pas la Ville basse. Marcus était bien à un demi-stade de Gaïa, mais même à cette distance, il la sentait frissonner en appelant les chèvres qui se décidèrent à la suivre le long du ravin des Fromagers, sur le chemin de la maisonnette qu'elle louait. Il la regarda tristement progresser avec les animaux, pliée en deux par le froid. Cela faisait déjà un an qu'Alexander leur avait été enlevé, un an qu'ils n'avaient trouvé aucune trace de Lucius et de l'enfant, malgré l'aide conjointe de Bérénice et Titus. Gaïa s'était à nouveau réfugiée à Jérusalem pour prier tous les jours au Sanctuaire. Quant à lui, il aurait voulu faire des recherches à Rome. Il avait écrit à son ami Alcibiades pour lui demander d'enquêter sur une éventuelle présence de Lucius dans la Ville. Le vieux médecin lui avait peut-être déjà envoyé sa réponse, chez eux, à Césarée. Mais pour l'heure il devait rester à Jérusalem et assurer le renseignement de Titus et Vespasien qui l'avaient nommé speculator, en mission spéciale. Et puis, il était inquiet pour Gaïa. Depuis quelque temps elle s'était enfermée dans un monde d'ascèse où il n'avait pas sa place. Un monde entièrement consacré à la méditation et à la prière. Elle n'était plus qu'à quelques pas de lui. Elle finit par le reconnaître et marcha rapidement vers lui, suivie des trois chèvres que l'odeur forte de l'encens faisait toujours éternuer.

— Marcus ? fit-elle, le regard plein d'espoir.

— Tou… toujours rien, G… Gaïa mea. Je… je venais ju… juste prendre de tes nouv… tes nouvelles.

Il se fit un silence de plomb que ni l'un ni l'autre n'eut la force de rompre. Gaïa refusa qu'il se charge de son seau et désigna la direction de sa maisonnette toute proche. Ils marchèrent tous deux entre les herbes du chemin, tête baissée, comme accablés par le poids des quelques mots qu'ils avaient prononcés.

— Tu peux dîner avec nous, si tu veux.

L'ancien vigile suivit sa compagne, et entra dans ce qui se rapprochait plus d'une bicoque que d'une maison. À sa gauche, le mur était bâti avec quelques blocs de pierre blanche, cette fameuse pierre calcaire que l'on croisait dans toutes les rues de Jérusalem, mais les autres soutènements consistaient en un mélange de bois et de torchis.

Au centre la pièce, une femme écossait des pois au-dessus d'une marmite d'eau bouillante, d'où s'exhalait une forte odeur de poireau ou d'oignon. Marcus reconnut la vieille à qui il avait parlé dans la chambre des nazirs il y avait tout juste un an, et la salua, étonné. Elle le gratifia d'un sourire édenté et reprit ses préparatifs sans manifester de surprise outre mesure. Gaïa s'empara du balai près de l'âtre, tâchant de diluer sa tristesse dans un ménage énergique et incongru. Quelques minutes plus tard, la vieille Tamar annonça que la soupe était prête. Elle appela Samuel, son mari, qui logeait dans la maison mitoyenne, et les deux couples se retrouvèrent autour de la petite table de bois centrale.

C'était le cinquième jour de la fête de la Dédicace, qui commémorait un événement vieux de presque trois cents ans : la purification du Temple, repris aux Grecs Séleucides qui l'avaient profané en le consacrant à Zeus. Un héros judéen, Yehouda Maccabi, l'ancêtre des rois Hasmonéens, avait libéré le Temple et y avait consacré la toute dernière fiole d'huile cashère, qui avait, disait-on, miraculeusement brûlé sur la Ménorah pendant huit jours, exactement le temps qu'il fallait aux prêtres pour fabriquer une huile nouvelle. Tamar aligna donc cinq veilleuses remplies d'huile sur la table, près de la fenêtre à barreaux, et Samuel en alluma les mèches de liège avec une bûchette de bois qu'il laissa se consumer à côté des petites lampes. Il fit un court récit pour commémorer l'événement, puis ajouta à ce rituel une étrange prière que Marcus n'avait jamais entendue.

— *Yitgadal veyitkadash sh'mei raba ; Béalma di bera khirouté ; veyamlikh malkhouté ; veyatsma'h pourkané ; vikarèvmechi'hé.*

Tamar, les yeux brillants, se tourna vers Marcus et Gaïa pour traduire :

— Sanctifier et célébrer le nom du Très Haut, il faut. Lui avoir créé monde selon Sa Volonté ; et Lui établir Royaume à lui ; et Lui délivrer nous et envoyer Messie encore ! Je croire.

— Amen ! approuva Gaïa avec ferveur.

La vieille femme apporta ensuite une hydrie d'eau et une bassine en terre destinée à l'ablution des mains. Son mari bénit les quelques croûtes de pain rassis qu'on allait glisser dans la soupe, et tout le monde mangea en silence ce dîner frugal. Puis le couple se retira en hâte et Marcus et Gaïa demeurèrent face à face.

— Il... il faudra bient... bientôt rentrer à Ces... Césarée ; on... on y trouv... trouvera peut... peut-être une le... lettre d'Alcibia... biades

— Je ne rentrerai pas à Césarée.

— Mais... Pour... pourquoi ?

— Tu vas encore m'abandonner pour passer tes nuits ailleurs.

— M... mais non, G... Gaïa.

— De toute façon ça n'a pas d'importance, l'interrompit Gaïa, tristement. Je veux rester avec Tamar et Samuel. Leurs prières m'apaisent. Et puis, cette femme est une espèce de devineresse. Elle est persuadée qu'Alexander n'est pas mort, et qu'il faut continuer à espérer. Et, amen, je la crois.

— Elle... elle m'avait recom... recommandé de quitter Jér... Jérusalem à... à cause de la guerre il... il y a un... un an !

— Elle a changé d'avis. Elle pense maintenant qu'un homme, un rabbi élu du Seigneur, reviendra avant pour faire advenir le Royaume, ou bien qu'il nous aidera à la victoire.

Marcus lutta contre l'agacement qui s'emparait de lui, et tenta de dissuader Gaïa. Il évoqua la défaite sanglante des Juifs en Samarie et en Galilée. Il mentionna la chute des prestigieuses cités de Jotapata et de Goush-Halav, toutes deux fortifiées et défendues par d'excellents stratèges. D'ailleurs, un nouveau conseil de guerre était prévu tout à l'heure au Sanctuaire, dans la Cour des Hommes. Jérusalem devait se préparer à une violente offensive des Romains. Si Vespasien temporisait, ajouta-t-il, c'était parce qu'il savait que les habitants n'étaient pas d'accord entre eux sur la poursuite de la guerre. Il espérait une reddition. Dans le cas contraire, il laisserait la population s'épuiser en dissensions avant d'intervenir et d'écraser la Ville.

— Tu te trompes, Marcus. Jérusalem est la Cité du Seigneur ; elle est plus unie et plus forte que tu ne le penses.

Gaïa n'en démordait pas. Elle affirmait se sentir en sécurité, épaulée par une communauté solidaire qui ne la laissait manquer de rien. Le Sanctuaire la rassurait, et la Ville entière, disait-elle, regorgeait de réserves d'eau, de céréales, d'huile et de vin, pour les habitants et le service du Temple. Elle leva des yeux reconnaissants vers le ciel, convaincue que, si elle passait l'hiver à prier ici, Dieu lui rendrait son fils. Elle reparla de ce rabbi combattant dont Samuel et Tamar espéraient le retour, un maître de la Loi et faiseur de miracles, que les Romains avaient injustement crucifié, comme beaucoup d'autres. Mais celui-là avait ressuscité. C'était incroyable, mais il avait été aperçu, plusieurs fois depuis trente ans, sur les bords du lac Kinneret. On disait que cet élu du Seigneur reviendrait bientôt, ici, à Jérusalem, instaurer le Règne de Dieu, et délivrer la Ville des Romains, comme il l'avait annoncé. L'ancienne vestale eut un sourire étrange. Elle était convaincue que ce Sauveur pourrait faire quelque chose pour le retour d'Alexander.

Marcus se leva et laissa Gaïa, qui souriait à la fragile lumière des veilleuses. Gagnée par une sorte d'apaisement, elle ne prit même pas la peine de l'accompagner jusqu'à la porte. Alors, il monta vers le Sanctuaire dans la nuit froide, glissant les bras sous son manteau en peau de mouton, pris entre la tristesse et la culpabilité. La femme qu'il aimait était-elle en train de devenir folle ? L'enlèvement d'Alexander était advenu après des années de souffrance et d'incertitude. Elle devait trouver dans ces étranges croyances, une espérance qui allégeait sa douleur. Il franchit la barrière de séparation et arriva dans la Cour des Femmes. D'autres avaient accompli le même trajet que lui, pelotonnés dans leurs vêtements d'hiver, mais ils semblaient bloqués devant la Porte Majeure, sans avoir d'accès à la Cour d'Israël. Des protestations se firent entendre.

— Pourquoi on ne peut pas passer ? questionna un tout jeune homme.

— Les zélotes, ils bloquent l'entrée ! s'écria un autre.

Marcus observa cette foule compacte qui se retrouvait coincée au seuil de la deuxième cour où cinq énormes lampes étaient allumées en l'honneur de la fête de la Dédicace. Certains commençaient à rebrousser chemin quand trois individus montèrent sur une grande estrade à l'entrée et se mirent à siffler pour appeler au silence. Marcus repéra Éléazar ben-Annanias, le jeune *segan*, numéro deux du Sanctuaire, ainsi qu'Éléazar ben-Simon, le héros blond et musclé de l'ancienne victoire contre Gallus. Le troisième homme, beaucoup moins massif et plus basané que les deux autres, lui était inconnu. Il avait les paupières à moitié fermées, ce qui lui conférait un drôle de regard.

— Citoyens de Jérusalem, commença le chef du Sanctuaire, je dois vous informer de la gravité des événements. L'homme qui se tient debout à ma droite se nomme Yohan ben Lévi. C'est un rescapé de la cité de Goush-Halav, la dernière ville libre de Galilée, où, avec quelques-uns de nos frères, il a échappé miraculeusement aux Romains et à leurs exactions monstrueuses. Partout dans le pays, on égorge et on crucifie nos vieillards, nos femmes, et nos enfants. Mes frères, je vous le demande, est-ce que Dieu nous pardonnera si nous nous soumettons à Rome après une telle boucherie sur notre peuple ?

— Non ! Non ! s'écria la foule.

— Jérusalem est notre capitale ! Nous possédons notre monnaie, ajouta-t-il en lançant sur la foule une centaine de *shekels* en argent nouvellement frappés après la révolte. Sur ces pièces, vous pouvez reconnaître la palme et le cédrat, symbole de notre sainteté et de notre souveraineté. En vérité, je vous le dis, Jérusalem est souveraine et elle le restera pendant des siècles et des siècles. Amen !

— Amen ! hurla-t-on comme un seul homme.

— Nous commémorons en ce moment la révolte victorieuse de nos ancêtres contre les Grecs, renchérit ben-Simon, dont les bras puissants étaient tendus vers le ciel. C'est un signe ! La Ville Sainte a les moyens de repousser l'ennemi ! Elle l'a montré contre Florus, elle l'a montré contre Gallus ; elle le montrera encore contre Vespasien !

— Ben-Simon, tu es notre héros ! cria l'assemblée.

— Nous avons dérobé d'imposantes machines de guerre à la XIIe légion, continua-t-il, et les épais cheveux de nos femmes fournissent des cordes exceptionnelles pour nos arcs, scorpions et oxybèles. Nous sommes forts de nos trois murailles, forts de nos prêtres-zélotes, forts de tous nos combattants. J'ajoute, pour les sceptiques, que même les Esséniens, ces pieux ascètes du désert, nous soutiennent dans notre combat !

— Combattons pour Sion ! scandèrent les plus jeunes.

Mais Marcus entendit en même temps des critiques et des sifflements diffus. Les deux Éléazar et leurs zélotes ne faisaient pas l'unanimité. L'un des dirigeants de la Ville, un certain Gorion ben-Yossef, leva la main pour prendre la parole.

— Vespasien et ses soixante mille combattants ont déjà écrasé les régions du nord et du centre. Leurs garnisons se sont établies à Goush-Halav, Yavné et Azot, et ils descendent maintenant vers Gadara et Jéricho, avec cinq fois plus de machines de guerre que nous n'en avons. Sincèrement, je ne vois pas comment nous pourrions sortir vainqueurs de ce conflit. Nous sommes en danger, et la Maison de Dieu avec ! Mes frères, je vous en conjure, réfléchissez avant de prendre des décisions irréparables !

Les plus âgés applaudirent, mais le jeune *segan* du Sanctuaire reprit la parole au milieu des sifflets, la voix altérée par la colère.

— Homme de peu de foi ! hurla-t-il à Gorion. Tu ne vois donc pas que le Seigneur est avec nous ? De nombreux signes le prouvent. Partout dans l'Empire, on dit que Néron est contesté. Dans quelque temps, les armées romaines affaiblies cesseront d'obéir à l'empereur, une guerre civile s'installera à Rome et détruira cette cité maudite. Croyez-moi, vous tous ; ne leur cédez pas : nous pouvons gagner !

— Oui ! renchérit ben-Simon en bombant le torse. L'armée romaine est un ramassis d'idolâtres, mais nous, nous sommes *tsivot-ha-Chem,* les cohortes de Dieu ! La *Guéoula*, cette délivrance tant attendue, est en route, le Royaume des Cieux est imminent ! Combattons pour le faire advenir !

Il eut un désordre indescriptible. Les uns étaient d'avis de se lancer dans un combat total, les autres désiraient réfléchir et temporiser, quand d'autres encore voulaient tout de suite négocier. Marcus se mit sur le côté. Certains en venaient aux mains, et les zélotes commençaient à agresser des notables, quand le grand prêtre Annan demanda la parole. Deux jeunes le hissèrent d'une main sur l'estrade, comme si, dans sa tunique immaculée, il était devenu aussi léger qu'une plume.

— Mes frères ! Est-ce que vous réalisez où nous sommes ? Vous n'allez quand même pas commettre des violences dans l'enceinte du Sanctuaire, à deux cents coudées à peine du Saint des Saints ? Il est tard. Rentrez chez vous. Nous autres, membres du Sanhédrin et dirigeants de la Ville, nous allons nous réunir avec les chefs des zélotes, et nous vous ferons part de notre décision commune sur l'attitude à adopter dans cette guerre.

— Pas question ! l'interrompit le vigoureux ben-Simon. Je crois que nos frères ont bien compris que tes partisans et toi-même, vous prônez le déshonneur. Vous voulez vous coucher devant Rome et brader Jérusalem !

— N'écoutons pas les vieux notables et le Grand Prêtre ! hurlèrent les zélotes à l'assemblée.

— Silence ! reprit le *segan* responsable du Sanctuaire. Voici ce que je propose : que tous les lâches qui sont d'accord pour le déshonneur et la compromission avec le Rome repartent bien tranquillement chez eux. Les autres franchiront la Grande Porte pour aller avec nous dans la cour d'Israël, et peut-être au-delà, se faire bénir par les prêtres-*cohanim*, car ils le méritent !

— Éléazar, s'il te plaît, tu ne peux pas conduire des gens qui ne se sont même pas purifiés au-delà de la cour d'Israël. Qu'ils aillent se tremper en bas, dans les *mikvaot* de l'Ophel ! s'exclama Annan.

— Je n'ai pas l'intention de les conduire dans la zone réservée aux prêtres. Mais sache qu'en vérité ces hommes sont purs, mon oncle, car leurs intentions le sont. Allez, que ceux qui s'en sentent capables me suivent !

Les deux Éléazar et leurs zélotes ouvrirent la marche et passèrent la Porte Majeure. Quelques hommes, plutôt jeunes et mal habillés, leur emboîtèrent le pas, mais ils n'étaient pas si nombreux. Le gros de la foule rebroussa chemin, tête basse, derrière Annan et Gorion, dont le lourd silence trahissait l'inquiétude. L'homme basané aux yeux mi-clos s'était joint à eux. Marcus fut étonné par l'importance du groupe. Bien des gens à Jérusalem ne souhaitaient pas la guerre. Tout n'était pas perdu. Il fallait absolument qu'il le dise à Titus.

XX

Le pacte

Rome, calendes de mars 68

Tiré par quatre magnifiques coursiers blancs, l'attelage qui venait du champ de Mars longea le Circus Maximus en grande pompe. L'empereur, habillé en « triomphateur », avait mis le paquet pour fêter son retour dans la capitale. Accompagné de son professeur particulier le citharède Diodore, il arborait une longue tunique à la grecque, toute de pourpre, assortie à son visage boursouflé. Un manteau parsemé d'étoiles dorées déployé sur les épaules, il avançait tête haute, lauriers olympiques sur le crâne, et couronne delphique dans la main droite, tandis que, devant lui, un millier de porteurs brandissaient les mille cent huit autres couronnes gagnées au cours de son périple à travers la Grèce. Chacun d'eux défilait avec une pancarte où l'on pouvait lire le lieu, le type d'épreuve, et le nom de ses adversaires. Lucius le fixa attentivement : il paraissait très heureux dans tout ce décorum hétéroclite. Le char qui le transportait était celui que son Auguste aïeul avait pris, il y avait de cela plus d'un siècle, pour célébrer sa victoire inaugurale sur Antoine et Cléopâtre à Actium. L'attelage était entouré de jeunes et beaux soldats en cuirasse sur des chevaux racés. Parmi eux il y avait même des femmes, les fameuses amazones impériales, aux formes sculpturales. Torse en avant et crâne rasé, elles montaient comme des hommes, armées de haches et de boucliers. Au centre, Néron dodelinait de la tête, la main sur le cœur, fixant tantôt la route parsemée de safran qui s'étalait devant lui, tantôt la foule qui scandait son nom en lui adjoignant les appellations d'Hercule et d'Apollon. La bouche en cul-de-poule, il faisait mine d'être surpris par l'intensité des acclamations.

C'est à ce moment-là que Lucius repéra les Augustiani aux cheveux longs, ces soldats applaudisseurs professionnels qui suivaient toujours les manifestations impériales. Ils se firent plus bruyants à mesure que le cortège se dirigeait vers le centre de la Ville. L'ancien ami du prince connaissait leurs tarifs pour les avoir payés naguère. Il eut un rictus amer. Tigellin avait encore dû raquer un max avec l'argent que l'État n'avait pas, sans compter les autres figurants, qu'on pouvait reconnaître à leurs vêtements neufs. Car, malgré les guirlandes, le safran et les lâchers d'oiseaux, la foule des habitants avait quelque chose d'inerte. Les gens avaient peur de crever la dalle, et ça se voyait. Le séjour impérial en Grèce, où l'empereur avait accordé la citoyenneté à tous les hommes libres avec une suppression totale d'impôts, avait dû précipiter un peu plus la ruine de l'État. Sans parler du coût de la guerre qui se déroulait actuellement en Judée. L'argent devait cruellement manquer pour contrôler le cours du blé et le redistribuer aux ayants droit. Alors, en plus des applaudisseurs, on avait eu recours à des acteurs aux visages expressifs pour mimer l'enthousiasme que le peuple n'avait plus. Lucius fut pris d'un ricanement nerveux alors que les applaudissements s'intensifiaient sur le Forum, devant le sanctuaire de La Concorde. Ça faisait des années à Rome que tout le monde faisait semblant. Néron était un histrion caractériel qui faisait semblant d'être empereur, et la foule faisait semblant de l'aimer. Quant aux sénateurs… Décimés par des conjurations avortées, ils se taisaient, la queue entre les jambes. Une situation merdique, dont lui, Lucius, n'avait plus rien à foutre.

L'homme suivit fébrilement le cortège qui redescendit Via Sacra. Son problème, comme celui des autres, c'était le fric. Peut-être un peu plus que les autres. Il avait des dettes partout parce qu'il ne pouvait pas s'empêcher de jouer aux courses. Même dans ce foutu pays des Juifs, il avait fréquenté les stades : Antipatris, Sébasté, Césarée… jusqu'à Ptolémaïs où il s'était mis à parier sur des attelages cabossés, après y avoir rencontré Vespasien et Titus. Il serra les poings. Ces deux gros bourrins aux cheveux rares l'avaient déconsidéré. Le fils n'avait pas caché sa joie quand il l'avait l'humilié à l'escrime. Il s'était servi de lui comme faire-valoir devant ses soldats. Quant au père, après lui avoir adressé de chaleureux remerciements publics pour ses actions en Samarie, il l'avait à peine calculé, répondant à toutes ses suggestions du bout des lèvres. Certains gradés de la XIIe lui avaient même confié que c'était Vespasien en personne qui s'était opposé à sa nomination comme procurateur de Judée. Il avait préféré favoriser ce gros balourd d'Antonius Julianus, un de ses cousins, crétin des Apennins, comme lui. Bref, on ne l'avait pas jugé à sa juste valeur, et il se sentait frustré. Le problème, c'était que ça l'avait coupé de ses petits arrangements en nature avec les bandes de Galilée… Et surtout, il ne serait plus prioritaire sur l'or de Jérusalem, quand l'armée se bâfrerait.

Le char impérial venait de contourner le sénat et rebroussait chemin vers le Palatin. Ici la foule semblait un tantinet plus sincère, plus concernée. Après tout, un triomphe à tous les concours sportifs et artistiques que comptait la Grèce constituait un triomphe comme un autre. C'était du grand spectacle et ça distrayait, d'autant qu'on sacrifierait quand même des bovins après la prestation du prince. Qu'elles soient dédiées à Jupiter Capitolin ou à Apollon Palatin, c'était grillades garanties. Sur le parvis noir de monde du sanctuaire d'Apollon, Lucius chercha Tigellin des yeux, et le repéra en train de donner des ordres pour que les viandes soient distribuées équitablement à tous ceux qui avaient pris la peine de monter jusqu'au Temple. Quelques marches plus haut, Néron, descendu de son char, se tenait debout, seul devant la statue du dieu citharède. Il mit les mains sous le filet d'eau qu'un officiant versait en inclinant trois fois de suite une hydrie sacrée. Le regard fixe, il prit ensuite un couteau sacrificiel. C'était lui qui devait officier le premier, avant que les esclaves victimaires n'achèvent les animaux à coups de hache. Il fit signe aux prêtres d'Apollon, tous coiffés de leur bonnet blanc à pic métallique, de s'avancer avec l'énorme bœuf, la première des bêtes qu'on devait mettre à mort. Deux vestales les suivirent pour verser sur le front de l'animal la salsa mola, la farine sacrificielle qu'elles avaient préparée, puis les prêtres réclamèrent le silence, et les regards se tournèrent vers le prince.

— *Hoc age !*

À ce signal, Néron adopta une attitude théâtrale ; on aurait dit Oreste se préparant à poignarder sa mère Clytemnestre. Après avoir exhibé son couteau sous tous les angles, il se couvrit la tête avec un pan de son manteau, et ficha son fer sur l'échine de l'animal, qui avait été plaqué au sol, les quatre pattes entravées par d'épaisses courroies de cuir. La victime protesta en un mugissement de douleur, et se débattit dans son sang. Les robes blanches des vestales en furent copieusement éclaboussées. Lucius pensa à Gaïa. Est-ce qu'elle était encore vivante ? Après lui avoir arraché son fils, il avait filé vers Ptolémaïs en abandonnant sa sœur aux pillards de Galilée. Qu'en avaient-ils fait ? Avait-elle été jugée trop vieille pour le lupanar ? Il n'en avait pas la moindre idée. Il aurait pu la tuer, mais c'était moins amusant car les morts ne souffrent plus. Alors que là, privée de son enfant, ignorant s'il était mort ou vif, torturée peut-être par des soldats ou des barbares, il savait qu'elle souffrirait de tout son être. Il ne put s'empêcher de sourire. Non seulement il s'était débrouillé pour que cette idiote couche avec Néron, mais en plus, elle lui avait fait un gosse qui était son exacte réplique. Tout ça valait un max de fric !

La suite des sacrifices était sans intérêt. Les esclaves victimarii finirent le travail à coups de hache double, puis renouvelèrent leur geste sur la dizaine de bovins qui suivaient. Les cadavres sanglants étaient ensuite traînés sur le parvis du temple pour être éviscérés, puis dépecés et grillés sur l'autel central. Appolon aurait les abats, et les hommes le reste. Lucius s'avança au premier rang, juste en face du parvis du temple, et aperçut Tigellin qui s'apprêtait à partir à cheval sous escorte prétorienne, sûrement pour éviter la prestation lyrique annoncée par le prince qui entendait faire bénéficier l'assistance de sa « voix céleste ». Il mit ses mains en cornet, et appela son ancien camarade.

— Tigellin !

— Lucius ? Qu'est-ce que tu fous là ? Tu n'es pas en Judée, avec Vespasien ?

— Non, je suis rentré en urgence. J'ai fait une... découverte.

Tigellin fit signe à ses prétoriens de l'attendre.

— Qu'est-ce que c'est, par la Grande Louve ? demanda-t-il en le fixant de ses yeux torves.

— Permets-moi de te suivre pour t'en parler.

— Pourquoi pas ici ?

— C'est trop important.

— Alors accompagne-moi à mon QG, chez les prétoriens. Mais je te préviens, si tes révélations sont nulles, je te fais pendre comme un vulgaire déserteur.

Le préfet du prétoire donna l'ordre de trouver une monture supplémentaire, et ils retournèrent vers le Forum pour traverser ensuite le quartier populaire de l'Argilète, puis le Vicus Patricius qui remontait vers le Quirinal et la caserne des prétoriens. Dès qu'ils en franchirent les portes, Lucius fut frappé par l'ambiance inhabituelle qui y régnait. Les hommes se comportaient comme s'ils étaient tous en permission. Certains se promenaient tranquilles, en tunique courte, le long des baraquements, d'autres se regroupaient pour une petite dînette autour d'un feu. Les neuf enseignes des cohortes étaient posées pêle-mêle contre le mur de droite de la cour centrale, tandis qu'au milieu, l'autel impérial, jonché de fruits pourris et de fleurs fanées, semblait déserté. Les offrandes au génie du prince n'avaient pas dû être renouvelées depuis longtemps.

— Mon collègue Nymphidius a un peu laissé les choses se dégrader pendant notre épopée grecque, commenta Tigellin. Heureusement que les braves Flavius Sabinus et Plotius Firmus ont fait le boulot à la tête des deux autres unités urbaines, sinon…

— Comment ton collègue Nymphidius compte-t-il justifier ce laisser-aller ?

Tigellin se contenta d'esquisser son sourire habituel, plus proche de la grimace que d'autre chose. Il indiqua à Lucius l'entrée de son bureau personnel, où trônait un gros buste de l'empereur en bronze marronné. Empoignant les pans de sa lourde toge, il s'assit négligemment sur son tablinum de travail, découvrant jusqu'à mi-cuisse des jambes presque féminines, blanches et épilées.

— Alors, Lucius ? Quelle est cette information extraordinaire qui t'a fait abandonner ta charge militaire et traverser les mers ?

Lucius, debout devant lui, hésita un temps. Quelque chose dans l'attitude de Tigellin le mettait encore plus mal à l'aise que d'habitude, une espèce d'indifférence qu'il ne lui connaissait pas.

— J'ai mis la main sur le fils de Néron.

— Et alors ? Avec toutes ses… activités, Néron a dû faire des gosses un peu partout.

— Mais celui-là est spécial : il lui ressemble comme deux gouttes d'eau. Même visage rose, mêmes cheveux roux, même goût pour la récitation artistique, même…

— Tu l'as trouvé où ?

— En Samarie, à Sébasté.

— C'est n'importe quoi !

— En réalité c'est le fils de ma sœur, la vestale Gaïa Cornelia, lança Lucius d'un air triomphant. Elle l'a mis au monde en secret après avoir accordé ses faveurs à l'empereur. Tu te souviens de cette nuit de Saturnales, il y a cinq ans, où Néron avait émis le désir de « connaître la profondeur des choses divines » ?

— Oui, acquiesça Tigellin sarcastique, ça me dit quelque chose. Tu lui as offert ta sœur ; tu lui aurais même offert ton cul pour lui plaire, à l'époque.

Lucius eut envie d'étrangler cette ordure de Sicilien avec les pans de sa toge qui flottaient sur le bureau. Il pourrait les enrouler étroitement autour de son cou, faire un beau nœud, et le laisser crever, les fesses à l'air, là, sur son tablinum. Mais un tel acte ne passerait pas inaperçu, même chez des prétoriens en goguette. Il ravala sa contrariété et se concentra sur la conversation.

— Je ne comprends pas, reprit Tigellin. Comment l'enfant est-il arrivé en Judée ? La grande vestale est morte de la peste il y a plus d'un an.

— Tu n'as donc pas lu ma lettre, constata Lucius avec un rictus amer. Gaïa Cornelia n'est pas morte. On l'a aidée à rejoindre Marcus Alexander. Sûrement le vieux médecin des vigiles. Bref, tous deux vivent à Césarée. Je suis tombé sur elle et son enfant parce que des bandits des grands chemins les avaient enlevés pour les vendre.

— Tue-les.

— Mais ça ne peut pas servir à Néron ? Un fils miraculeux, pour assurer sa succession... Pour une somme modique, je peux te l'apporter.

— Tu veux apprendre au monde que Néron a fait un gosse à une vestale ? Tu es complètement fou ! C'est un sacrilège.

— Le dieu Mars s'est bien tapé la vestale Rhéa Silvia pour engendrer Romulus et Remus !

Tigellin leva les yeux au ciel, puis il fixa Lucius de son mauvais regard.

— Je crois que tu n'as pas compris la situation à Rome en ce moment, mon cher. Personne n'en a plus rien à foutre de Néron. Partout dans l'Empire, les gens sont criblés d'impôts. Même ici, l'annone, les distributions gratuites de blé, ne sont pas respectées. Il n'y aura bientôt plus rien à bouffer. La Maison dorée du prince, ses tournées philhellènes, et la guerre contre les Juifs ont vidé les caisses. Dans les armées aussi la révolte gronde : Gaule, Hispanie, Lusitanie… La grande reine des Bretons, Boudicca, a paraît-il traité Néron de grosse tantouze, qui passe son temps dans les récitals et les soins du corps ! Même les prétoriens, la garde rapprochée de l'empereur, s'en tapent le coquillard, regarde-les ! Et toi tu viens me voir avec ton histoire de successeur miraculeux ?

— Si c'est comme ça, par Jupiter, paie-moi et je le tue.

— Sinon ?

— J'ai confié le gosse à des gens de confiance. S'ils n'ont pas de mes nouvelles par retour de courrier, ils révéleront l'affaire et balanceront illico la nouvelle au sénat et dans les provinces les plus remontées contre l'empereur. Ce sera la goutte d'eau qui fera déborder la jarre. Néron chutera en accéléré, et toi tu seras pris de facto dans le mouvement sans pouvoir te retourner.

Tigellin se leva et arpenta la pièce de long en large, avant de se rasseoir en considérant le gros buste de l'empereur d'un air incrédule.

— Combien tu veux ?

— Un million de sesterces ; une somme convenable pour tenir mon rang de patricien.

— Tu en auras cinq cent mille.

— Sept cent mille.

L'âme damnée de Néron fit une grimace et ricana doucement. Il saisit d'une main nonchalante les quatre pans de sa toge et glissa d'un quart de tour, jambes à l'air, pour atteindre l'autre côté du bureau. Puis il se mit debout, et Lucius le vit fouiller dans un coffre mural, d'où il tira une bourse de cuir couleur de bronze.

— Voilà de l'argent pour tes frais de déplacement, dettes de jeu comprises.

Lucius ouvrit la bourse et considéra les pièces d'or à l'effigie du prince.

— Eh ! Tu te fous de moi ? Y'a pas quatre-vingt mille sesterces là-dedans. Je pourrai à peine dépanner ma vieille.

— Reviens avec la tête du gosse dans une jarre, ne lui rase pas les cheveux ; et tu auras le reste du fric.

XXI

Narbata

Narbata, deux jours avant les ides de mai 68

— Mon nom est « personne » !

Lucius fixa le gamin de six ans qui gesticulait face à lui, sa petite épée à la main à l'ombre des cyprès. C'est vrai qu'il était distrayant. Un vrai petit Achille : habillé en fille, ses longs cheveux roux attachés en chignon, il continuait de singer ses héros grecs préférés. Tout son père, et polyglotte en plus.

— Je ne comprends pas, lui demanda-t-il en latin. Là maintenant, tu te prends pour Ulysse ou pour Achille ?

— Mon nom est « personne », j't'ai dit !

Le mioche avait un sale caractère, ce qu'il appréciait. Et puis, il était très mignon, avec de beaux yeux de fille, aux longs cils. Ça le contrarierait de lui couper la tête ; il le ferait bien sûr, mais rien ne pressait. Les quatre-vingt mille sesterces que Tigellin lui avait avancés avaient permis de racheter son hypothèque et d'apaiser les plus furax de ses créanciers, mais pas beaucoup plus. Et puis, il avait réfléchi. Sept cent mille à la livraison, ce n'était même pas le cens d'un sénateur. Son visage adopta un méprisant rictus. Ce crétin de Tigellin n'avait pas été très généreux parce qu'il ne croyait pas vraiment à son histoire. Tant pis pour lui. Maintenant, et vu la tournure des événements, il avait décidé d'attendre un peu pour livrer le paquet.

La mer avait été mauvaise en cette fin d'hiver, et il était encore bloqué à Rome fin mars quand on avait appris que les armées de Gaule avaient fait défection. La révolte s'était déclenchée à l'instigation de Julius Vindex, ce légat de la Lyonnaise qui appelait à combattre le « tyran Néron ». Certains disaient qu'il avait même fait battre monnaie en y inscrivant des formules du genre « Liberté pour Rome », « Salut du genre humain » et tout le toutim.

Pourtant, Néron ne s'était pas montré plus perturbé que ça. Il avait continué à jouer de la lyre et de l'orgue hydraulique dans le sud de l'Italie pendant que la plèbe crevait la dalle et que la Gaule se soulevait. Ce qui l'avait vexé, surtout, c'était que Vindex l'eût traité de « mauvais citharède ». Alors il avait envoyé contre lui son fidèle Rufus, le procurateur de Germanie supérieure, qui semblait doté d'un certain talent militaire. Vindex, défait par Rufus, venait de se suicider. N'empêche que maintenant, le vent de la révolte soufflait partout : Mésie, Lusitanie, Hispanie, Afrique. On disait même que Galba, le sage gouverneur de l'Espagne tarraconaise depuis sept ans, aurait accepté de détrôner et de remplacer Néron.

Lucius réfléchissait tout en regardant le gosse lui jouer la mort de Patrocle. Il avait l'impression que l'empereur ne réagissait plus et qu'il avait perdu le sens des réalités. Si toutefois il l'avait jamais eu.

Il songea à la situation. En Judée aussi, ça bougeait. On sentait que ce gros lourdaud de Vespasien avait chopé le melon après toutes ses victoires dans la région. Les gens du coin juraient que c'en était fini de Beth-Lehem, Tekoa et Hébron, et que les armées étaient sur le point de prendre Jéricho. Méchant et efficace, le vieux ; et tout ça rien qu'en une petite année. Lucius se versa une grosse lampée d'un blanc sirupeux de Galilée qu'il vida d'une traite. Grâce à ses généraux d'élite, les Placidus, Céréalis, Trajan et compagnie, la Judée et l'Idumée allaient bientôt capituler, après la Galilée et la Samarie. Jérusalem demeurerait seule à accueillir les rebelles en fuite au sein de ses murailles, avec deux ou trois places fortes. Oui, Vespasien, quoique de classe équestre, avait toutes les raisons de la ramener. D'autant qu'après le siège de Jotapata, un haut gradé judéen l'avait salué, paraît-il, du titre d'« imperator » quand il s'était rendu. Vespasien avait dû se sentir flatté. Le type, un certain Yossef ben quelque chose, se prétendait vaguement prophète. Lucius sourit. C'était surtout un malin. Ses visions et ses rêves prémonitoires étaient dans l'air du temps : les quatre légions qui menaient la guerre pouvaient très bien proclamer empereur leur général victorieux, même si c'était un ringard de soixante balais. D'ailleurs son fils Titus était très en forme. Il avait des talents d'acrobate. On racontait qu'au siège de Gamla, il avait sauté d'une monture à l'autre pour conduire la cavalerie en marche. Tout ça avait de la gueule ; ça pouvait fonder une nouvelle dynastie.

Par Hercule ! pensa-t-il en se servant à nouveau une rasade de vin. C'était peut-être avec Titus et Vespasien qu'il faudrait négocier la tête du gosse. En attendant…

Il claqua des doigts et une femme entre deux âges accourut devant lui. Elle s'inclina lorsqu'il lui remit cinquante drachmes dans la main droite.

— Voilà un troisième versement pour la bouffe et l'entretien. Nourris-le correctement, et dis à ton mari de ne plus le frapper au visage, hein ? Et surtout, ne lui coupe pas les cheveux : on doit le prendre pour une fille, tu as compris ? Je reviendrai bientôt.

Il se retourna une dernière fois vers le garçonnet qui s'était allongé au sol, son épée de bois coincée sous l'aisselle, dans la position du héros agonisant.

— Je suis mort ! Je me suis sacrifié pour l'honneur de la Grèce !

— Et si on te sacrifiait pour l'honneur de Rome ? lui répondit Lucius en souriant.

Caché derrière un tamaris, Jean le publicain observait la scène, médusé.

XXII

Le choix des Zélotes

Jérusalem, ides de mai 68

Le prêtre chargé de la sonnerie avait repéré les trois étoiles dans le ciel, vérifia que la nuit avait aussi envahi la route de Hébron avant de monter sur l'angle nord-est de la terrasse du Sanctuaire, et de souffler dans sa trompette d'argent pour signifier la fin du chabat. Marcus s'étira avec soulagement au son de l'instrument. Le signal avait tardé ; il avait l'impression qu'il faisait nuit depuis une demi-heure au moins. Enfin, il allait pouvoir se diriger vers la salle du conseil de la Ville, située en contrebas du Temple, entre le Xyste et le Pont des femmes. Le Grand Prêtre Annan y avait convoqué une réunion du Sanhédrin élargi. Depuis six mois qu'il vivait à Jérusalem, Marcus s'était fondu dans la population, et il apparaissait d'autant plus familier au Grand Prêtre que les deux hommes avaient fait connaissance lors de l'ambassade à Gallus avant même le déclenchement réel du conflit. L'ancien vigile poussa la porte de la grande pièce et nota qu'elle n'était remplie qu'à moitié : une centaine de personnes tout au plus. Pourtant, beaucoup de notables habitaient tout près, dans les environs du palais d'Hérode. En vérité, nombre de gens importants avaient quitté la Ville depuis que le colosse Éléazar ben-Simon et ses zélotes, retranchés dans la cour des prêtres, avaient ouvert les portes de Jérusalem à un groupe de rebelles particulièrement violents, venus du sud du pays. D'autres étaient sûrement restés chez eux, effrayés par la violence ambiante. On poignardait en ce moment pour un oui ou pour un non à Jérusalem.

Le Grand Prêtre Annan s'avança, affable, vers ceux qui arrivaient. Il était accompagné de quelques membres du Sanhédrin, parmi lesquels Marcus identifia Yossef ben-Gorion, et le rabbi Simon Gamliel, qui en était le président. Derrière eux se tenait Yohan ben Lévi, le petit homme bistre aux yeux à moitié fermés qui s'était présenté comme un rescapé de la guerre de Galilée quelques semaines auparavant.

— *Cha... chavoua tov*, bo... bonne semaine, leur lança Marcus pour être aimable.

Annan le regarda un instant, une lueur amusée dans le regard.

— Notre semaine a toutes les chances de ne pas être bonne, je le crains.

Le vieil homme invita l'assemblée à s'asseoir en cercle autour de lui, et fit un bilan de la situation.

— Mes amis ; les choses empirent au fil des jours. Les zélotes, parmi lesquels figure mon propre neveu, se sont réfugiés dans l'enceinte du Sanctuaire, comme s'il s'agissait d'une acropole. Ils tiennent les autres prêtres en otage, contrôlent les rituels, et veulent nous obliger à une guerre fratricide.

— Le pire, c'est qu'ils ont enrôlé quatre mille voyous d'Idumée, à qui nous avions refusé l'entrée de la Ville la semaine passée, ajouta ben-Gorion. Ces gens nous en veulent et considèrent que nous avons voulu leur interdire l'accès au Sanctuaire.

— En termes de pureté, comprenez-bien à quel point c'est grave, commenta le sage Gamliel en les fixant de son doux regard. Les zélotes ont maintenant pour habitude de se replier dans la cour des prêtres. Ils disent vouloir respecter la Loi, mais à chaque fois qu'ils seront blessés, ils souilleront le sol à proximité de l'autel avec leur propre sang et poseront leurs armes interdites en fer, partout contre les murs. Qui sait s'ils n'ont pas profané l'entrée de la chambre sainte, ou pire… Que le Saint-Béni-Soit-il nous en garde.

— Qu'est-ce que vous préconisez ? demanda brusquement Yohan, qui avait ouvert les yeux pour l'occasion.

Antipas, le trésorier de la Ville, leva la main et prit la parole.

— Mes amis. Je n'ignore pas que les zélotes ont eu de justes raisons de se révolter. Guidés par le *segan* Éléazar, ils voulaient combattre à la fois pour la justice sociale et pour la sainteté du Sanctuaire. Au départ, nous les avons suivis. Mais, reconnaissez-le : aujourd'hui les choses ont changé. Des révolutionnaires jusqu'au-boutistes de Galilée et d'Idumée les ont rejoints. Ils sont d'une violence extrême – les Iduméens surtout – et ils mettent en danger nos habitants et nos pèlerins. Je crois qu'il faut négocier avec Rome pendant qu'il en est encore temps.

Autour de lui les gens se mirent à siffler, indignés. Certains se dirigèrent vers la sortie pour aller chercher des pierres.

— Traître, traître, on devrait te lapider !

— Du calme ! ordonna le rabbi Gamliel. Vous voulez lapider un homme, comme ça, sans jugement, à la sortie du chabat et au pied du Sanctuaire ? Vous êtes devenus fous ? Et toi, Antipas, comment peux-tu parler de négocier avec les Romains après leurs monstrueux carnages ? Partout dans le pays, ils ont vendu et violé nos femmes et nos enfants, ils ont massacré nos pères, nos frères et nos fils, par centaines de milliers ; ils les ont déchiquetés, comme des chiens !

— *Rabban*, l'apostropha un homme très pâle assis juste à côté de lui. Je sais que tu as perdu des proches dans cette guerre. Et c'est malheureusement notre cas à tous. Nombre de tes neveux – que leur mémoire soit bénie – se sont engagés de toute leur âme pour défendre le peuple d'Israël. Je sais tout cela, et je le déplore. Mais il faut aussi penser à préserver ce qui nous reste.

Ces paroles déclenchèrent d'intenses débats dans l'assemblée. Les uns jugeaient qu'il était temps de négocier, mais d'autres, à l'instar de Gamliel, sans adopter le jusqu'au-boutisme des zélotes, voulaient continuer de résister. Annan se leva avec les autres prêtres-*cohanim* présents dans la salle ; ils imposèrent leurs mains sur l'assistance et firent une bénédiction générale qui mit fin aux controverses et apaisa les esprits.

— *Que le Seigneur te bénisse et qu'il te garde ; que le Seigneur éclaire sa face vers toi et qu'il te prenne en grâce ; que le Seigneur tourne sa face vers toi et qu'il te donne la paix.*

Alors que tous répondaient solennellement « Amen », Annan se rassit et attendit quelques minutes avant de formuler une conclusion.

— Dieu m'est témoin, je souhaite que la situation s'arrange. *Amen ve amen.* Mais nul ne sait de quoi demain sera fait, ajouta-t-il. Vous, mes amis, vous pensez dans votre for intérieur que les choses ne peuvent pas être pires, et qu'on parviendra à trouver un accord avec les zélotes au nom de la fraternité. Moi, je vous dis franchement que je n'en sais rien. Il souffle chez certains jeunes comme un vent de folie. Et le rapport de force n'est plus en notre faveur depuis qu'ils ont fait entrer ces quatre mille Iduméens, remarqua-t-il tristement.

— Alors qu'est-ce qu'il faut faire ? demanda ben-Gorion.

— Je ne sais pas. Attendons. Toutefois, si cela devenait insoutenable, il serait peut-être sage de négocier, murmura-t-il en regardant Marcus d'un air entendu.

Annan proclama ensuite la fin de l'assemblée, et Marcus sortit, un peu troublé. Il se sentit dévisagé par Yohan, le petit homme brun aux paupières mi-closes, et Marcus soutint son demi-regard de toute l'intensité de ses yeux vairons.

— Pour... pourquoi tu m'obs... tu m'observes ?

— J'essaie de deviner tes origines. Tu es Judéen, Grec... Samaritain ?

— Ma f... ma femme est ven... venue pour prier au Sanct... Sanctuaire. Je l'acc... l'accompagne.

— Ah ?

C'est alors que l'homme pâle assis aux côtés du rabbi Gamliel se dirigea rapidement vers Marcus et le prit par le bras pour l'entraîner vers la sortie.

— Méfie-toi de ce Yohan. À peine débarqué de Goush Halav en Galilée, il a tout fait pour gagner la confiance du Sanhédrin. Certains disent qu'il renseigne les zélotes.

— Mer... merci à toi. Qu... quel est ton... ton nom ?

— Yohanan ben Zakkaï. Je suis le disciple et le secrétaire du rabban Simon ben Gamliel, le plus grand de nos maîtres de la Loi, issu d'une grande lignée de sages.

Marcus le salua et se mit en route vers la maison de Siloé sous la pluie qui commençait à tomber. Quand il arriva, il ôta ses vêtements mouillés, et s'allongea sans bruit sur le matelas de crin de la pièce principale. Dans la chambre d'à côté, il entendit Gaïa appeler Alexander dans son sommeil. Lui aussi, il ne cessait de penser à son fils. Est-ce que cette ordure de Lucius l'avait tué ? Si non, comme le traitait-il ? L'avait-il violenté ? Il dormit, le temps d'un cauchemar : Lucius enfermait Alexander dans la chambre où les prêtres stockaient le bois de figuier destiné aux sacrifices, avant d'y mettre le feu.

Soudain, il ouvrit les yeux, réveillé par un cognement. On frappait de grands coups à la porte. Il se leva pour laisser entrer Tamar et son mari qui revenaient du Sanctuaire, bouleversés. On venait d'égorger nombre de notables, dont le Grand Prêtre Annan et Gorion ben-Yossef, le trésorier de la Ville.

XXIII

Traces

Césarée, deux jours avant les calendes de juin 68

Le vieux Jean mit pied à terre pour soulager sa monture. Son mulet commençait à prendre de l'âge, et il avait déjà grimpé et descendu les collines qui séparaient Narbata de Césarée. Il regarda autour de lui et se sentit envahi par la tristesse. Deux ans ou presque qu'il n'avait pas remis les pieds dans sa ville de Césarée, lui, le publicain, l'ancien collecteur d'impôts, à qui Rome avait naguère octroyé la citoyenneté. Et voilà que maintenant il était un étranger. Maintenant, on le condamnait à une vie de paysan dans un village de Galilée où la terre était dure et aride. Il soupira. La vie était difficile à Narbata. Sa femme s'épuisait, et son petit dernier avait même oublié le grec. Au moins, ils étaient en vie. Beaucoup dans la région n'avaient pas eu cette chance.

Il pensa à tous ses coreligionnaires massacrés par l'armée romaine. Le nombre des morts s'élevait à plusieurs centaines de milliers, sans parler des esclaves, qu'on avait vendus, pire que du bétail, jusqu'en Syrie ou en Égypte. Il pensa aussi à Marcus et à Gaïa, venus à Césarée pour vivre en paix. La Fortune avait placé sur leur route ce

Romain malfaisant. Et voilà qu'il l'avait vu à Narbata avec l'enfant ! En allant chercher du petit-bois au bout du village, il l'avait reconnu, dans une clairière, en compagnie d'Alexander. Comment ce Lucius Cornelius avait-il pu mettre la main sur le petit ? Où donc étaient ses parents ? Il avait d'abord pensé leur écrire, mais Césarée était devenue un QG militaire ; on ne savait jamais. Alors il s'était mis en route pour essayer de les retrouver. Il avait découvert leur petite maison sur la colline complètement abandonnée, envahie de cafards, de fientes d'oiseaux et de toiles d'araignées. Voilà pourquoi il s'était décidé à descendre vers le centre-ville.

L'ancien publicain promena son regard sur l'immense port. Il était rempli de trirèmes militaires qui vomissaient des armées entières, avec leurs étendards colorés, leurs machines de guerre et leurs chevaux. D'autres navires à gros ventre venaient d'Égypte, chargés de céréales du Nil négociées à bas prix. Des marins en pagnes de lin déchargeaient des milliers d'amphores de blé et de vin dans des chariots en direction des campements de Galilée et de Judée. Les campagnes juives avaient été ravagées par le fer et par le feu. Vespasien avait soixante mille bouches à nourrir, et le blé de Syrie n'y suffisait pas. Alors, il sollicitait l'Égypte. Jean descendit sur le forum, qu'il trouva plein de soldats déambulant dans les galeries, le long du grand cirque, ou sur le parvis du Sanctuaire dédié à Auguste. Certains officiers portaient d'impressionnants casques à aigrette noire, comme il n'en avait jamais vu. On l'arrêta. Sûrement deux auxiliaires syriens.

— *Ioudaios ?* lui demandèrent-ils en grec.

— Oui.

— Tu viens pourquoi ?

— Pour faire mon marché ; j'ai des choses à acheter sur le forum.

— Et tu vas où exactement ?

Il montra du doigt la petite boutique d'épices de l'Égyptienne, juste derrière la galerie marchande, et on le laissa partir, tout en lâchant des commentaires dans son dos.

— Tu savais qu'il en restait encore dans la région, toi ?

— Ouais, mais j'pensais que ces femmelettes restaient planquées, comme des lapins dans leurs terriers.

C'était de l'araméen ; le vieux Jean avait compris. Assombri, il baissa la tête et traversa la basilique en direction de l'échoppe de la belle femme brune. Comme tout le monde, il était au courant qu'elle avait été proche de Marcus avant l'arrivée de Gaïa. Il la reconnut devant son étal, alors qu'elle pesait des boutons de roses séchées et des clous de girofle pour une coquette Grecque en péplos vert amande.

— Je peux te parler ?

— Attends, fit-elle, hésitante. Je te connais... Tu es le chef de la communauté de Césarée. C'est toi que Marcus est allé voir à Narbata quand il cherchait sa... Gaïa.

— Je suis l'ancien chef d'une communauté anéantie, corrigea-t-il, la voix tremblante, avant de suivre Mégara à l'intérieur de sa boutique.

— Tu as des nouvelles de Marcus et Gaïa ? lui demanda-t-il après avoir décliné le verre de vin aux herbes qu'elle lui tendait.

— Pas depuis un ou deux mois. Mais je sais qu'ils ne vont pas bien, répondit-elle, le visage grave. Le frère de

Gaïa a enlevé leur fils. Depuis, Marcus parcourt tout le pays sans savoir où chercher, et Gaïa passe son temps à prier au Sanctuaire de Jérusalem. Elle fait partie d'une sorte de confrérie qui attend le retour d'un mage-combattant tué et ressuscité, un peu comme Osiris, paraît-il.

— Je sais où est l'enfant, articula Jean.

— Qu'est-ce que tu dis ?

— L'enfant ! Il est à Narbata, un peu à l'extérieur du village.

— Comment…

— Le frère de Gaïa est avec lui. Je suis tombé sur eux par hasard, en allant chercher du petit-bois pour la soupe du soir. Le petit était habillé en fille, mais je l'ai tout de suite reconnu, avec son casque roux et ses histoires homériques. Quant au Romain, il lui faisait des sourires, mais parlait de le sacrifier. Je suis seul, vieux et fatigué, déplora-t-il. Je ne savais pas quoi faire. Alors je suis venu ici.

— Attends-moi ! Je ferme et je t'accompagne. Juste le temps d'écrire à Marcus, pour le cas où il repasserait par Césarée.

XXIV

Exit Néron

Environs de Rome, cinq jours avant les ides de juin 68, au milieu de la nuit

Néron entra en tremblant dans l'immense vestibule de sa résidence située sur la route d'Ostie. Il avait quitté la capitale juste après l'annonce de la défection totale des armées en faveur de Galba, le gouverneur de Lusitanie que le sénat venait tout juste de proclamer empereur. Mais la fuite nocturne de ses gardes germains l'avait décidé à retourner à Rome pour implorer la protection de ses proches amis qui, tous, lui étaient redevables de leur enrichissement spectaculaire. Pourtant, ni Calvia Crispinilla, ni Nymphidius Sabinus, ni aucun autre n'avait répondu à sa détresse. Il avait cogné à leurs portes pendant de longues minutes, supplié et promis les plus belles récompenses, nul ne lui avait jamais ouvert. Tout le monde faisait le mort. Même Tigellin, celui qu'il appelait jadis son frère, s'était volatilisé. Il s'était donc résigné à repartir dans sa résidence secondaire. Il soupira : sa garde rapprochée avait profité de son absence pour déserter finalement, elle aussi.

Il frissonna et parcourut du regard le vestibule désert, recouvert de fresques à dominantes rouges et ocre, sur lesquels serpentaient deux couleuvres brunes au corps interminable qui semblaient vouloir l'attaquer. Les sculptures d'or et de bronze posées le long des murs avaient disparu, tout comme les lampes à huile incrustées de pierres précieuses. Il avança, craintif, vers l'atrium, et découvrit comme un champ de bataille autour de l'impressionnant bassin central. Des coussins éventrés flottaient dans l'eau au milieu des reliefs de nourriture, des verres précieux, et des tessons de mosaïques cassées. Alors Néron s'assit sur le bord du bassin, la tête dans les mains, et égraina trois noms de sa voix affaiblie. Phaon, Épaphrodite, et le jeune Sporus, tous trois affranchis, étaient ses seuls amis à ne pas l'avoir lâché. Il avait besoin de leur soutien, et surtout de Sporus, ce jeune castrat qui lui plaisait tant, parce qu'il ressemblait étrangement à Poppée, sa défunte épouse. L'adolescent fit brusquement irruption hors des cuisines en hurlant de sa voix aiguë.

— Maître ! Les soldats ont pris toute la vaisselle et les couvertures !

— Et mes coupes homériques ? Celles en argent ? cria Néron en se précipitant dans les pièces mitoyennes.

— Ils ont tout embarqué, y compris le coffret qui contenait le poison préparé par la vieille Locuste, murmura Épaphrodite, contrarié.

— S'il n'y a plus de poison, je cours me jeter dans le Tibre ! J'ai trop peur que les hommes de ce traître de Galba ne viennent me chercher pour lui servir de trophée lors de son triomphe.

— Nous t'accompagnons, décréta Phaon en regardant gravement les deux autres.

— Gratias, mes amis, gratias. Allez, en marche. Ah ! Sporus, mon chéri, est-ce que tu pourrais me trouver un paludamentum et des caligae ? Il fait froid cette nuit, j'ai besoin d'un manteau et de chaussures.

Et ils se mirent en chemin vers le fleuve, rattrapés par Sporus, qui ne rapporta qu'un simple cucullus, capuchon en toile brune et usée.

— Pour les chaussures, j'ai pas trouvé. Et tous tes manteaux avaient disparu. Alors j'ai pris ça dans les chambres des esclaves.

— Aïe, j'ai trop froid, geignit Néron avec un air d'enfant plaintif qui contrastait avec son épaisse barbe rousse. Le Tibre aussi sera glacé, et il sentira mauvais, comme ce vêtement. Rebroussons chemin vers la maison !

— Tu ne peux pas rester chez toi, objecta calmement Phaon. Les prétoriens connaissent le lieu. Ils viendront t'y chercher et te livreront à Galba.

— Alors, allons chez toi, lui suggéra le prince, les larmes aux yeux. Là j'aurai le loisir de me suicider dignement, au fil de l'épée.

Les trois hommes filèrent vers les écuries, et revinrent avec les trois derniers chevaux qui restaient. Néron monta pieds nus sur un cheval sale au pelage jaune, Épaphrodite prit le deuxième, et Phaon partagea le dernier avec le jeune Sporus, qui veilla à couvrir le bas du visage de son maître avec un mouchoir de lin avant de prendre la route.

Il fallait retraverser Rome pour atteindre la petite maison de Phaon, située vers le nord, à l'extérieur de la Ville. Ils décidèrent de passer par le Champ de Mars, à l'exact opposé du Quirinal, la colline où campaient les prétoriens. Quand il vit le spectacle de la Ville en liesse au petit matin, Néron ne put s'empêcher de pleurer. Des gens de toutes catégories sociales manifestaient leur joie, coiffés de bonnets phrygiens, symboles de leur liberté retrouvée. Les quatre cavaliers clandestins contournèrent alors les thermes ultramodernes qu'on avait fait reconstruire à hauts frais après le grand incendie. En passant devant les propylées à l'entrée, le prince écarquilla les yeux de frayeur : des soldats, parmi ceux qui l'avaient accompagné en Grèce, maudissaient son nom, et brisaient des bustes de marbres à son effigie contre les colonnes. Phaon fit signe d'accélérer encore la course pour rejoindre la via Flaminia et monter vers le nord, là où l'aqueduc devenait souterrain. Sa modeste demeure se trouvait dans la campagne, à une vingtaine de stades à peine de la Ville, mais on y accédait par un mauvais chemin, envahi de ronces et de broussaille. Le cheval de Néron refusa d'avancer plus avant dans les herbes folles, et on dut faire le reste du trajet à pied, en portant l'empereur déchaussé.

Ses amis le déposèrent à terre et s'activèrent à creuser la base d'un mur en moellon pour rentrer incognito par l'arrière de la maison. Néron s'accroupit en attendant, et puisa un peu d'eau sale avec sa main dans une flaque visqueuse. Il la but en grimaçant, puis il se mit à réciter les paroles désenchantées qu'Achille prononce devant Ulysse, qu'il croise aux Enfers.

— « *Ne cherrche point à me consoler du trrépas ! Noon ! J'aimerrais mieux, simple cultivateur, servir un homme misérrable qui ne posséderrait qu'un bien misérrable, plutôt que de rrégner sur toutes ces ombrres !* » Ah, je suis comme Achille, conclut-il. Je préférerais vraiment une vie de rien du tout sur terre, plutôt que de régner sur les Enfers.

Ses compagnons l'invitèrent à se taire et le poussèrent laborieusement à travers la brèche qu'ils avaient creusée, jusqu'à une petite pièce située dans les caves, sorte de cellule d'esclave. L'empereur déchu se jeta alors sur la paillasse posée à même le sol et se mit à déplorer l'absence de ses nourrices, Alexandra et Eglogué, qui seules, disait-il, seraient capables de le consoler. Les trois autres se regardèrent, désolés : leur prince temporisait devant la mort. Malgré les encouragements, l'idée de se passer une épée au travers de la gorge lui demeurait insupportable.

— Est-ce que vous avez prévu assez d'eau pour laver mon corps, et du bois pour le bûcher funéraire ? Je veux les voir avant de faire quoi que ce soit. Argh ! Quand je pense que mes magnifiques cordes vocales vont être entaillées par le fer... Rome ne comprend-elle pas quel artiste elle perd avec moi ?

— Maître, lui dit Phaon qui était monté quelques minutes hors de la chambre, je viens de recevoir le message d'un de mes amis au sénat. Regarde : tu as été déclaré « ennemi public », Galba, ton successeur a ordonné de te châtier selon la coutume ancestrale.

— C'est-à-dire ? Parle ! supplia Néron, les yeux exorbités par l'effroi.

— C'est-à-dire, te déshabiller, te bloquer la tête dans une fourche, et te fouetter jusqu'à ce que mort s'ensuive, détailla Épaphrodite en lui tendant son épée.

— Oh ! Comme ton glaive est froid et lourd ! Ce n'est pas encore le moment. C'est trop tôt, trop tôt, scanda-t-il en pleurant sur la main délicate de Sporus. Ou alors, mes amis, tuez-vous avant moi pour me montrer l'exemple.

Épaphrodite poussa un soupir contrit et regarda Phaon, qui baissa la tête. Par Jupiter ! Alors qu'il avait ordonné des milliers d'exécutions sanglantes, alors qu'il avait poussé au suicide nombre d'hommes d'exception, parmi lesquels les illustres Sénèque, Thrasea Paetus et Corbulon, Néron rechignait à s'ôter la vie, et ce, malgré la perspective des tortures et du déshonneur qui s'annonçaient !

Un long silence se fit alors dans la cave, interrompu seulement par le chant du coq et quelques aboiements de chiens.

— Le chant du coq ! C'est le matin, déjà ! Hélas, je ne suis pas à la hauteur, confessa à voix basse l'empereur. Ma conduite est honteuse, indigne de ma qualité de prince des arts. Allons, réveille-toi, réveille-toi, Néron ! ajouta-t-il en se donnant des claques au visage.

— Maître, c'est vraiment le moment, le conjura Sporus de sa voix cristalline. J'entends les chevaux des prétoriens qui approchent. Ils viennent te chercher. Écoute !

— « *Des courrsiers aux pieds agiles, j'entends le galop* », moi aussi.

Après cette ultime citation homérique, il saisit son épée d'une main molle, et la dirigea vers sa gorge, sans trouver la force de l'y enfoncer.

— Oh non ! Ma gorge, mes cordes vocales… Quel artiste vous allez perdre avec moi… Quel artiste…

Alors Épaphrodite se dirigea vers lui pour le soutenir dans son élan, et acheva le geste à sa place.

XXV

Les annonces de Jéricho

Jéricho, ides de juin 68

— Pour… pourquoi tu ne mar… tu ne marches pas… pas sur Jér… Jérusalem tout… tout de suite ?

Vespasien considéra avec amusement le bègue aux yeux vairons qui lui faisait face. Était-il Juif, Grec ou Romain ? Ça n'était pas bien clair. Mais son fils Titus s'était porté garant pour lui : Marcus Alexander était, paraît-il, un ancien premier tribun des vigiles venu s'installer avec sa matrone à Césarée. Soit. Il faudrait qu'il demande confirmation à son frère Sabinus ; ils avaient dû forcément être collègues à Rome. Quoi qu'il en soit, le gars se montrait capable de bonnes analyses, et accomplissait sa mission de renseignement mieux que ses transfuges ordinaires. Il s'occupait aussi de négocier la sortie de certains habitants – moyennant finances – vers des zones calmes et peu peuplées, comme Gophna et Yavné. Le vieux général était satisfait. Les nouvelles catastrophiques que Marcus apportait de Jérusalem laissaient présager une bonne issue à la guerre.

— Tu dis que certains zélotes, parmi les plus jeunes, ont pris un chef originaire de Galilée, et qu'ils se sont retournés contre la population ?

— Ou… oui. C'est… c'est le cha… chaos. Les respons… responsables de la Ville ont été mas… massacrés ; et de faux pro… de faux procès ont été f… faits aux ri… riches, pour vol… voler leurs biens.

— Par Pollux, dis à ces riches qu'il n'est pas trop tard pour quitter la Ville.

— Ils… ils ne p… peuvent plus !

Marcus était en colère et son bégaiement s'amplifiait. Il regarda Titus, assis près de son père, qui le gratifia d'un vague geste d'encouragement. Alors il reprit sa respiration pour faire un état des lieux aussi clair que possible. Le nord du pays avait été conquis par les Romains ; l'est aussi. Le tribun Céréalis venait d'obtenir la reddition de toute l'Idumée. Il avait assiégé les villes escarpées, incendié Hébron et tué tous les jeunes gens qui y habitaient. On pouvait dire que la région entière était soumise, mis à part Jérusalem et quelques places fortes, où les rebelles rescapés cherchaient refuge. Or, avec l'installation de l'armée romaine dans la ville proche de Jéricho, sortir ou entrer dans Jérusalem devenait périlleux. Les soldats de Vespasien ravageaient les villages des collines alentour, tandis que des zélotes, basés sur les hauteurs du Sanctuaire, tiraient avec leurs javelots et leurs flèches sur d'autres rebelles plus radicaux et installés plus bas. Il y avait eu des morts parmi les habitants. Même les prêtres et les fidèles pouvaient être atteints par des projectiles. Quant aux pauvres bougres qui s'aventuraient à glaner du bois, ou à ramasser des fruits dans la campagne environnante, ils étaient pris pour cible à la fois par les zélotes et par les Romains. Marcus lui-même avait de plus en plus de mal à sortir de la Ville, et à faire passer ceux qui voulaient en partir.

— La pop… la population se sent coin… coincée. Certains com… commencent à… avoir faim. Il… il faut abs… absolument int… intervenir !

Vespasien se leva de son fauteuil de chef des armées et se mit à arpenter la pièce de long en large.

— Mon cher Marcus Alexander, commença-t-il sur un ton docte, si j'en crois mon fils, ton expérience de la chose militaire se limite au corps des vigiles de Rome ?

— Ou… oui, admit Marcus, agacé par le ton paternaliste du général.

— Ça n'est pas grand-chose, tu es d'accord ?

— Ou… oui.

— Alors, sache que l'art de la guerre repose avant tout sur une juste gestion du temps. Il fôt parfois attendre pour trouver le moment propice à l'attaque, le *kairos.* C'est bien comme ça qu'on dit en grec ? dit-il en regardant à la fois Titus et Marcus.

— A… attendre quoi ? Que… que tout le monde crè… crève ? La pop… la population est d'acc… d'accord pour t'ouv… pour t'ouvrir les portes.

— Mais ce sont les zélotes et leurs alliés qui tiennent la Ville ; et ils les en empêcheront.

— A… alors ?

— Alors, il va nous falloir assiéger Jérusalem, trancha-t-il brutalement. Et en matière de siège, on doit utiliser au maximum les dissensions internes pour affaiblir l'adversaire ; c'est la règle. D'ailleurs, les Juifs commencent déjà le boulot pour nous : d'après ce que tu me dis, la Ville a ouvert ses portes à tellement de factions et de partis différents, que les luttes fratricides s'intensifient de jour en jour ; voilà qui est très pratique !

Marcus pensa à Gaïa qui n'avait pas renoncé à aller prier, chaque jour au Sanctuaire, pour son fils. Comme beaucoup d'étrangers récemment convertis, elle ne voulait pas partir. Il songea à tous ces innocents, femmes, enfants, jeunes gens, vieillards, pris au piège d'une pareille stratégie. Il s'apprêtait à demander à Vespasien d'arrêter tout au moins de semer le chaos dans les collines, quand un centurion primipile entra dans la tente.

— Général ! Un courrier urgent de Rome ! C'est ton frère, Sabinus.

— Ah ?

Vespasien décacheta fébrilement le mince rouleau de papyrus, et parcourut la fine écriture en pattes de mouche en un temps record. Son visage massif refléta d'abord l'inquiétude, puis s'éclaira d'un sourire.

— Décidément, mon préfet de frère écrit toujours ôssi mal... Ah oui, ajouta-t-il à destination des ôtres, Néron s'est suicidé.

— Quid ? s'exclamèrent en chœur Titus et Marcus.

— Néron a été déclaré « ennemi public » par le sénat et il a fini par se suicider, répéta calmement Vespasien. Et c'est Galba, un homme de ma génération, qui a été ratifié comme nouvel empereur par décret du sénat. C'est une bonne nouvelle, conclut-il avec un rictus de satisfaction. Le type est sérieux, un vieux de la vieille, gouverneur de Tarraconaise depuis sept ans.

— On va devoir le consulter pour la suite des opérations ? s'enquit Titus, inquiet.

— Au moins pour la forme, mon fils, au moins pour la forme. Et pour le budget. D'ailleurs, tu iras toi-même à Rome lui transmettre nos félicitations et discuter gros sous. Et toi, ajouta-t-il en pointant son index sur Marcus, tu comprendras encore mieux pourquoi il est urgent d'attendre avant de prendre Jérusalem.

Marcus quitta la tente de commandement et arpenta le campement, le visage défait. Combien pouvait-il y avoir d'habitants dans Jérusalem ? Sûrement moins qu'à Rome et à Alexandrie... Cent cinquante mille ? Deux cent mille personnes ? Sans compter tous ceux, qui comme Gaïa, s'y rendaient pour prier ou pèleriner, et multipliaient la population par deux, trois, voire plus. Temporiser l'entrée dans la Ville était criminel, mais les guerres des Romains n'avaient rien à voir avec la morale des philosophes. La notion de crime n'existait pas dans l'état de guerre. Le mal, c'était la défaite, et le bien, la victoire. Il serra les poings. Il faudrait que Gaïa sorte de la Ville Sainte, de gré ou de force.

— Marcus ?

Plongé dans ses pensées, il ne s'était pas rendu compte que Titus l'avait suivi.

— Ou... oui ?

— J'ai quelque chose pour toi.

— Qu... quoi ?

— Une lettre de Bérénice.

L'ancien vigile arracha la lettre des mains de Titus, et s'aperçut qu'elle avait déjà été décachetée.

— Pardonne-moi, dit Titus. Je suis un peu jaloux.

Plongé dans la lettre, Marcus n'entendit même pas les excuses du jeune homme. Bérénice disait avoir envoyé sa missive à Titus car elle savait qu'il pourrait le joindre d'une façon ou d'une autre. Elle le prévenait que Lucius avait été aperçu débarquant au port de Césarée, par des soldats de son frère, dans les premiers jours du mois de mai. Les hommes l'avaient suivi, mais il s'était arrangé pour les semer, en s'engouffrant dans les tavernes autour des embarcadères. De l'avis de tous, il se déplaçait seul, sans l'enfant.

XXVI

Cendres

Narbata, troisième jour après les ides de juin 68

Marcus entra dans Narbata, le cœur battant, en direction de la maison du vieux Jean. Il arrivait tout juste de Césarée. Son laissez-passer militaire lui avait donné accès au port, et, pendant une journée entière, il avait fouillé les lieux, poussant ses recherches jusque dans l'obscurité des lupanars et les cales des navires. Il avait questionné les gradés qui occupaient l'ancien palais d'Hérode, puis les soldats sur le forum, au cirque, et dans les galeries, brandissant à chaque fois des portraits de Lucius et d'Alexander, imaginant sans le moindre mal l'évolution du visage de l'enfant sur le modèle de celui de Néron. Nul ne les avait vus. Il s'était ensuite rendu chez Mégara, dont l'échoppe était fermée. Un lourd cratère rempli de feuilles de thym avait été déposé, étrangement, contre la porte d'entrée. C'était au-dessous qu'il avait découvert le bout de papyrus à son intention : le petit était retenu par Lucius à Narbata, et semblait en bonne santé ! Le vieux Jean les avait découverts, aux limites du village, et Mégara l'y accompagnait. Alors, Marcus avait retenu ses larmes et chevauché vers la maison de Jean à toute vitesse, en remerciant la Divinité.

Le publicain n'était pas chez lui, mais il trouva sa femme vêtue de noir et en pleurs. Elle n'avait plus aucune nouvelle de son mari depuis cette nuit d'avril où il était arrivé, lui dit-elle, avec une grande et belle femme. Ils étaient restés quelques minutes pour se restaurer, avant de repartir, fébriles, sous le prétexte d'une affaire urgente à régler.

— Quelle honte ! sanglota-t-elle. Mon mari est un homme pieux. Je ne pensais pas qu'il s'enfuirait avec cette prostituée.

— Ce n'est p… pas une prost… prostituée.

— Alors, qui c'est ? Et où sont-ils allés dans un tel état d'excitation ? Je n'ai plus d'argent, et les récoltes sont très mauvaises.

L'ancien vigile ouvrit sa bourse, inquiet, et lui en donna la moitié.

— Dans… dans quelle dir… direction on sort du vil… du village ?

— Mon jeune fils a déjà cherché dans tout Narbata, dit-elle en tendant le bras vers l'est.

La nuit tombait. Il demanda une lampe à huile et un peu d'eau pour son cheval qu'il attacha à un cyprès à côté de la maison. Il préférait explorer le hameau à pied pour éviter d'attirer l'attention. Il dépassa rapidement un ensemble de petites cabanes mal éclairées, dont on percevait la maigre profondeur d'une fenêtre à l'autre, puis il longea la synagogue, vieille bâtisse déglinguée où les rouleaux de Torah de Césarée avaient été déposés pour leur éviter la profanation promise par les Grecs. La route s'arrêtait net après un deuxième hameau, et laissait place à une végétation sauvage qui lui obstrua partiellement la vue. Alors il marcha presque à l'aveugle au milieu des orties et des souches d'arbres morts. Tandis que la flamme de sa lampe s'amenuisait, il se baissa pour trouver deux branches de bois, les plus sèches possible, et tâcha de les embraser de sa mèche mourante pour en faire une torche de fortune. Il marchait ainsi depuis une dizaine de stades environ, sans trouver rien ni personne, quand il distingua une maisonnette éteinte au centre d'une clairière. Il en fit d'abord le tour, le cœur battant. Elle semblait désaffectée, mais dès qu'il entra, il fut saisi par l'odeur.

Il se protégea le nez et la bouche avec un pan de son manteau et s'approcha de l'âtre. Là, il eut un haut-le-cœur. Des corps à demi brûlés avaient été empilés les uns sur les autres. Marcus distingua d'abord les restes d'une femme. Ce n'était pas Mégara. Une longue mèche de cheveux blancs était restée collée au sommet de son crâne calciné. À côté d'elle, il reconnut la casquette du vieux Jean. Le visage que les vers avaient déjà investi par les orbites était bien le sien. Il lutta contre son envie de vomir, et écarta le cadavre corpulent. Il y en avait un troisième, complètement rongé par les flammes. Marcus poussa un cri devant le crâne plus petit qu'il avait saisi, et en fixa la mâchoire. Les dents étaient complètement gâtées. Il poussa un soupir de soulagement. Ce n'était pas Alexander. L'enfant avait encore ses dents de lait quand on l'avait enlevé. Même si ses dents définitives lui étaient poussées en un an, elles ne pourraient pas se trouver dans un état pareil. Ce crâne était celui d'un homme de petite taille, un vieillard peut-être, mais pas celui d'un gosse de six ans. Pris d'une frénésie soudaine, il se mit à fourrager le foyer de cendres avec ses ongles, pour être sûr qu'il ne trouverait pas de traces de l'enfant. Rien, il n'y avait rien. Pas le moindre petit os, pas la moindre petite dent. Puis il rechercha des traces ailleurs dans la maison. Son regard tomba sur un petit glaive de bois délavé posé sur le lit, juste dans la pièce à côté. Marcus le serra contre lui et fut pris de sanglots : Alexander avait été gardé dans cette maison, vivant, et suffisamment bien traité pour jouer avec son épée. Mais on ne l'avait pas emportée. Est-ce que ça voulait dire que Lucius allait se débarrasser de lui ? Pas forcément. La venue de Jean avait bouleversé ses plans, et il l'avait tué ainsi que deux autres personnes, avant de repartir ailleurs avec le petit. Et Mégara ? se demanda-t-il, inquiet. Il enveloppa le cadavre du vieux publicain dans une couverture, et entreprit d'enterrer les deux inconnus derrière la maison, en utilisant leur vaisselle de table, cratères et gobelets, pour creuser le sol dur et sec. Que leurs âmes rejoignent les Îles des Bienheureux dans les Enfers, pensa-t-il. Il ne connaissait pas vraiment les bénédictions que les Juifs prononçaient dans ces moments-là.

Il termina plus de deux heures après, en sueur, épuisé par sa tâche. Le clair de lune était trop faible pour y voir à plus de cinq pas. Il décida de quitter la sinistre bâtisse et de venir rechercher le corps du publicain avec son cheval au petit matin : sa veuve devait lui assurer une sépulture digne de lui. Il marchait tout en réfléchissant à voix haute sur le côté du sentier qui retournait au village. Une brise s'était levée, rafraîchissante. Il eut l'impression que les feuilles des figuiers rendaient un drôle de son contre les branches, un son plein et mat. Alors il leva la tête en direction du bruit. Mégara se balançait au gré du vent, pendue par le cou, la poitrine dénudée.

XXVII

L'aller-retour

Port de Corinthe, trois jours
après les ides de janvier 69

Titus ordonna aux marins de baisser les voiles et de ramer vers la rade de Corinthe, nichée au creux de ses falaises couleur de feu. Il se retourna pour s'assurer que la trière d'Agrippa suivait bien derrière, et fit la grimace. Pourquoi son père le forçait-il à aller saluer Galba ? Les quatre légions qui combattaient en Judée avaient officiellement porté allégeance au nouvel empereur ; c'était suffisant. Cette navigation vers Rome en plein hiver le gavait. Elle le tenait loin de la guerre et loin de Bérénice, bref de tout ce qui l'excitait.

— Tu as bien fait de décider cette halte à Corinthe, mon général. La mer commençait à s'agiter dangereusement. Tu veux descendre ?

— Ouais, juste le temps du ravitaillement.

Le capitaine lui tendit une main qu'il refusa. Il n'avait besoin de l'aide de personne pour quitter sa trirème, juste de se suspendre au bastingage avant de sauter à terre. En face, Agrippa attendait bien sagement qu'on lui tende une passerelle, dans une posture efféminée, les mains sur sa taille épaisse. Par Hercule, comme ce type était insipide, avec ses bras mous, ses manières et sa chevelure en queue de rat ! Tout l'inverse de sa sœur. Comment Bérénice pouvait-elle l'aimer et l'admirer, comme elle le lui avait confié un soir ? L'idée d'être ici avec ce balourd alors que son père passait ses soirées à Césarée en compagnie de la reine le rendit morose. Allez, il n'adresserait pas la parole à l'ennuyeux frère pendant cette escale à Corinthe ! Il accéléra le pas et se trouvait déjà à bonne distance de l'embarcadère, quand Agrippa l'appela, un rouleau de papyrus dans la main droite.

— Titus !

— Qu'est-ce qu'il y a ?

— Viens voir ! Des nouvelles de Rome !

Le roitelet lui tendit la lettre apportée par le messager des cohortes locales, et le jeune homme lâcha un juron. Par la Grande Louve ! C'était la merde… Titus se mit à lire à voix haute pour Agrippa qui n'était pas très à l'aise avec le latin. Le vieux Galba avait été égorgé par les prétoriens en plein Forum. Il avait été trop radin avec les cohortes de Rome, et leur avait refusé le donativum, cette prime que les princes avaient coutume d'offrir pour fêter le début de leur règne. Le rapport des armées disait que des soldats en colère avaient planté sa tête au bout d'une pique, et l'avaient exposée sur la tribune des Rostres, tandis qu'Othon, un proche du cercle de Néron, avait pris le pouvoir, sous les vivats du sénat et des soldats. Mais les choses se compliquaient encore, car il y avait un troisième homme : le gouverneur Vitellius s'était lui aussi fait proclamer empereur par ses légions, dans sa province de Germanie supérieure… Et pour couronner le tout, on signalait qu'un fils de Néron, soi-disant son exacte réplique, avait été aperçu à de nombreuses reprises à bord d'un navire au large des côtes grecques.

— Un fils de Néron ? Qu'est-ce que ça veut dire ? questionna Agrippa, interloqué.

— Laisse tomber, mon vieux ; ce sont des racontars de bonne femme. Les gens ont du mal à accepter la fin d'une dynastie, alors ils créent des histoires, juste pour parler, argua Titus. En revanche, un affrontement entre Othon et Vitellius est prévisible et promet d'être sanglant. Vitellius est à la tête des armées de Germanie. Ses gars sont des durs à cuire.

— C'est que votre sénat est drôlement versatile, un coup il proclame les uns, un coup les autres.

— Non, mon cher Agrippa. Le sénat n'est pas versatile, il est faible. Il se contente de passer les plats à celui qui crie le plus fort pour se désigner empereur derrière ses légions... Ce n'est plus à Rome que ça se passe, ajouta Titus après un moment de réflexion.

— Va savoir alors, qui d'Othon ou de Vitellius on va trouver à notre arrivée.

— Je ne me rendrai pas à Rome.

— Tu vas désobéir à ton père ? demanda Agrippa, la bouche en cul-de-poule.

— Avec trois empereurs différents en moins d'un an, je crois qu'il comprendra.

Les deux hommes dînèrent de viande rôtie, de figues et de dattes de Pérée à bord du bateau royal. Titus, ragaillardi par le vin local et par la perspective de retrouver Bérénice, se comporta en bon commensal, et chanta les meilleurs passages de Tibulle, les plus coquins. Le lendemain, le roitelet mit les voiles vers Rome, tandis que le jeune homme, impatient, rebroussa chemin vers la Judée, par les voies maritimes les plus périlleuses et les plus courtes.

Pendant dix jours au moins, la trirème du général fut secouée dans tous les sens. La mer ne daigna se calmer que quand on arriva au large de Chypre. Titus monta alors sur le pont, et laissa errer son regard le long des côtes découpées de l'île d'Aphrodite. En face de lui, l'antique sanctuaire de Paphos semblait capter tous les rayons du soleil. Le jeune homme éprouva soudain le besoin de s'y arrêter, et le marin de Misène qui pilotait la trirème exécuta sa demande de mauvaise grâce.

— Ton père t'attend à Césarée.

— J'avais initialement prévu de faire halte ici à mon retour de Rome. Je l'avais d'ailleurs officiellement annoncé aux armées. Mon père comprendra ; il peut bien attendre quelques jours de plus. Profite de ma visite à Aphrodite pour prendre du bon temps avec l'équipage, lui dit-il en lui tendant une bourse pleine de sesterces.

Titus entra seul dans le sanctuaire immense, et décida de l'arpenter en touriste, pour admirer les offrandes d'or et de pierres précieuses que les cités de toute la Grèce y avaient déposées au fil des siècles. Lui-même offrit un coffret de mille pièces d'or à l'effigie d'Hérode le Grand, butin de guerre dérobé aux villes de Galilée. Puis, il s'agenouilla devant le grand mégalithe noir d'Aphrodite-Paphos, et pria pendant de longues minutes. Un vieux prêtre le vit et se dirigea vers lui, majestueux dans sa longue robe cousue de fils d'or.

— Paphos rend des oracles, murmura-t-il. Tu es venu nous visiter, général Titus, alors que tes légions, nous le savons, mènent une guerre difficile. Y a-t-il une chose en particulier que tu veux savoir ?

Titus écarquilla les yeux ; il eut l'impression que cette apparition était surnaturelle. Troublé, il posa la première question qui lui vint à l'esprit.

— Est-ce que j'épouserai la reine Bérénice ?

— Je ne sais pas. Ce qui est sûr, c'est que tu accéderas au pouvoir suprême.

— J'y accéderai avec ou sans mon père ? demanda le jeune homme, surpris.

— Avec ton père. À vous deux, vous devriez fonder une nouvelle dynastie. Mais il faudra en payer le prix.

— Lequel ?

— La destruction totale de Jérusalem et de son Temple. Il y a là-bas assez d'or et de richesses pour sauver Rome de la ruine… Tu devras aussi te débarrasser du fils de Néron.

— Le fils de Néron ? Alors c'est vrai cette histoire ?

Titus n'obtint pas sa réponse, car le vieux prêtre fut pris de tremblements et tomba violemment par terre. Son crâne saignotait. Sa bouche bouillonnait de salive, et son visage tourna au rouge violacé. Il semblait pris d'enthousiasme, une fièvre divine qui risquait de l'emporter. Titus lui plaça un disque votif en bois peint entre les dents, pour éviter qu'il ne se morde la langue, puis il l'immobilisa en attendant que la crise cesse. Quand l'homme se fut enfin apaisé, il alla lui chercher un verre d'eau.

— Mon fils, retourne auprès de ton père à Césarée. Va, maintenant : la mer te sera favorable. Par cette transe,

Aphrodite m'a signifié que je ne pouvais t'en dire davantage.

Titus quitta le sanctuaire de Paphos le regard fixe et le pas décidé, et ordonna à son équipage de reprendre la route dès que possible vers le port de Césarée.

Quand il le jugea assez éloigné, le vieux prêtre fit un signe à ses trois collègues, cachés derrière les colonnades.

— Alors ?

— Tu mimes la possession divine à merveille, le félicita le plus jeune, admiratif.

— Oui, il a littéralement bu tes paroles, lui dit un autre.

— Merci mes amis, répondit le vieillard. Et je suis d'autant plus satisfait de ma prestation que j'ai été pris au dépourvu par l'arrivée du navire : le grand Romain blond nous avait dit qu'il ne se présenterait pas avant le mois prochain.

— L'essentiel, c'est que ce soit fait, répliqua le troisième prêtre. Nous allons pouvoir dépenser notre avance le cœur léger.

Et on partagea en quatre une bourse de cinq cents drachmes, qui toutes portaient sur leur revers la mention : « Épiphanie de Néron ».

XXVIII

La lettre

Césarée, calendes de mars 69

Titus était allongé, Bérénice dans ses bras, sur un somptueux lit aux draps couleur de feu, au dernier étage de l'ancien palais d'Hérode à Césarée.

— Tu t'es bien entendue avec mon père, paraît-il, pendant mon absence ?

— Mon frère est à Rome : je le représente. Et je te signale que je n'ai lancé aucune invitation à Vespasien. C'est toujours lui qui m'a fait appeler pour ses repas et ses spectacles. Je ne pouvais pas l'éconduire.

— Par Jupiter, il t'a baisée ?

— Mais non !

— Il a essayé ?

— Tu m'agaces.

Le jeune homme lui retourna soudain le poignet pour l'immobiliser et lui fit l'amour avec la plus grande brutalité, sans préliminaires et en soufflant comme un bœuf. Quand il eut terminé, Bérénice essuya quelques larmes du revers de la main et contrôla sa respiration pour maîtriser le sanglot qui naissait dans sa poitrine. Elle se leva d'un bond, revêtit son peignoir, et contempla en silence la mer déchaînée. Elle n'avait pas à pleurer. Dans la vie, il fallait savoir ce qu'on voulait. Elle avait toujours désiré prendre sa revanche sur ses sœurs, Mariamne et Drusilla, qui avaient contracté toutes deux de très beaux mariages. Alors si elle voulait vraiment les clouer au pilori, elle devrait en payer le prix. Le père Vespasien avait les mains baladeuses et lui lançait souvent des œillades coquines qui lui faisaient comprendre qu'il ferait bien d'elle sa maîtresse, mais l'intérêt sincère que son fils lui témoignait était la chance de sa vie. Certes, Titus avait un côté plébéien romain mal dégrossi, avec des manières brutales, un peu comme son père. Mais en s'alliant à un tel homme, elle pourrait accéder aux plus hautes sphères du pouvoir, et quitter son frère Agrippa, dont le comportement exclusif commençait à lui peser. Et puis Titus était si jeune... il lui mangeait dans la main : elle pourrait aisément négocier auprès de lui la sauvegarde de Jérusalem.

— Tu ne m'avais pas habituée à une pareille fougue, remarqua-t-elle dans un sourire forcé, alors qu'il posait une main possessive sur sa hanche.

— Pardonne-moi, ma colombe. C'est mon père ; il procrastine dans son attaque de Jérusalem. Je ne supporte pas cette attente. Je...

— La guerre te manque ? Toi aussi tu as pris goût au sang de mon peuple ?

Titus éluda la question, mais Bérénice n'avait pas tort. La guerre avec son lot de sensations fortes et de moments de gloire n'avait pas son pareil pour exciter un vrai Romain. Même l'amour de la plus belle des femmes devenait insipide. Seule, peut-être, la perspective du pouvoir suprême pourrait évincer la fébrilité des combats, songea-t-il.

— Pour tout te dire, je suis fatigué des déplacements qu'il m'impose chez les gouverneurs d'Orient : Antoninus à Césarée, Tiberius à Alexandrie, Mucien à Antioche. C'est toujours moi qui négocie le soutien des huiles.

— Est-ce que ça avance au moins ? demanda Bérénice, l'air de rien.

— Toutes les réponses que je reçois vont dans le bon sens, reconnut son compagnon en désignant la pile de rouleaux cachetés sur son tablinum. C'est que je suis un bon diplomate, madame, entièrement élevé à la cour de Claude, enfin... jusqu'à la mort subite du pauvre Britannicus.

— Tu es un beau parleur, confirma Bérénice dont la voix sonnait faux. Au fait, tu ne m'as toujours pas raconté ce qu'on t'avait prédit à Chypre dans le sanctuaire d'Aphrodite.

— Je te dirai ça plus tard.

— Dans ce cas, je te laisse. J'ai demandé qu'on me prépare un bain tiède de lait d'ânesse dans le cabinet de toilette, de l'autre côté du couloir.

— Arghh, fit-il en passant la main derrière son épaisse nuque de taureau, je t'accompagnerais bien, j'ai mal partout. Mais le courrier n'attendra pas.

Bérénice considéra la masse de papyri, et gratifia le jeune homme d'un baiser volontairement appuyé avant de quitter la pièce. Titus s'assit alors à sa table et commença à décacheter les rouleaux. Il ouvrit d'abord une lettre de Mucien, le légat de Syrie, qui disait remuer ciel et terre pour rallier les légions du Danube à Vespasien. Très bien. Le type était dans son rôle, la routine. Une missive d'Agrippa retint ensuite son attention. Le roitelet falot, arrivé à Rome, avait rencontré Othon qu'il décrivait comme « un homme raffiné et charmant ». Titus ébaucha un sourire : Othon avait compté parmi les membres les plus délurés de la cour de Néron. Le frère de Bérénice était d'une naïveté accomplie, contrairement à sa sœur.

Le reste du courrier consistait en factures et en commandes pour l'armée : blé de Syrie, cuirs de Bérytos, fer de Germanie. Tout cela n'avait pas grand intérêt. Les sens déjà émoustillés, il envisageait de rejoindre sa belle et son bain de lait, quand son regard s'arrêta sur un rouleau froissé, plus petit que les autres, coincé entre la table et le mur. Lui aussi portait la mention « SPQR » sur son cachet, mais la cire en était moins pure et régulière. Le tout donnait l'impression d'un travail bâclé, écrit à la va-vite. Intrigué, il décida de le décacheter.

Le troisième jour avant les calendes de mars,
Lucius Cornelius à Titus Flavius,

Salut,

Je sais que ton auguste père ne me porte pas en haute estime, au point de m'avoir refusé le poste de procurateur de Judée. Peut-être a-t-il eu raison. Mais de mon côté, j'ai suffisamment d'admiration et de respect envers lui pour rapporter une information de la plus haute importance, et qui, hélas, pourrait faire de l'ombre à ses glorieuses ambitions, et par conséquent aux tiennes.

Sache, mon cher Titus, que les nombreuses rumeurs qui circulent en ce moment en Méditerranée orientale sur l'existence d'un fils de Néron sont parfaitement fondées. Et oui, le défunt empereur a réellement un fils, âgé maintenant de six ans, et qui lui ressemble de façon troublante (visage, voix, cheveux, goûts artistiques). Je le sais d'autant plus que la mère de cet enfant est ma propre sœur.

C'est difficile à croire, mais la grande vestale Cornelia a couché avec Néron il y a sept ans, à mon heureuse initiative. Un peu à la manière de Rhéa Silvia avec le dieu Mars, finalement. Et le fruit de leur « amour » n'est pas un mini Romulus, mais un mini Néron, petit rouquin appétissant, actuellement en ma possession.

Alors, voilà ce que je te propose : ou bien je rends publique l'existence de cet enfant auprès de la population et des armées (la rumeur va vite, les Grecs sont déjà chauds bouillants, et la plèbe de Rome, friande de miracles, sera toute retournée à l'idée d'un héritier qui prolongerait la dynastie héréditaire des Julio-Claudiens). À ce moment-là, ton père et toi verriez votre accession au pouvoir largement compromise. Deuxième solution : tu me réintègres dans ton armée avec la garantie d'une bonne part de butin sur le pillage de Jérusalem, et surtout du Temple (je ne marcherai pas à moins de dix talents d'or), et je te débarrasse avantageusement de l'encombrant héritier. Tu recevras dans ce cas sa charmante petite tête dans une jarre, expédiée par mes soins à l'adresse de ton choix.

Donne-toi le temps de la réflexion, mon cher Titus.

J'imagine que ton paternel ne sera proclamé « imperator » par ses légions d'Orient que dans quelques mois. Je m'arrangerai alors pour te contacter, et si tu es d'accord pour notre transaction, je te dirai comment procéder. Sinon, bien plus qu'Othon et Vitellius, le « fils de Néron » se posera comme un obstacle réel dans votre petite entreprise familiale d'accession à l'Empire.

À bientôt,

Portez-vous bien ton vieux et toi,

Lucius Cornelius Lupus

Titus enroula le papyrus d'une main fébrile et le cacha dans la poche intérieure de son peignoir sombre. Ce « fils de Néron » lui avait déjà été mentionné par l'oracle de Paphos, et maintenant Lucius lui confirmait son existence ! Il se dirigea d'un pas rapide vers le cabinet de toilette, bien décidé à démêler le vrai du faux dans cette histoire. Gaïa, Marcus et Bérénice s'étaient bien fichus de lui à Panion.

XXIX

Un tour inquiétant

Jérusalem, ides de mars 69

La foule dense portant colombes et pigeons dans des paniers se retrouvait bloquée au petit matin sous le portique de Salomon. Des hommes en armes interdisaient l'entrée de la Cour des Femmes située au bout de la galerie. Marcus joua des épaules entre les pèlerins pour remonter jusqu'aux gardes.

— On ne passe pas.

— S'il… s'il te pl… plaît ! Je… je viens cher… chercher ma f… femme ; elle prie juste là, fit-il en désignant la chambre des nazirs.

— Ah ? Elle fait partie de ce groupe d'illuminés qui viennent tous les jours dans l'attente de leur Sauveur ? Si tu pouvais nous débarrasser d'eux… Leur présence devient gênante. Nous ne pouvons plus garantir leur protection.

Alors qu'on l'autorisait à pénétrer plus avant, Marcus réprima un juron contre Gaïa. La situation devenait impossible. Il ne comprenait pas qu'elle puisse encore se rendre dans la première enceinte du Sanctuaire, alors que les zélotes d'Éléazar ben Simon en avaient fait leur base de repli.

— G… Gaïa ! appela-t-il, quand il fut en face de la chambre.

L'ancienne vestale sortit de la pièce, l'index devant la bouche et la tête couverte d'un grand voile blanc.

— Chut ! Tout le monde ici fait la prière.

— La pri… la prière, a… alors que les zél… les zélotes ont établi leur QG dans l'enceinte ? Re… regarde, il… il y en a même un qui se bal… balade sur le toit du Temple au fond !

— Les zélotes d'Éléazar craignent le Seigneur. Ils respectent nos prières et font en sorte que les sacrifices se déroulent toujours selon la Loi.

— Et ceux de Yo… Yohan ? Ils res… ils respectent quelque… quelque chose ?

— Eux, c'est différent…

Gaïa suivit Marcus sans développer davantage. Depuis environ six mois, les zélotes s'étaient scindés en deux groupes qui se livraient une lutte systématique. Les partisans du massif Éléazar ben Simon occupaient l'enceinte intérieure du Sanctuaire, tandis que d'autres combattants, plus violents, menés par Yohan de Goush-Halav, le type aux paupières mi-closes que Marcus avait toujours trouvé louche, avaient investi l'esplanade basse et le Parvis des Nations. Monter et descendre au Temple était devenu une épreuve pénible et dangereuse. Rien à voir avec les années précédentes. Maintenant, il fallait faire la queue pendant des heures. Les gens étaient fouillés et questionnés par l'un et l'autre parti. Il regarda autour de lui, tristement. Ceux qui tenaient le bas étaient même en train d'élever des tours pour pouvoir attaquer ceux d'en haut. Il huma les effluves de conifère qui se dégageaient de la cour et se mêlaient à l'odeur de la viande que l'on consumait pour les sacrifices.

Le bois de cèdre et de cyprès, initialement destiné à l'embellissement de l'édifice, avait été détourné dans un but guerrier. Pourtant, malgré ce désordre, les fidèles venaient en nombre, parce que, dans l'adversité actuelle, ils avaient d'autant plus besoin de fréquenter la Maison de Dieu.

— Marcus ? Tu veux bien m'accompagner aux provisions ?

— Tu... tu ne jeû... jeûnes pas ?

— C'est pour demain.

Gaïa parlait sur un ton presque alerte ; elle avait changé. Avoir retrouvé la trace d'Alexander à Narbata lui redonnait espoir. Pour contrecarrer son angoisse, elle s'était persuadée que Dieu écoutait ses prières quotidiennes, que son frère ne tuerait pas son fils s'il ne l'avait pas fait jusque-là, et qu'il s'était peut-être attaché à l'enfant. Marcus ne cherchait pas à la contredire. Si une telle conviction pouvait lui permettre d'endurer la succession des jours, c'était bien. Pourtant, il savait au fond de lui que Lucius était incapable d'attachement envers quiconque et qu'il aimait tuer, avec patience et raffinement. Il pensa au visage bleui de Mégara, à son corps dénudé et pendu au figuier, vision d'horreur et de douleur qui le poursuivait toutes les nuits. Après avoir décroché et rhabillé son amie, il l'avait serrée dans ses bras pendant une heure au moins avant de pouvoir la lâcher. Elle lui avait été si dévouée. Les gens de Narbata l'ensevelirent le lendemain, en même temps que le vieux publicain, selon les coutumes des Juifs.

Dieu a donné, Dieu a repris, il avait retenu la formule.

— Tu penses toujours à Mégara ?

Il avait dû parler à voix haute.

— Qu'elle repose en paix, reprit Gaïa. C'était une belle femme, douce et généreuse. Elle m'a accueillie et soignée quand les soldats m'ont battue à Sébasté. Tu aurais dû la préférer à moi.

— C'était… c'était mon am… amie.

— Elle était pour toi plus qu'une amie. Ne t'inquiète pas, je peux le comprendre.

Marcus éprouvait un douloureux sentiment de perte, mais il ne s'autorisait pas à s'épancher, pas en ce moment où la situation devenait critique pour tout le monde. Il proposa à Gaïa de reporter les courses au lendemain, et fit un bout de chemin en silence en sa compagnie, vers la maisonnette de Siloé.

L'urgence était d'aller au courrier. Depuis plusieurs semaines il n'avait reçu aucune consigne de Titus. Il le savait occupé à rallier les légions d'Orient à la cause de son père, mais en attendant, les choses à Jérusalem allaient de mal en pis. Comme à son habitude, Marcus repérait les rares familles qui voulaient sortir et les aidait à quitter la Ville. Il les aiguillait sur les villes de Gophna, Lydda et Yavné, où les garnisons romaines avaient ordre de laisser passer ceux qui désiraient se rendre, moyennant finance. Mais pour des gens dont tout le bien se réduisait à une petite baraque ou à un commerce de volailles, il était difficile de partir. C'était exposer sa progéniture à la faim, surtout en ces temps de guerre où toutes les terres cultivables étaient ravagées. Et puis, il y avait dans l'esprit de tous quelque chose de terrible à quitter la Ville Sainte, ils pouvaient avoir l'impression d'abandonner leur Dieu.

Il laissa Gaïa à hauteur du palais blanc immaculé de l'ancienne reine Hélène d'Adiabène et fit demi-tour. Remontant vers le nord de la Ville sur la colline de

Bézétha, il marcha le long de la troisième muraille, jusqu'à l'endroit où elle s'infléchissait vers l'est. Là, il leva la tête en direction du Temple qui brillait au soleil : le culte s'y déroulait toujours. On sentait jusqu'ici l'odeur de l'encens et la chair brûlée du sacrifice perpétuel que les prêtres accomplissaient matin et soir. Après les bénédictions des *Cohanim*, il entendit s'élever au loin le chant des Lévites qui envahissait l'espace, montait avec ses intonations curieuses et prenait un tour animal, comme un chant d'oiseaux, un hommage de la nature à la gloire de son Créateur. Il baissa le regard et focalisa son attention sur l'angle de la muraille. Une série de poteries et de tablettes en pierres cassées y était empilée. Il prit le temps de vérifier qu'il n'y avait personne derrière lui et s'accroupit pour ramasser une fine hydrie en terre rouge posée contre un grand morceau de pierre blanche. Un rouleau de papyrus y était glissé. L'ancien vigile se cacha dans l'angle de la muraille pour le lire à son aise. Le cachet était de Titus, mais la missive de Bérénice.

Césarée, le deuxième jour des calendes de mars,

Marcus,

Je t'écris cette lettre à l'insu de Titus mais avec le sceau des armées, afin qu'elle te parvienne à Jérusalem par la voie habituelle.

J'ai beaucoup hésité avant de prendre ce risque, car je crains autant de me mettre en danger que de nuire aux ambitions impériales des Flaviens, Vespasien et son fils.

Hier, Titus a reçu une lettre de Lucius, datée du troisième jour avant les calendes de ce mois-ci, et qui l'a mis au courant de tout. À présent, il a la confirmation que ta femme était bien la grande vestale, mais il y a aussi découvert qu'Alexander serait le fils caché de Néron. Est-ce que je t'apprends quelque chose ? Je ne le crois pas. Pardonne-moi si c'est le cas. Je sais que, de toute façon, tu aimes cet enfant comme le tien.

Venons-en au plus grave. Lucius a proposé un marché à Titus : la tête du petit contre un potentiel butin d'or de Jérusalem.

Je ne sais ni où ni quand les choses se feront, ni même si elles se feront. Mais une chose est sûre : Titus est assez obsédé par ce « fils de Néron ». Il prétend même que l'oracle de Paphos lui en a déjà appris l'existence et lui a ordonné de s'en débarrasser. Il sait aussi que nous lui avons menti à Panion. J'ai passé toute une nuit à subir ses questions et lui ai concédé que Gaïa Cornelia était encore prêtresse de Vesta au moment où elle avait eu son enfant, que nous l'avions passé sous silence pour ne pas le choquer, et que le reste de la lettre était pur mensonge de la part de Lucius. J'ai beaucoup pleuré pour tenter de l'amadouer. Il a fini par me laisser tranquille au petit matin, mais je vois bien que je ne l'ai convaincu qu'à moitié.

À présent, tu sais que le petit est vivant, grâce à Dieu, et tu es au courant de la tractation potentielle ; regarde ce que tu peux faire. Pour moi, je te tiendrai informé des déplacements de Titus, si toutefois il me les communique. Je sens en lui une défiance nouvelle.

Sache que tout ce que je fais, je le fais pour Gaïa. Elle m'émeut depuis le jour où j'ai fait sa rencontre au Sanctuaire. Dis-le-lui.

Soyez prudents, et puisse le Seigneur épargner Jérusalem,

B.

Marcus déchira le papyrus en tremblant. Son cœur battait à tout rompre. Le loup était enfin sorti du bois. Lucius voulait effectivement se servir d'Alexander, et négocier sa tête contre sa part d'or de Jérusalem.

Il s'affala contre la base de l'imposante muraille, et tâcha de réfléchir malgré son émotion. Peut-être pourrait-il détromper Titus, et prétendre que Lucius n'était qu'un faiseur ? Mais si le jeune homme demandait à voir le petit, aucun doute ne lui serait permis. Quand il se rendrait compte de son étrange ressemblance avec Néron, il voudrait s'en débarrasser à coup sûr… Non, il valait mieux agir avec l'aide de Bérénice. La lettre de Lucius était datée du troisième jour avant les calendes de mars, et Titus l'avait reçue au palais de Césarée deux jours après. C'était rapide. Lucius se cachait bien dans la région de Césarée. C'était là qu'il fallait chercher.

Il redescendait, soucieux, le long du ravin des Fromagers qui menait à la Ville basse, quand des sifflements stridents retentirent derrière lui. Les gens tout autour se mirent à crier et à chanter.

— Vive Simon Bar-Gioras ! Il va nous débarrasser des zélotes !

— À nous les gars, à nous les gars, à nous les gars de Massada !

— Sion, réveille-toi ! Les opprimés tu libéreras !

Des hommes très bruns, courts et trapus, aux allures de gladiateurs, visages burinés par le soleil, entraient en masse par la porte nord, avec force casques, glaives et boucliers. Marcus pensa à Gaïa avec soulagement. Elle devait être rentrée depuis longtemps.

— Qu… qu'est ce qui se pa… passe ? demanda-t-il à un vieux bien habillé qui applaudissait avec les gens du peuple.

— Une bonne nouvelle ! Le Grand Prêtre Matthias a fini par ouvrir les portes de la Ville à Simon Bar-Gioras.

— Qui… qui est-ce ?

— C'est un immense guerrier venu du Sud, expliqua-t-il dans un mélange de crainte et d'admiration. Un dur à cuire qui se bat pour la liberté du peuple et qui a déjà libéré nombre de nos frères réduits en esclavage pour dettes. Il ne va faire qu'une bouchée de ces impies qui nous pourrissent la vie et souillent notre Sanctuaire avec leurs combats fratricides.

Marcus considéra les hordes redoutables qui défilaient en hurlant et fut pris de panique. Trois camps différents allaient maintenant s'affronter dans la Ville Sainte : Éléazar le zélote, Yohan le fourbe, et maintenant ce Simon Bar-Gioras, qui venait d'arriver de Massada avec ses colosses mal dégrossis. Ça ne sentait pas bon. Il accéléra le pas vers la maison de Siloé.

XXX

À moi Rome, à toi Jérusalem

Alexandrie, calendes de janvier 70

Titus observa le sourire de satisfaction qui s'élargissait sur le visage massif de son père, acclamé à grands cris au centre du grand stade d'Alexandrie. Tiberius Alexander, le préfet d'Égypte, assis à côté de lui sur les gradins du premier rang, jubilait. Tantôt il sifflait et applaudissait à tout rompre, tantôt il se levait en moulinant des bras pour encourager les soldats à manifester encore plus bruyamment leur enthousiasme.

— Vespasien proclamé « imperator » par les troupes, ça a de la gueule hein, par Jupiter ?

— Oui, lui concéda Titus. Maintenant on peut clairement se réjouir. Parce que, tu sais, même après la victoire de Crémone, tant que Mucien n'avait pas confirmé la mort de Vitellius, je n'étais pas tranquille.

— Mais là, tu peux l'être. Le sénat a tout ratifié. C'est ton jeune frère qui représentera votre père en attendant son arrivée à Rome.

— Mon frère Domitien n'a que dix-sept ans, objecta Titus. C'est un gamin instable et fougueux. J'espère que le général Mucien parviendra à le canaliser, comme le faisait mon regretté oncle Sabinus.

— T'inquiète… Regarde, les légions t'acclament aussi. Ton père te fait signe de le rejoindre, lève-toi !

Vespasien, une couronne de lauriers autour de son gros crâne chauve, se leva avec solennité et marcha vers les gradins pour étreindre son fils et l'amener au centre de l'arène au milieu des clameurs.

— Alors, lui murmura-t-il en souriant. À moi Rome, à toi Jérusalem ?

Ils prirent place ensemble au centre du stade pour recevoir les tribuns et autres gradés des six légions qui leur portaient allégeance. Puis Vespasien se remit debout et couvrit sa tête avec un pan de sa grande toge blanche bordée de pourpre. Il voulait accomplir lui-même le suovetaurile prévu pour l'occasion, sacrifice simultané d'un porc, d'un bélier et d'un taureau, destiné à bénir ses armées. Réclamant le silence, il prononça l'invocation rituelle au dieu de la guerre.

— Mars notre père, fit-il d'une voix de Stentor portée par l'acoustique du stade, je te conjure de nous être propice, à moi, à ma famille et à mes troupes !

Les prêtres traînèrent les bêtes qui se débattaient à l'approche de la mort. Avec l'aide des esclaves victimari, ils joignirent leurs quatre pattes avec des cordes. Dès qu'ils eurent fini, le nouvel empereur brandit son couteau sacrificiel et frappa chaque victime dans la région occipitale, avec une précision et une puissance étonnantes pour un homme de son âge. Il en résulta un mélange de cris étrange, une confusion de barrissements, bêlements et meuglements, qui moururent à mesure que l'on distribuait du pain aux soldats.

— Allez viens, ordonna Vespasien qui plongeait déjà ses mains sanglantes dans une bassine d'eau purificatrice. Tiberius Alexander nous reçoit dans l'ancien palais des Ptolémées. C'est l'occasion de se réjouir, tout en annonçant la campagne future.

Le père et le fils empruntèrent un char d'apparat tiré par deux bœufs sacrés d'Isis couronnés de fleurs et se dirigèrent vers la demeure du préfet. Derrière eux, Tiberius Alexander suivait à cheval, accompagné par les six tribuns des légions. Puis venait le char d'Agrippa et Bérénice, avec les quelques roitelets orientaux qui prenaient part à la guerre de Judée. En entrant dans le palais, Titus fut impressionné par les sculpturales statues animales, chats, moutons, ibis, qui en peuplaient la grande salle. Il prit place sur l'immense lit de banquet central qu'il devait partager avec son père, tandis que les autres convives masculins s'allongèrent sur les lits des deux autres côtés. Autour d'eux, les innombrables torches suspendues entre les fresques et les colonnes de porphyre rouge donnaient à la pièce des allures de tombeau pharaonique. Titus fixa son attention sur une peinture face à lui qui décrivait le jugement dernier d'un couple. Dans une première vignette, un homme dénudé à la peau bistre et une femme habillée au teint clair se regardaient en se donnant la main, dans l'attente qu'Anubis pèse leurs âmes sur une balance. La scène suivante racontait leur séparation : l'âme de la femme se révélait trop légère pour lui permettre d'entrer dans le monde futur en compagnie de son époux. Anubis la retenait de son bras noir, tandis que son mari s'éloignait d'elle dans un signe d'adieu. Le jeune homme se retourna alors et agita spontanément la main en direction de Bérénice, assise juste derrière son père et lui. La reine, dans sa volonté de montrer l'étroitesse de ses liens avec les Flaviens, interpréta ce geste comme un signal, et elle leur tendit sans attendre des cadeaux raffinés : glaive en or incrusté d'émeraudes pour le père, et chevalière avec initiales et rubis pour le fils.

— Mon cadô est bien plus cher que le tien. Ta petite amie m'a à la bonne, on dirait ? remarqua Vespasien en souriant.

— Elle honore le nouvel empereur comme il se doit pour une reine alliée de Rome, répondit froidement Titus.

— Par Hercule, mon garçon, ne t'énerve pas ; je plaisante. Au contraire, ça me fait plaisir que tu profites d'elle jusqu'au printemps. C'est un bô petit lot, malgré son âge.

— Pour moi elle représente plus que ça, je...

— Très bien, très bien, fais ce que tu veux avec elle. Ça n'est pas très important. En revanche, tu te souviens de Yossef ben-Matthatiaou, ce général judéen qui s'est rendu après le siège de Jotapata, il y a deux ans ? Il est assis au fond de la salle, dans le coin là-bas derrière.

— Oui, je le reconnais avec sa barbiche et ses cheveux noir de jais. Un sacré petit bonhomme. Il t'avait d'ailleurs prophétisé l'Empire, et il ne s'est pas trompé.

— Ce type est malin, chuchota Vespasien. Affranchis-le sous le nom de notre famille, nomme-le... Flavius Josephus, tiens. Et emmène-le avec toi à Jérusalem. Il te sera utile.

Titus acquiesça d'un mouvement de tête. Leur conciliabule avait assez duré. Vespasien se leva au milieu de l'assemblée et obtint le silence absolu avant de prendre la parole.

— Mes amis, comme vous le savez, les missions respectives d'Antoninus Primus, chef des légions du Danube, et de mon ami Mucien, le légat de Syrie, ont été couronnées de succès. Galba, Othon et Vitellius, qui prétendaient à l'Empire, se sont fourvoyés tour à tour, et, au terme de cet annus horribilis, c'est moi que le sénat a finalement honoré du titre d'imperator !

Il s'arrêta un temps pour laisser courir les applaudissements avant de développer.

— Le sénat n'a fait qu'avaliser la volonté des dieux. Après Galba et Othon, ce fut au tour de Vitellius de tomber. Tous ces prétendants à l'Empire se sont éliminés les uns les ôtres, comme dans une fable égyptienne. Galba s'est fait dévorer par Othon, lequel s'est fait avaler par le cruel Vitellius. Et maintenant, Vitellius est mort et bien mort ! Son corps a été suspendu à un croc de boucher et jeté dans le Tibre. Ses légions, qui répandaient la terreur et la mort sur Rome et l'Italie – ont été démantelées et renvoyées, d'où elles venaient, en Germanie ! Je dois à leurs exactions criminelles la mort de mon regretté frère, le préfet Sabinus, qui fut percé de coups, mis en pièces et décapité. Mais sa disparition ne fut pas vaine car me voilà maintenant à la tête de l'Empire ! C'est le signe que les dieux vous ont écoutés, mes amis, vous dont les légions m'ont désigné avant les ôtres.

— Longue vie à notre empereur Vespasien ! hurlèrent les convives comme un seul homme.

— César, l'apostropha le préfet d'Égypte, des signes incontestables nous ont prouvé que tu étais aussi le vrai fils d'Amon-Rê ! En vérité tu as accompli d'incroyables miracles : sur le parvis du temple voisin d'Isis, tu as fait voir un aveugle et guéri la main d'un paralysé ! Nombreux sont ceux ici qui peuvent en témoigner.

— C'est vrai ! C'est vrai ! murmura-t-on çà et là avec admiration.

— Les constellations nous l'ont également confirmé, ajouta leur hôte. Personne plus que toi n'est ici chez lui dans notre capitale d'Alexandrie, et l'Empire, placé sous ton ascendant, pourra compter sur tout le blé d'Égypte !

— Gratias, Tiberius, répondit Vespasien en tournant son visage rustique vers l'obséquieux procurateur.

— Vespasien, Vespasien, le seul maître de Rome et d'Alexandrie !

— Gratias... Gratias, reprit-il en élevant la voix au milieu des cris d'enthousiasme. J'ai décidé pour quelques mois de gérer les affaires de l'Empire ici, à Alexandrie, jusqu'à la saison navigable. Mais si les dieux me prêtent vie, je rentrerai à Rome au printemps. Et c'est donc à mon fils Titus que reviendra la lourde tâche d'achever la guerre... Silence ! s'écria-t-il. Silence !

Le calme revint à sa demande, mais l'ambiance se fit contrite, tendue ; certains se permirent de manifester leur défiance par de discrets sifflements. Vespasien comprit que les légats des légions, Céréalis, Lepidus et Frugi, n'étaient pas rassurés. Ils devaient trouver son fils trop jeune, malgré ses nombreux exploits pendant la campagne de Galilée. Vespasien poursuivit son discours, et se tourna vers son rejeton, imperturbable.

— Mon fils, dit-il en lui posant la main sur l'épaule, si j'ai pu accomplir des miracles, et si les astres me sont favorables, c'est naturellement valable pour toi ôssi. Je te laisse un pays entièrement soumis, à l'exception de quelques places fortes dans le Sud, et surtout, de Jérusalem. Tu attendras pour commencer ton siège que la saison de Mars soit bien entamée. Cette stratégie de temporisation nous a bien réussi, ici comme à Rome. C'est un fait remarquable : nos ennemis s'éliminent les uns les ôtres au fil du temps.

— Je ne te décevrai pas, mon père, répondit Titus, un léger trémolo dans la voix. Car en plus des dieux de nos ancêtres, Isis est désormais avec nous !

— C'est vrai, renchérit Vespasien avec un sourire malicieux. Un oracle de la déesse me l'a confirmé, ici même, dans le sanctuaire d'Alexandrie !

Les gradés de la XVe, basée en Égypte, manifestèrent leur joie par des mouvements de tête approbateurs. Pour eux, les prêtres d'Isis ne se trompaient jamais quand ils prévoyaient une réussite.

— Mon fils, continua Vespasien sur un ton solennel. Tu as pour t'accompagner des militaires expérimentés : Céréalis, Lepidus, Frugi, Trajan, Fronton, énuméra-t-il en désignant les chefs des légions. Consulte-les avant toute décision capitale ! Tiberius Alexander lui-même se joindra à toi comme numéro deux à la tête des armées.

— Gloire à Vespasien et à Titus ! lança le Tiberius en question, qui s'était saisi d'une coupe de grand vin d'Italie commandé pour l'occasion.

— Gloire, gloire aux Flaviens ! reprirent les convives, finalement convaincus par ce passage de flambeau.

Le festin en l'honneur du nouvel empereur commença dans la bonne humeur, et Titus entamait déjà sa troisième cuisse de poulet au miel et à la gelée d'anguille, quand un décurion vint lui apporter une note. Il la lut et se leva d'un coup, échangeant un regard rapide avec Bérénice qu'il sentit de mauvaise humeur. Avait-elle pu entendre les commentaires graveleux de son père ? Il réglerait ça plus tard. Chaque chose en son temps. Il suivit le soldat qui le conduisit dans un couloir sombre, interminable, peuplé de statues à taille humaine. Certaines avaient des têtes d'animaux. Le jeune homme reconnut Isis, Osiris et Seth, leur frère ennemi au visage de chacal, sculpté dans du porphyre sombre. Aligné à leur suite comme une figure de plus, Lucius Cornelius Lupus attendit que Titus fût à sa hauteur pour avancer d'un pas et sortir de la rangée.

— Alors, ça fait quoi d'être le fils du nouveau César ? chuchota-t-il en arborant un sourire carnassier.

Titus sursauta, surpris par cette apparition infernale.

— Qu'est-ce que tu veux ? Je suis en train de fêter le principat de mon père.

— Sincères félicitations, répondit Lucius. J'espère qu'aucun jeune héritier de Néron ne lui contestera l'Empire.

— Allez, réponds-moi sans détour, qu'est-ce que tu veux ?

— Tu sais bien ce que je veux. Tu as reçu ma lettre.

Titus regarda autour de lui pour vérifier qu'il n'y avait personne avant de répondre à voix basse.

— Tu es un déserteur de la XIIe légion. Je ne peux pas te réintégrer dans l'armée romaine au vu de tous.

— Alors place-moi à la tête d'un escadron d'auxiliaires syriens. Personne ne fera attention à moi parmi ces Barbares. Je veux juste être présent quand on approchera du Sanctuaire.

— Et l'enfant ? Pourquoi je croirais qu'il est le fils de Néron, et pas celui de Marcus ?

Lucius exhiba une longue mèche de cheveux roux dont on aurait pu croire qu'elle avait été prélevée sur une femme.

— Est-ce que le fils de Vespasien peut s'accorder le luxe du doute ? Non, non, non, répondit-il. Regarde cette jolie boucle : elle appartient à la tête du petit Néron que je garde au chaud. Tu auras cette tête tout entière quand j'aurai mon or. Mais si tu m'oublies…

— Quoi ?

— Si tu m'oublies dans l'histoire, et si tu attaches foi à cet abruti de Marcus, Rome sera soudain envahie d'une foule de gens qui jureront avoir vu le fils de Néron, comme une épiphanie, dans toute sa splendeur. Et on les croira, je te le garantis. La ressemblance est, comment dire… surnaturelle.

Troisième partie

Judaea Capta

XXXI

Dernier Pessah

Jérusalem, cinq jours après les ides d'avril 70
(14 nissan 70)

Marcus franchit la porte de Jérusalem, l'esprit sombre. Depuis l'épisode de Narbata, il avait perdu la trace d'Alexander. Cela faisait déjà deux ans, deux ans révolus. La reine Bérénice ne les avait pas abandonnés, et cherchait de son côté, mais les pistes qu'elle suivait s'évanouissaient au fur et à mesure. Elle l'avait tenu au courant de la fameuse lettre de Lucius, puis de l'entretien privé que Titus et Lucius avaient eu à Alexandrie, au moment où les légions avaient porté allégeance à Vespasien. Après avoir observé les deux hommes en secret, elle avait fait suivre Lucius jusqu'au grand port de la ville et comme d'habitude il s'était évanoui dans la foule. Marcus ressentit toute son impuissance. L'enfant devait être encore vivant : Lucius avait besoin de lui pour mettre sa menace à exécution et révéler son existence, au cas où Titus ne respecterait pas ses engagements financiers. Il tenta de s'en persuader. Le problème, toujours le même, était de savoir où Lucius l'avait caché. À Rome peut-être ?

L'ancien vigile avait écrit par deux fois à Alcibiades, pour lui demander d'enquêter, mais le vieux médecin lui avait laissé entendre qu'il se sentait inefficace et fatigué. Dans le chaos sanglant qui s'était abattu sur Rome cette « année des quatre empereurs », il avait dû rester des journées entières à la caserne pour soigner les blessés, surtout quand Vitellius avait lâché ses armées destructrices de soldats germains sur la Ville. Ce fut une véritable boucherie. Maintenant que la terreur s'était arrêtée et que Vespasien était installé au pouvoir, il essaierait d'envoyer des vigiles sur le Palatin, dans la demeure qu'occupait Fortunata, la mère de Lucius, en prétextant une inspection incendie. Marcus soupira. De son côté, il était retourné à Césarée, pour questionner les habitants et les survivants des environs ; il avait placardé des avis de recherche sur toutes les agoras des villes de Galilée, donné une description d'Alexander et l'adresse de l'échoppe de Mégara, au mépris des problèmes qu'une telle démarche pourrait lui poser. D'ailleurs, il avait usé des passe-droits signés par Titus sans rencontrer le moindre obstacle. Jusqu'à hier soir, où trois légions au grand complet étaient entrées dans la ville. On lui avait alors signifié que son laissez-passer n'était plus valable pour accéder au port, qui devenait le domaine exclusif des soldats.

Il prit une profonde inspiration, à la fois triste et résigné. Le petit avait disparu depuis si longtemps… Il avait peut-être perdu pour toujours ce fils qu'il avait aimé comme le sien. Alexander devait avoir huit ans maintenant. Quel enfant était-il devenu ? Avait-il subi l'influence de Lucius ? Est-ce que ce monstre l'avait violenté, comme il en avait torturé tant d'autres avant lui ? Il pensa à ce que Lucius avait dû faire à Mégara avant de la tuer, et accéléra la marche pour combattre ses pensées douloureuses. L'urgence à présent, c'était d'arracher Gaïa à Jérusalem. Et il se joignit à l'immense file des familles qui entraient dans la Ville pour la fête de *Pessah*.

— Tu viens pourquoi ?

Il mentit.

— Co… comme tout le mon… monde. P… pour la fête des az… des azymes.

— Tu es seul ? demanda le garde, méfiant.

— Ma fe… femme est déjà à l'int… l'intérieur.

On l'autorisa à avancer, et il prit la route qui longeait le ravin des Fromagers. Autour de lui, les gens parlaient toutes sortes de dialectes inconnus. Les Juifs sont inconscients, pensa-t-il, contrarié. Alors que la Ville était le terrain de luttes mortelles entre trois factions armées qui s'étaient déployées sur ses trois niveaux, ils venaient encore de tous les coins du monde, y compris de chez les Parthes, pour accomplir le sacrifice de l'agneau pascal. Il leva la tête pour contempler le Sanctuaire. Les zélotes d'Éléazar, qui occupaient l'enceinte intérieure, avaient bien décrété une trêve sacrée pour les huit jours que durait la fête, mais il n'était pas sûr que les deux autres factions du bas, celles du fourbe Yohan ben-Lévi et du brutal Simon Bar-Gioras, consentent à respecter cette pause. Et surtout, il avait vu toutes les légions converger à Césarée. Il frissonna. Il n'y avait plus un seul soldat romain dans les montagnes environnantes, mais c'était comme une mer calme avant un raz-de-marée. Titus n'allait pas tarder à attaquer.

Il prit le chemin de la Ville basse vers Siloé, où il ne trouva que la vieille Tamar à la cuisine. Gaïa était allée puiser de l'eau à la fontaine. Quand il l'eut rejointe, elle l'interrogea du regard sans formuler sa question, toujours la même, et baissa la tête, de guerre lasse.

— Il… il va fal… falloir partir d'ici, lui asséna-t-il, résolu.

— Tamar et Samuel veulent rester. On ne peut pas partir sans eux.

— Eux au… aussi, ils doivent s'en al… s'en aller maint… maintenant.

— Samuel s'est rendu au Sanctuaire tôt ce matin, sacrifier l'agneau pascal pour nous tous, et pour le salut du petit.

— C'est… c'est de la fol… de la folie !

Marcus implora Gaïa de rentrer et de rester chez elle avec sa vieille amie pendant qu'il monterait chercher Samuel au Temple. Sur le trajet, il remarqua que des quartiers entiers avaient été incendiés, et avec eux, leurs silos d'orge et de blé. Il accéléra le pas, inquiet. Les réserves allaient manquer à Jérusalem. Si le siège projeté par Titus s'éternisait, les gens n'auraient plus rien à manger. Il remonta l'escalier qui menait au Temple sous le regard mutique des sicaires de Simon Bar-Gioras qui surveillaient la Ville en armes. Ils lui semblèrent néanmoins respecter la trêve. Il franchit ensuite le *soreg*, après avoir répondu cette fois aux nombreuses questions des hommes de Yohan installés sur la partie basse de l'enceinte sacrée. De grandes machines de guerre, les catapultes balistes et oxybèles, dérobées naguère à la XIIe légion étaient déployées sur le parvis intermédiaire. Il grimpa ensuite les quatorze marches qui menaient au Portique de Salomon dans lequel on l'interrogea à nouveau. Enfin, on le laissa longer la Cour des Femmes, puis la Cour d'Israël, saturée de fidèles. L'entrée de la Cour des Prêtres, quant à elle, était gardée par des troupes non armées des zélotes d'Éléazar, qui s'étaient engagés à ne pas faire rentrer le fer dans la cour du Temple, comme la Loi le prescrivait.

— Qu'est-ce que tu veux ?

— Je... je viens cher... chercher mon... mon pè... père ap... après le sacrifice, improvisa-t-il.

— Tu t'es purifié au moins ?

— Ou... oui, répondit Marcus, qui n'était plus à un mensonge près.

— Lève les bras, ordonna le zélote. On va te fouiller. Certains partisans de ce fourbe de Yohan viennent ici avec glaives et épées.

— Je com... je comprends.

— Bien. Regarde si t'arrives à reconnaître ton paternel dans la foule qui attend de recevoir les bêtes sacrifiées.

Marcus ne put repérer Samuel. Il était ébloui par la porte aux plaques d'argent monumentales, légèrement ouvertes, qui reflétait le soleil devant lui. Surmontée de sa gigantesque vigne d'or, elle marquait l'entrée de la Chambre Sainte, suivie du Saint des Saints à son extrémité, lieu indicible de la présence divine, accessible, un seul jour par an, au seul Grand Prêtre. Un instant il crut entrevoir l'or de la Ménorah, le chandelier sacré, et l'immense rideau de pourpre suspendu entre les deux chambres, avec ses reflets de sang. Il l'imagina palpiter comme un cœur vivant. Malgré sa fascination, il se contraignit à baisser les yeux pour regarder la liturgie sacerdotale en compagnie d'une foule de plus en plus dense qui s'agglutinait contre la balustrade de la cour d'Israël sous l'œil vigilant des zélotes. La densité humaine, les chants profonds des lévites, mêlés aux cris des animaux et à l'odeur de l'encens, l'étourdirent un peu. Des fidèles se présentaient à l'entrée de la cour des prêtres, par groupes de dix, et déposaient l'agneau qu'ils avaient acheté en commun. Ils le confiaient à des officiants-*cohanim* en pantalons courts et tuniques de lin blanc. D'abord, ces prêtres faisaient boire la bête dans une sorte d'écuelle en or, puis ils procédaient, pieds nus, au sacrifice, près du vaste autel, dont l'accès était assuré par une grande rampe de marbre blanc. Contrairement aux prêtres grecs et romains, Marcus nota que les *cohanim* plaçaient la tête des agneaux dans un anneau, avant d'effectuer à leur ligature en attachant séparément leurs pattes avant et leurs pattes arrière, ce qui donnait à leurs victimes une troublante forme humaine. Enfin, comme des vestales, ils aspergeaient la tête des bêtes avec ce qui lui sembla être de la fleur de farine. Venait ensuite l'invocation au Dieu des Juifs :

*Béni sois-tu Seigneur, qui nous as fait sortir d'Égypte et nous as ordonné le sacrifice de l'agneau-*Pessah.

Amen !

On passait alors à l'immolation avec de grands couteaux d'or ou de bronze aux lames étrangement fines. Marcus avait assisté à nombre de sacrifices à Rome, mais jamais il n'avait vu des prêtres opérer avec des lames aussi brillantes et aiguisées. Il remarqua que les agneaux ne criaient pas ; ils n'en avaient pas le loisir, tant le mouvement d'égorgement était précis et les couteaux acérés. En moins de temps qu'il ne fallait pour le dire, d'autres prêtres, sûrement de rang inférieur, posaient les dépouilles des agneaux pascal, les écorchaient, les découpaient et les salaient sur de grands plans de marbre incliné, pour qu'elles se vident de leur sang. Ils y prélevaient une dîme destinée à nourrir leurs propres familles, puis ils faisaient distribuer une part de viande à chacun des dix hommes qui attendaient le long d'un portique liminaire, dont ils sortaient par la gauche.

Entre-temps, les *Cohanim* chargés des sacrifices étaient déjà passés à d'autres groupes. Combien pouvait-il y avoir de ces groupes d'hommes qui patientaient comme ça devant et derrière lui ? Cent ? Deux cents ? Cinq cents ? Marcus n'en avait pas une idée exacte, mais les deux premières cours étaient noires de monde. Il regarda le sang clair des agneaux couler à flots sur l'autel, puis dans les rigoles de marbre par où il était évacué, pour finir en engrais dans la vallée du Cédron.

— Eh ! C'est pas tout ça, *a'hi*, mais les sacrifices de *Pessah* s'enchaînent entre la neuvième et la onzième heure aujourd'hui. Alors si tu ne vois pas ton père, attends-le sous le portique de gauche, près de la sortie, hein ? Et pousse-toi pour laisser passer les gens. Tout le monde a besoin de sa part d'agneau pour le repas du soir.

Marcus repartit par le portique opposé à celui par lequel il était entré, et fit le guet dans la Cour des femmes, le long de l'enceinte extérieure. Une demi-heure plus tard, il reconnut Samuel, silhouette frêle et voûtée qui marchait à petits pas vers la sortie et portait son épaule d'agneau dans un linge blanc propre. Le vieil homme le vit et lui sourit. Il avait mis sa tenue de fête, une tunique bleue et un châle de laine beige, frangé à chaque extrémité.

— Marcus ! Tu es là ? Il fallait me dire que tu voulais faire le sacrifice de *Pessah*. Je t'aurais attendu.

— Je… je suis ven… venu pour te cher… chercher. Ce… ce n'est pas pru… prudent de se rendre au Tem… Temple au milieu des fac… factions.

— Sicaires et zélotes ont l'habitude de me voir tous les jours ; ils me laissent passer sans faire d'histoires.

Alors qu'ils parcouraient le Parvis des Nations pour descendre vers la Ville basse, des sifflements se firent entendre au-dessus de leur tête. Plusieurs lances de guerre fendirent l'espace à moins d'une coudée de distance de leur crâne.

— C'est… c'est de la fol… folie ! Les sic… sicaires… ils ont liq… liquidé les réserves de blé. Et… et maint… maintenant, ils ris… ils risquent la vie des gens qui… qui vont sac… sacrifier. Il… il faut partir ce soir, asséna l'ancien vigile en prenant le vieil homme par le bras pour accélérer le mouvement.

Samuel s'arrêta de marcher et remua la tête du bas vers le haut en signe de refus.

— Non, Marcus. Jérusalem est notre patrie. Tamar et moi y avons vu le jour. Nous n'en partirons pas, et nous y attendrons le retour du Messie, fils de David, martela-t-il. Toi, si tu veux quitter la Ville avec ta femme, attends au moins vingt-quatre heures. Ce soir nous commémorons la sortie d'Égypte, telle qu'elle nous est racontée dans la Torah, et le chemin d'Israël vers sa terre de liberté. Demain matin, nous nous rendrons au Sanctuaire pour respirer l'encens et recevoir la bénédiction des prêtres-*cohanim* ; vous pourrez partir après. Viens, il faut faire griller cette épaule d'agneau pour notre repas de fête.

Marcus ne répondit pas. Il ne pouvait pas forcer le vieux couple à quitter la Ville. Il sourit tristement. Si Samuel savait… Comme ses ancêtres hébreux, lui aussi avait été esclave en Égypte. Sauf que, dans son cas, ça ne faisait pas si longtemps. Il ferma les yeux et refoula un sanglot. Alors qu'il avait à peine huit ans, sa mère et son frère cadet avaient été assassinés, brûlés vifs à Alexandrie lors d'une émeute antijuive. Quand il s'était révolté, on l'avait fait esclave et conduit en haute Égypte, jusqu'aux confins du Nil. Il se mordit la langue. C'est à cette ancienne condition d'esclave qu'il devait cette langue mutilée et ce bégaiement prononcé. Alors oui, il fêterait *Pessah* et la liberté retrouvée ; mais il partirait avec Gaïa tout de suite après.

XXXII

Terrassements

Jérusalem, ides de mai 70

Titus avait quitté son campement militaire pour inspecter les terrassements de la muraille nord-ouest. L'ouvrage avait été mené rapidement et touchait déjà à sa fin. Il regarda autour de lui, satisfait. Il n'avait fallu que quatre jours à l'armée pour aplanir le troisième rempart sur une surface qui s'étendait du Mont Scopus à la Piscine des Serpents, face au palais d'Hérode. Toutes les clôtures, murets, et jardins particuliers des faubourgs de Jérusalem étaient maintenant détruits, et on avait déboisé la région au moins sur cent stades à la ronde.

Il descendit de cheval pour féliciter arpenteurs et terrassiers, agréablement surpris de l'efficacité avec laquelle les choses s'étaient accomplies, malgré les attaques régulières de l'ennemi. Il fallait reconnaître que les trois légions installées sur le Mont Scopus s'y étaient mises avec une énergie exceptionnelle, même si les factions juives, réconciliées entre elles dans l'adversité, leur donnaient bien du mal.

Toutefois, quelques jours auparavant, il était venu en reconnaissance le long de la muraille, pendant la fête des azymes, et des insurgés avaient réussi à les menacer dangereusement, lui et sa cavalerie d'élite. Ils l'avaient visé à la tête à coups de lances et de javelots, si bien que la majorité de ses soldats avaient battu en retraite. Et pour couronner le tout, les Juifs avaient escaladé la muraille à l'est pour empêcher l'installation de la Xe légion sur le Mont des Oliviers, qu'ils considéraient comme un lieu sacré. Quand les archers les avaient ciblés, ils s'étaient planqués dans le ravin du Cédron, attendant que les soldats reprennent leurs travaux pour pouvoir attaquer à nouveau à l'aide des balistes qu'ils avaient volées à l'armée. Alors, pour garantir l'avancée des opérations, Titus avait mis les moyens. Il avait disposé sept rangs d'hommes le long de la troisième muraille : trois rangs d'infanterie, un rang d'archers, et trois rangs de cavalerie. Dès lors, les Juifs avaient décampé et les travaux avançaient aussi bien côté ouest que côté est. D'ailleurs, ses hommes venaient de tuer une bonne douzaine de ces énergumènes, et il en avait fait crucifier un vivant, pour l'exemple. Il sourit. Dans quelque temps, on ferait les choses à grande échelle. Ces Barbares allaient payer le prix fort, par Hercule !

Il regarda le Temple qui brillait de tous ses feux à l'abri de son écrin de murailles, et ne put réprimer un geste d'agacement en pensant à la conversation qu'il avait eue avec Bérénice, la veille de son départ.

Ils avaient fait l'amour toute la nuit, comme des fous, dans le palais d'Hérode à Césarée. Ensuite ils s'étaient juré fidélité et tout le bazar. La reine avait prêté serment sur son Dieu, et lui sur la déesse Isis. Le grand jeu. Et puis voilà que d'un coup, elle avait fondu en larmes pour le supplier d'épargner la Ville de ses ancêtres, la « Ville Sainte », comme elle disait. Elle était bien gentille avec ses requêtes, mais ça ne dépendait pas que de lui... Il parcourut la lettre de Marcus qu'il avait en main depuis une demi-heure. D'après ses renseignements, la population était déjà très éprouvée par les combats internes entre les factions. Femmes, enfants, vieillards souffraient de la faim et voulaient se rendre, mais les combattants, les zélotes et surtout les sicaires, ne l'entendaient pas de cette oreille. Ils avaient brûlé, exprès, les dernières réserves de la Ville, après la fête des azymes, pour que personne n'ait plus rien à perdre et que tout le monde prenne les armes. Il soupira. Pour complaire à Bérénice, il pourrait toujours leur envoyer Flavius Josephus, le chef de guerre fait prisonnier, et affranchi parce qu'il avait prédit l'Empire à Vespasien deux ans auparavant. Il lui demanderait de négocier avec les rebelles, au moins pour la forme. Allez, mieux valait décevoir une petite reine orientale, plutôt que son empereur de père qui avait placé sa confiance en lui, avec quatre légions, et des troupes auxiliaires... Bref, soixante mille hommes qui attendaient ses ordres pour mater la rébellion. Et en face, combien pouvait-il y avoir de combattants ? Vingt-cinq mille grand maximum, selon Marcus. Les choses pouvaient donc se dénouer rapidement.

Il admirait les proportions de la tour Pséphinos, naguère construite par Hérode le Grand, quand son ami Tiberius, préfet des camps et légat d'Égypte, vint à sa rencontre. Tous deux descendirent de cheval et échangèrent quelques mots en longeant le terrassement.

— C'est du beau travail, Titus. Bravo. Maintenant que le terrain est aligné, je crois qu'on peut rapatrier ici les trois légions du Mont Scopus.

— Oui, c'est le moment d'avancer. Séparons les effectifs en deux corps d'armée, et établissons deux campements aux deux endroits où la muraille forme des angles qui la fragilisent. Voyons voir… Je vais m'établir devant la tour Pséphinos et pour toi l'emplacement devant la tour Hippicos me semble bien. Qu'est-ce que tu en penses ?

— Ça me paraît très bien, mais le bois va encore manquer.

— Les porteurs n'auront qu'à aller en chercher plus loin, à Emmaüs, et même jusqu'à Yavné si nécessaire. L'important, c'est que les Juifs nous voient nous installer en nombre. Je veux qu'ils aient l'impression d'avoir des villes entières déployées autour de leurs murailles. Qu'ils sentent nos odeurs de merde et de cuisine, et qu'ils nous voient bouffer trois fois par jour. Il faut les atteindre au moral.

— Ce sera fait, dit Tiberius avec une touche d'admiration. Je voulais également t'informer que ton idée de faire peindre les pierres pour les assombrir avant de les catapulter a parfaitement fonctionné. Maintenant, les insurgés ne voient plus rien venir, et ils tombent comme des mouches.

Titus reçut le compliment en inclinant la tête. Ça n'était pas son idée, mais celle de Lucius Cornelius Lupus. Il plissa les yeux. Il avait demandé à Marcus de rester à l'intérieur de Jérusalem, pour l'utiliser comme passeur et comme speculator pour le renseignement, en lui faisant miroiter de nouvelles informations sur son prétendu fils.

Quant à Lucius, il se battait comme un démon à la tête des archers syriens. Les deux hommes avaient peu de risques de se rencontrer. Pendant ce temps, il les contrôlait et les utilisait l'un et l'autre. Et il attendrait de voir l'enfant pour trancher.

XXXIII

Le deuxième rempart

Jérusalem, dixième jour
après les calendes de juin 70

Marcus posa ses mains sur ses oreilles pour se couper un instant du bruit infernal des béliers qui tapaient contre ce qu'il restait de la deuxième muraille à l'ouest, près de la Piscine de l'Amandier. Le fracas des machines atteignait les tréfonds de sa poitrine, et il avait l'impression qu'il entravait les battements de son cœur. Il déplora une fois de plus que Gaïa ait refusé de quitter Jérusalem avant le début du siège. Elle avait argué qu'elle n'avait plus rien à perdre, puisque son fils avait définitivement disparu. Comme si lui, Marcus, n'existait pas. La souffrance l'avait rendue blessante. Il avait ressenti une vive douleur quand elle avait prononcé ces mots, mais il ne parvenait pas à lui en vouloir. Était-ce par amour, ou par culpabilité ? Sûrement les deux. Il allait garder un œil sur elle, tout en poursuivant des missions d'exfiltration qui devenaient toujours plus périlleuses. Titus l'avait poussé à continuer, misant sur la fibre de la sincérité : dix jours auparavant, il l'avait convoqué sous sa tente militaire pour lui parler de la lettre de Lucius et de leur entretien d'Alexandrie.

Il lui avait confirmé que son frère ennemi voulait utiliser l'enfant comme monnaie d'échange, en jurant ses grands dieux que s'il avait laissé les choses se faire, c'était pour récupérer le petit et le rendre à sa mère, « si chère aux yeux de Bérénice ». Jamais il n'avait employé l'expression « fils de Néron ». Peut-être qu'il n'y croyait plus ? Ou peut-être qu'il jugeait Vespasien suffisamment installé à Rome pour ne plus y voir de menace. De toute façon, Marcus n'avait pas le choix. Il devait travailler pour Titus non seulement parce qu'il était son seul lien avec Lucius, mais aussi pour protéger Gaïa. Et puis, s'il pouvait épargner quelques vies dans les sanglants massacres qui s'annonçaient, ce serait déjà quelque chose.

Cette nuit-là, après qu'il avait parlé au jeune général, le deuxième rempart était tombé, et toute la partie commerciale du nord de la Ville, avec son grand marché aux étoffes et aux métaux, s'était retrouvée sous domination romaine. Titus avait d'abord fait montre d'une forme de clémence, peut-être sous l'influence de Bérénice. Il avait ordonné aux soldats de ne pas toucher aux maisons du quartier, de ne pas violer les femmes, et d'épargner les prisonniers. À côté de ça, quatre jours durant, on avait organisé la distribution des soldes aux légions, in situ, en prenant à témoin la population assiégée et dévorée par la famine qui vivait encore derrière la première muraille ; histoire de lui donner envie de se rendre. Mais les insurgés, de leur côté, avaient interprété cette clémence stratégique comme un aveu de faiblesse. Ils avaient menacé de mort tous ceux qui voulaient négocier avec les Romains avant de déferler contre l'armée depuis les hauteurs du Sanctuaire, au moment où elle installait ses machines le long de la première muraille. L'armée romaine avait dû envoyer en renfort des archers arabes et syriens pour couvrir le retrait des soldats démoralisés.

À partir de là, le jeune général avait changé de stratégie : il avait décidé de raser la quasi-totalité de la deuxième muraille et ordonné de tirer à vue dans toutes les ruelles transversales. Puis, il avait organisé les travaux de terrassement en quatre points stratégiques, un par légion, parmi lesquels la tour Antonia qui débouchait sur le Sanctuaire, et le monument du Grand Prêtre Hyrcan, plus au sud. Éléazar, le héros blond des premiers temps de la révolte, était mort au combat, mais Simon et Yohan multipliaient les sorties pour empêcher ces terrassements, l'un en lançant son infanterie de sicaires contre le monument d'Hyrcan, et l'autre en armant ses zélotes contre la base de l'Antonia avec les centaines de machines de guerre dérobées à la XIIe légion. En réaction, Titus avait laissé libre cours à la rage de ses hommes, et les atrocités atteignaient maintenant des sommets. On brisait les pierres du premier mur pour alimenter les machines de guerre. Oxybèles et autres balistes tournaient à plein régime, visant la population avec leurs projectiles.

Marcus ferma les yeux, comme pour effacer certaines scènes de sa mémoire. Il avait vu des têtes propulsées à des distances inimaginables. Une femme enceinte, touchée le long du premier rempart, avait eu son fœtus projeté à un demi-stade au moins. Quant aux insurgés qui sortaient pour rechercher de la nourriture, les soldats avaient pris l'habitude de les fouetter jusqu'à l'agonie, avant de les mettre en croix sur les restes de la deuxième muraille. Au moins cinq cents prisonniers étaient crucifiés chaque jour. Cinq cents corps faméliques, parmi lesquels des notables ou des maîtres de la Loi, qui agonisaient sous le soleil, ad nauseam. Le plus étrange était que, dans cette immonde boucherie, les légions trouvaient un plaisir croissant. Marcus l'avait constaté par lui-même, quand des centurions de la Ve étaient venus se plaindre à leur chef en riant, parce qu'ils manquaient d'espace pour les croix, et de croix pour les corps. Alors Titus avait eu l'idée d'épargner le trop-plein des prisonniers et de les renvoyer vers leurs chefs, mais avec les mains coupées, tout à la fois pour les neutraliser et leur assurer une mort certaine.

Soudain, le fracas des béliers s'arrêta et laissa place à un silence inattendu. Marcus vit un petit homme brun d'une trentaine d'années monter péniblement sur les ruines du deuxième rempart, vers la porte de Gennath, au plus proche de la première muraille. Muni d'un porte-voix grand comme une trompette, il commença à parler.

— Mes frères, dit-il, reconnaissez votre défaite et cessez les combats ! Jérusalem est en danger de mort !

Marcus reconnut Yossef ben Matthatiaou, le général juif qui s'était rendu aux Romains avant de prophétiser l'Empire à Vespasien, qui avait fini par lui rendre sa liberté en le nommant Flavius Josephus. L'ancien vigile ne connaissait pas suffisamment la langue des Juifs pour comprendre l'intégralité de son discours, mais il en saisit la substance. Titus l'avait envoyé pour parler aux insurgés, alors qu'en réalité, c'était au plus grand nombre qu'il s'adressait.

— En continuant ainsi, vous mettez en danger nos familles, notre patrie et notre Saint Temple…

Son discours fut rapidement recouvert d'une pluie d'insultes.

— Jérusalem n'est plus ta patrie, salaud !

— Yossef, tu es un vendu !

— Impie, que tes chairs pourrissent de ton vivant !

Les pierres commencèrent à pleuvoir du haut du Sanctuaire, mais le petit homme ne se laissa pas décontenancer et poursuivit.

— C'est vous les impies ! Vous qui prenez le Sanctuaire pour une acropole ! Vous qui profanez ce lieu sacré par vos fers dégoulinants de sang humain !

— Nous nous battons contre le joug romain et pour faire advenir le Royaume des Cieux !

— Quel Royaume des Cieux ? Vous prétendez faire tout ça au nom de Dieu ? Vous vous trompez !

— C'est toi qui te trompes, sale traître ! Flavius-gros-lâche !

Les insurgés étaient passés des pierres aux javelots, et Yossef, escorté par cinq légionnaires, redescendait sous les insultes, quand un nouveau bruit infernal se produisit. Le terrassement achevé par la Ve légion venait de s'écrouler au pied de l'Antonia. Les insurgés avaient trouvé le moyen d'y mettre le feu.

XXXIV

L'effort de guerre

Jérusalem, ides de juin 70

Gaïa partagea avec Tamar et Samuel les dernières figues sèches du panier apporté par Marcus quelques jours auparavant. Assis autour de la table, ils mastiquaient tous les trois sans mot dire, sans parvenir à arracher leurs pensées de cette histoire atroce qui courait dans la Ville depuis ce matin. On racontait qu'une jeune femme nommée Mariam avait mangé son bébé après l'avoir fait rôtir. Tamar la première rompit le silence dans son grec approximatif.

— Elle, femme riche. Arrivée de Pérée, pour *Pessah* avec famille, mari, père et mère.

— Mais son mari et ses parents sont morts, poursuivit Samuel d'une voix tremblante, et on lui a confisqué toutes ses réserves de nourriture, alors, après avoir rongé le cuir de ses sandales…

Les mots du vieil homme s'éteignirent dans sa bouche. Il ne trouva pas la force de continuer. Gaïa songea avec terreur à cette Mariam, cette affamée de la Ville haute. Elle-même, aurait-elle dévoré son fils dans une telle situation ? Elle frissonna. Bien sûr que non ! Cette femme devait être un esprit fragile. La faim qui rend fou l'avait transformée en monstre. Une folle, qui s'était coupée du monde des humains, en bloquant l'écoulement des générations dans sa panse, comme le titan Chronos engloutit sa progéniture. L'ancienne vestale eut alors une pensée reconnaissante pour Marcus. Heureusement qu'il venait leur apporter des vivres tous les trois jours, sinon ils ne tiendraient pas.

Alors qu'ils finissaient leur maigre souper, on cogna brutalement à la porte.

— Tu attends Marcus ? questionna Samuel, sur ses gardes.

Gaïa fit non de la tête et tous regardèrent vers l'entrée. Quelqu'un tapa du pied contre la porte, fragile paroi qui finit par s'abattre dans un bruit de bois sec. Cinq hommes crasseux et armés de glaives entrèrent dans la baraque, et les dévisagèrent, menaçants.

— On nous a dit que vous aviez encore de quoi manger ?

— On n'a plus rien, répondit Gaïa d'une voix blanche.

Le chef du groupe la toisa, ainsi que Tamar et Samuel. Il la jugea plutôt maigre, mais les deux vieux lui parurent mieux nourris.

Il ordonna aux autres de fouiller le cellier, tandis qu'il questionnait Gaïa, méfiant.

— Pourquoi tu vis ici ? Tu m'as l'air d'une étrangère.

— Je crois en le Seigneur Dieu, répliqua-t-elle en masquant son accent latin. Et j'ai déjà accompli plusieurs naziréats au Sanctuaire.

— Et les deux vieux ? Ils t'hébergent ?

— Oui. Ce sont des justes. Ils croient en l'arrivée imminente du Royaume des Cieux.

— Pour que le Royaume advienne, on doit d'abord se battre, martela le chef du groupe. C'est ce que dit notre prophète Zacharie : c'est seulement après la bataille que « le Seigneur mon Dieu viendra, et tous les saints avec lui » !

— Amen, acquiesça Samuel. J'ai moi-même connu un prophète, un zélote qui citait beaucoup ces paroles de Zacharie. Son nom est Yehoshua-ben Yossef ; un homme issu de la lignée du roi David. Les Romains l'ont crucifié avec d'autres de ses disciples. Mais lui n'est pas mort. Non, il a ressuscité. Et je sais qu'il reviendra très bientôt sur le Mont des Oliviers, qu'il est en route pour être notre Roi Messie, et délivrer la terre de Sion du joug des païens.

— Si tu le dis, vieillard…

Les quatre autres sicaires revinrent rapidement du garde-manger, dans cette forte odeur de sueur qu'ont les gens déshydratés. Ils brandissaient un bol de dattes séchées et deux mesures de farine d'orge.

— Prenez les dattes, suggéra Samuel. Mais laissez-nous l'orge.

— Pas question. Toutes les réserves des particuliers doivent être confisquées pour nourrir l'effort de guerre.

— Mais vous nous condamnez à mourir de faim ! protesta Gaïa.

— Tais-toi, ou tu y passes maintenant.

Samuel renonça à négocier et se dirigea dignement vers le sicaire pour récupérer la farine. Un autre sortit son glaive et le transperça au ventre, sans réfléchir. Le pauvre homme s'écroula sans un cri aux pieds de Gaïa. Il se mit à vomir un curieux mélange de figues et de sang coagulé.

— Ils ont fait bombance, commenta l'assassin. Si on perçait le cul des deux autres, pour voir si on trouve quelque chose ?

— Laisse tomber, répliqua son chef. On n'a plus rien à faire ici, conclut-il en regardant Tamar se lamenter à genoux et voix basse, alors que son mari agonisait.

Quand les sicaires furent sortis, les deux femmes se retrouvèrent seules devant le cadavre encore chaud. Gaïa ouvrait des yeux exorbités d'horreur.

— Toi partir, chuchota la vieille femme.

— Non !

— Messie pas venir ici, dit-elle en pleurant. Toi partir vite, et moi mourir.

XXXV

Le mur de Titus

Jérusalem, cinquième jour
avant les calendes de juillet 70

Depuis sa tente de commandement, Titus admirait le nouveau mur de fortins que ses hommes avaient érigé en trois jours à peine. Et cette vision lui arracha un sourire de satisfaction. Les dieux étaient avec Rome. Après le sabotage des terrassements par les insurgés, les troupes s'étaient découragées pendant un temps, mais leur rancœur contre les Juifs avait redoublé. C'est là qu'il avait eu l'idée de convertir toute cette haine dans la construction d'un mur long de quarante stades pour enserrer l'antique première muraille de Jérusalem. L'ouvrage partait de son propre campement militaire au niveau des Grottes Royales, puis tournait à l'est vers la partie basse de la Ville neuve pour franchir le ravin du Cédron en direction du Mont des Oliviers, où campait la Xe légion. Ensuite, le fortin descendait vers le sud jusqu'à la fontaine de Siloé, qu'il avait pris soin d'empoisonner avec tous les déchets des armées, puis il s'inclinait à l'ouest avant de remonter vers le nord aux alentours du monument d'Hérode, et rejoindre son point de départ.

— Par Hercule, c'est du solide ton truc ! commenta son ami Tiberius dans un sifflement admiratif.

Tout en distribuant des ordres de mission aux tribuns des cohortes à l'entrée de la tente, le préfet des camps renchérit.

— Avec un ouvrage pareil, on va pouvoir étrangler la Ville.

— Oui, confirma Titus. Maintenant, l'armée bénéficie d'une position haute pour viser l'ennemi, et les terrassements à partir de l'Antonia en seront grandement facilités.

— Je crois que tu es parti pour prendre le Temple dans quelques semaines.

— J'espère bien, par Hercule ! J'ai promis à mon père de faire vite. Il ne faut pas que ce siège s'éternise.

— Ça ne pourra pas durer longtemps, l'assura Tiberius. Pendant mon tour de ronde la nuit dernière, j'ai bien noté que les rues étaient bondées de cadavres. Toutes les rues, tu m'entends ? Les vivants eux-mêmes sont trop faibles pour ensevelir leurs morts.

— Je sais que la population est exsangue. Mais tant que des insurgés tiendront encore debout, ce ne sera pas gagné. Même s'ils n'ont plus d'eau, on m'a dit qu'ils bénéficiaient encore des réserves du Sanctuaire, en huile, blé et vin.

— Ils ont encore du vin, c'est sûr, répondit Tiberius, songeur. Pas plus tard qu'hier, tiens, certains étaient tellement saouls qu'ils ont à peine crié quand on les a mis en croix.

Le centurion affecté au courrier du jour entra dans la tente avec une missive que Titus parcourut rapidement. L'auteur en était Lepidus, le légat de la Xe légion. Il se trouvait contraint de lui déférer un officier ayant autorisé ses archers à ouvrir les ventres des réfugiés, pour récupérer les pièces qu'ils avaient ingérées. Titus fronça les sourcils, agacé. Ce n'était pas la première fois que ça arrivait.

— Dis-lui d'entrer, ordonna-t-il au centurion.

Un soldat de grande taille et coiffé d'un casque masque fit son apparition, encadré par deux fantassins d'élite. Titus sursauta, troublé par l'aspect effrayant du faciès de fer, dont le sourire sanglant lui rappela celui d'un titan dévoreur d'enfants.

— Découvre ton visage ! cria-t-il à l'inconnu.

L'homme obtempéra d'un revers de la main, dévoilant un rictus presque aussi effrayant que son masque.

— Lucius ! Tu ne sais pas te faire oublier ?

— Je prenais une avance sur ma part d'or.

— En ouvrant les ventres de ceux qui se rendent et qui pourraient nous communiquer de précieuses informations ?

— Je ne fais pas ça moi-même, se défendit-il. Les Arabes et les Syriens sont extrêmement doués pour ce genre de choses. C'est simple, ils n'arrêtent pas. Mes hommes vont faire baisser le cours de l'or dans toute la région si ça continue, ajouta-t-il, rigolard.

— Tes hommes doivent se calmer, asséna Titus. Deux mille éventrés en trois jours, ça la fout mal. Tu nuis à la réputation de nos armées. Les transfuges refuseront de nous renseigner ; ils préféreront se jeter directement du haut des remparts, comme ils ont déjà commencé à le faire.

— Franchement, au point où en sont les Juifs, quelle importance, par Jupiter ? Certains percent leur estomac vide rien qu'en mâchant une poignée de farine quand ils atteignent le camp militaire. Alors, pourquoi attendre qu'ils évacuent leur fric en chiant, quand ils vont mourir de toute façon ?

— Lucius ! Ma patience a des limites. Ou tu contrôles tes archers syriens, ou je te fais mettre aux fers pour être jugé à la fin de la guerre.

Le regard de Lucius s'éclaira d'une lueur étrange, et il se mit à menacer Titus, sans plus se soucier de la présence des autres officiers sous la tente.

— Si tu m'emprisonnes, tu verras apparaître le fils de Néron.

Titus réfléchit un temps, puis articula d'une voix forte.

— Je me fiche bien du fils de Néron ! Les choses ont changé depuis notre entretien d'Alexandrie. Mon père est installé à la tête de l'Empire, avec l'aval du sénat et de toutes les légions. Et la victoire que je m'apprête à lui offrir apportera à ma famille une gloire immortelle.

Lucius ne répondit pas. Il se contenta de se tourner vers le préfet Tiberius et des tribuns qui le regardaient avec une curiosité croissante. Il allait se remettre à parler quand Titus éleva encore le ton pour le faire taire.

— Un soldat romain coupe des mains, crucifie ses ennemis ou les réduit en esclavage, ça oui. Mais ouvrir les ventres de ceux qui se rendent est une coutume barbare ! Allez, trancha-t-il en direction des tribuns, foutez-moi ça aux fers !

XXXVI

Le choix d'un sage

Jérusalem, cinquième jour après les ides de juillet 70

Marcus luttait pour ne pas se laisser gagner par la panique.

Gaïa, Tamar et le vieux Samuel n'étaient plus chez eux.

Quand il était arrivé pour leur déposer des provisions, il avait trouvé la maison déserte. Une flaque de sang séché indiquait qu'un drame s'était produit. Il avait alors parcouru la Ville à leur recherche jusqu'aux environs du Temple, interrogeant les rares personnes valides qui hantaient encore les chemins, mais sans succès. L'idée que Gaïa pouvait être morte, comme Mégara, avec tous ces gens, dont les cadavres pourrissaient au coin des rues et dans les maisons, s'imposa peu à peu à son esprit. Il s'était remis en route les épaules voûtées par le malheur, bloquant les sanglots dans sa poitrine. Finalement, il n'avait pu protéger ni la mère ni l'enfant. Mais ce n'était pas faute d'avoir imploré Gaïa de le suivre. Il hocha la tête. Il l'avait suppliée sans cesse. C'est elle qui avait choisi de rester avec ses amis, au sein de cette secte d'illuminés qui attendaient qu'advienne le « Royaume des Cieux ».

Maintenant, il se retrouvait là, tout seul à marcher dans la chaleur de l'été, parmi des cadavres qu'il retournait parfois, saisi par le doute, un tissu de lin enroulé autour du nez et de la bouche. La puanteur des corps en décomposition était devenue insoutenable, même quand on montait vers le Sanctuaire. Il lui fallait malgré tout aller au rendez-vous qu'on lui avait fixé à la base de la première muraille, sur la colline de l'Ophel, au sud. Devant lui, de jeunes enfants zigzaguaient dans les rues, le ventre gonflé par la famine. L'un d'eux s'arrêta brusquement le long du ravin des Fromagers. Il avait repéré une crotte de chèvre dans une flaque, et la mit fébrilement dans sa bouche. L'ancien vigile fouilla dans sa besace, bouleversé, et lui offrit la nourriture qu'il avait préparée pour Gaïa et ses amis, des quignons de pain et une gourde d'eau, pris hier soir au campement d'Agrippa. Le gamin ouvrit de grands yeux secs à la vue des aliments, et lui tendit une main faible. Il essaya d'articuler un son, mais sa bouche était trop pâteuse. L'ancien vigile s'arrêta pour le faire boire doucement, par toutes petites lampées, puis il reprit sa route. Il n'y avait plus d'eau potable à Jérusalem. Titus avait empoisonné et entravé la source de Gihon, qui alimentait Siloé et le reste de la Ville. Plus loin, d'autres enfants plus âgés marchaient le regard vide, livrés à eux-mêmes ; ils montaient avec peine vers la Ville haute, dans l'espoir de piller les maisons désertées des riches, à la recherche de ceintures ou de sandales en cuir à mâchouiller.

Marcus déposa devant eux le reste de la nourriture contenue dans son sac, et continua son trajet dans cet étrange silence de la mort et de la faim, qu'interrompaient seulement les béliers des Romains cognant contre les murs de la citadelle Antonia. Parfois, il percevait les rares chants des Lévites qui s'élevaient du Temple sur le Mont Sion. Il espéra que Gaïa s'y était réfugiée et écouta les prières. On continuait donc les sacrifices dans le Sanctuaire malgré la faim, mais jusqu'à quand ? Il reprit sa marche et serra dans sa main le mince rouleau de papyrus qu'il avait reçu hier matin au campement réservé aux troupes d'Agrippa, avec lesquelles il bivouaquait parfois. Ben Zakkaï, l'homme qui l'appelait à l'aide, lui avait écrit que le sicaire, Simon Bar-Gioras venait de faire égorger tous les membres restants du Sanhédrin : les Grands Prêtres Matthias et Masbal avaient été exécutés juste après leurs fils respectifs, tout comme le scribe Aristée, et quinze autres grands citoyens. L'autre chef des rebelles, Yohan, le fourbe aux yeux mi-clos, avait laissé faire sans protester. On avait aussi interdit les regroupements pour juguler toute opposition des habitants encore en état de réagir.

Marcus se dirigea vers la colline de l'Ophel située au sud du Temple. Il y repéra le grand *mikvé,* ce bain rituel, dans lequel il s'était purifié plusieurs fois, avant de se rendre dans la cour d'Israël. L'établissement déployait ses bassins vides, laissés à l'abandon et annexés par les vautours. C'était là que l'homme lui avait donné rendez-vous. L'ancien vigile s'assit sur une des marches, abasourdi par la disparition de Gaïa, et par la détresse de cette Ville qu'il avait appris à connaître et à aimer.

— Jérusalem court à sa perte, à Dieu ne plaise.

Il se retourna et reconnut l'homme maigre et pâle en tunique beige qui se tenait derrière lui.

— Rab… Rabbi ben Zakkaï ? Je… je suis Mar… Marcus Alexander. Tu te… tu te souv… souviens de moi ?

— Bien sûr. Nous nous sommes rencontrés il y a deux ans et demi, dans la salle du Conseil. Tu travaillais déjà pour Titus à l'époque, non ?

— Je… j'y étais for… forcé, précisa Marcus en baissant la tête. Mais… mais j'essayais déj… déjà de f… faire sortir des gens de la Vi… Ville.

— Je le savais. Tout le monde le savait, renchérit le rabbi. Mais ça ne nous gênait pas, car nous pensions pouvoir négocier la paix.

Yohanan ben Zakkaï s'assit face à lui sur le bord d'un bassin vide, le visage grave et les épaules voûtées.

— Tout a basculé quand ce Galiléen au teint olivâtre et aux paupières mi-closes, Yohan de Goush-Halav, a pris la tête de nos zélotes… Il a fait fondre, dans un but guerrier, nombre d'offrandes en or qui se trouvaient dans le Sanctuaire, soi-disant pour la cause de Dieu. En réalité, ce geste trahissait déjà son impiété.

— Ou… oui, répondit Marcus. Toi… toi-même tu n'as ja… jamais eu conf… confiance en lui ?

— Effectivement. Je t'avais même mis en garde contre lui le soir où le Grand Prêtre Annan nous a tous réunis pour le conseil. Tu te rappelles ?

— Je… je me rap… rappelle.

— Ensuite Simon Bar-Gioras, cet Iduméen mal dégrossi, est entré dans la Ville avec ses bandits de sicaires, pour parfaire notre malheur. L'affrontement avec Yohan, puis leur association, nous a conduits au pire, conclut le rabbi d'une voix atone.

— Tu… tu m'as éc… écrit. Tu veux nég… négocier avec les Romains ?

— Oui, mais je ne peux pas sortir de Jérusalem sans protection. On raconte que les auxiliaires syriens ouvrent les ventres des réfugiés ?

— Il pa... paraît, répondit Marcus, parcouru par un frisson d'horreur. Mais, je... je fe... ferai en sorte que tu sois conduit s... sain et sauf à Yav... Yavné. Ça te conv... te convient ?

Ben Zakkaï acquiesça tristement et se mit à regarder la Ville mutilée.

— Va pour Yavné. On m'a dit que tu y avais conduit de jeunes *cohanim*, fils de prêtres ?

— Ou... oui. Le fi... fils aîné du prêtre Mat... Matthias s'est déjà enf... enfui là... là-bas. Des gens de la Vi... Ville neuve aussi. Ils... ils ont ou... ouvert des dizaines de syna... synagogues.

— Alors, c'est bien là que je dois aller pour reconstituer un Sanhédrin, trancha ben Zakkaï.

— Et ton maî... maître Gam... Gamliel, il est enc... encore vivant ?

Le rabbi leva la tête et pleura en contemplant le Temple qui brillait sous le soleil, puis se mit à chanter doucement.

— « *Ki h'esed h'afachti, velo zabah' ; vedaat Elohim méôlot.* »

— Qu'est-ce... qu'est-ce que tu... tu dis ?

— « Dieu préfère la bonté et l'étude aux sacrifices. » Ce sont les paroles du prophète Hoshéa, que je commentais souvent avec le rabban Gamliel, bénie soit sa mémoire.

— « La bon... bonté et l'étude » ? Dieu... Dieu est donc sto... stoïcien ?

— Si tu veux, chuchota ben Zakkaï en serrant le volumineux sac de corde qu'il avait posé sur ses genoux.

Soudain, on entendit un grand bruit suivi de cris de terreur du côté de l'Antonia. Marcus se raidit et accéléra le pas. Il valait mieux prendre en sens inverse et redescendre vers la source tarie de Siloé. Là-bas, près de l'ancien palais de la reine Hélène, il connaissait un souterrain qu'on pourrait emprunter jusqu'au fortin sud du mur, où Marcus avait ses entrées. Il rudoya ben Zakkaï qui n'allait pas assez vite ; le rabbi s'arrêtait devant chaque corps pour marmonner des prières, et sortait des petits quignons de pain de son sac, chaque fois qu'il voyait un enfant tituber devant lui. En plus, il n'était pas tout jeune ; il avait du mal à suivre la cadence. Marcus lui prit la main pour l'entraîner dans le boyau d'égout situé entre les bassins vides de Siloé et de Salomon. Si on n'était pas trop corpulent, on pouvait y ramper par temps sec et sortir de la première muraille par une ouverture d'écoulement des eaux. Ben Zakkaï rampait très lentement, agrippé à son sac.

— Pour… pourquoi tu t'ac… tu t'accroches à ce truc ? Tu y as mis ton… ton or, ou quoi ? Lai… laisse-le !

— Non. Il contient des textes sacrés et des commentaires inestimables de Gamliel. Donne-moi un peu plus de temps, ou bien va-t'en et laisse-moi me débrouiller.

— Ça… ça va. Je t'att… je t'attends. Il ne risque pas de pleu… de pleuvoir.

Ils arrivèrent enfin, noirs de poussière, au niveau du mur de fortin sud-est. Marcus considéra ben Zakkaï : ses coudes et ses genoux étaient en sang, mais son précieux sac était intact. Il fit signe au rabbi de grimper à l'échelle de bois qui menait à la tourelle intérieure. Un centurion y montait la garde, et l'ancien vigile lui donna le mot de passe du jour.

— Ves… Vespasien-Tit… Titus-Dom… mitien.

Le centurion abaissa glaive et bouclier et les autorisa à entrer.

— Par Pollux, j'te reconnais ! Tu es le bègue qui fait passer les Juifs avec leur or… Et ton prisonnier, il en a ? Fais voir !

— Tu… tu veux vér… vérifier ? lui demanda Marcus en le forçant à plonger la tête dans le grand sac de corde. Pas… pas d'or… seulement des par… parchemins. Ça t'intéresse ?

Le soldat, vexé, se débattit du mieux qu'il put pour sortir sa tête du bagage et leur indiqua la direction du mur qui remontait vers le nord. Ils se mirent alors à longer le rempart est, puis le ravin du Cédron. Marcus voulait poursuivre jusqu'au campement de Titus, mais on leur fit signe de descendre, au moment précis où ils arrivèrent à proximité des tentes de la Xe légion.

— Je… je dois al… aller au camp… campement prin… principal avec le pris… prisonnier ! protesta-t-il.

— Impossible. Titus est très occupé : les béliers des légions ont enfin créé une brèche dans l'Antonia. À partir de maintenant, tous les habitants qui se rendent doivent transiter par le campement de la Xe.

Marcus se résigna et aida ben Zakkaï à descendre du mur en direction du Mont des Oliviers. Il était inquiet. Il avait bien un accord avec Titus, et même avec Tiberius, le préfet des camps, mais il n'avait pas traité avec Lepidus, le légat de la Xe. Il ne s'était même jamais rendu dans son campement. Il eut un mouvement de recul. C'était précisément chez lui que des troupes auxiliaires ouvraient les ventres des Juifs. L'ancien vigile essuya les plaies du rabbi avec un chiffon propre et le prit par le bras. Ils mirent vingt bonnes minutes à rejoindre la tente de commandement, marchant entre les enclos des bêtes de somme et les ateliers de réparation d'armes, sous les yeux fébriles des auxiliaires syriens inoccupés.

Lepidus les y attendait, assis à son tablinum. Il ordonna à ben Zakkaï de rester debout à l'entrée, tandis qu'il faisait signe à l'ancien vigile d'avancer.

— Marcus Alexander ? Mes hommes s'occuperont ce soir d'escorter les réfugiés dans les cités de Lydda, Gophnah ou Yavné. Ordre de Titus.

— Qui ? Pas les arch… les archers ?

— Mais non ! Ce sont les décurions de la Xe qui feront le travail, rassure-toi.

— D'acc… d'accord, acquiesça Marcus, à moitié soulagé.

— Tu redoutes les Syriens ? Tu as raison. Leur chef a été mis aux fers pour avoir laissé ouvrir trop de ventres… Heureusement qu'il m'a laissé son esclave pour nous servir.

Lepidus claqua des doigts et un garçon surgit du fond de la tente, crâne rasé, une hydrie à la main.

— Marcus, tu veux que le petit te verse du vin ? Marcus ?

Mais Marcus n'entendait ni ne voyait rien mis à part l'enfant aux grands yeux noirs qui s'apprêtait à lui donner à boire. Son crâne était rasé, mais ses sourcils étaient roux. Vraiment roux.

— Co… comment tu t'ap… tu t'appelles ? l'interrogea-t-il d'une voix blanche.

L'esclave baissa la tête et ne répondit pas.

— Co… Comment ? répéta Marcus en lui serrant le bras.

— Mon nom est personne, hurla le garçon en se dégageant de son étreinte.

— Alex… Alexander ? s'écria Marcus, les larmes aux yeux.

Et il lui murmura sans bégayer le passage de l'*Odyssée*, où Ulysse dit s'appeler « personne » pour berner les cyclopes. Alexander se mit à le regarder avec une surprise croissante. Il sembla le reconnaître. Marcus pensa soudain à Gaïa et à ses trois années de souffrance. Il fallait qu'elle soit encore en vie… Il allait lui ramener son fils ! Alors il ne trouva rien de mieux que de le soulever et de l'asseoir à califourchon sur son dos, comme quand il était petit. Le gamin ne se débattit pas.

— Par Hercule ! intervint Lepidus. Je sais qu'il est mignon, mais tu dois calmer tes ardeurs. Ce *puer* n'est même pas à moi. Je te l'aurais bien prêté, mais, comme je te l'ai déjà dit, il appartient à mon chef des archers, Lucius Cornelius, qui me l'a confié avant sa mise aux fers. Allez, va-t'en, ou j'appelle ma garde d'élite pour te flanquer dehors !

— C'est… c'est mon fi… fils, murmura Marcus. C'est mon fi… fils. Je… je dois a… aller voir Ti… Titus.

Alexander se laissa prendre par la main, et ils quittèrent la tente sous le regard ahuri de Lepidus, tandis que ben Zakkaï les considérait avec intérêt.

XXXVII

La dernière brèche

Jérusalem, cinquième jour après les ides de juillet,
à la tombée de la nuit

Titus était d'une humeur maussade, à deux doigts de basculer dans la colère. Ce matin, alors qu'il encourageait l'armée, il avait éternué plusieurs fois de suite, provoquant l'inquiétude des soldats. L'éternuement du chef avant une action militaire n'était pas un signe favorable. Il pensa soudain à la prédiction de l'oracle de Paphos sur « le fils de Néron ». Peut-être avait-il mal fait de jeter Lucius en prison avant d'exiger de voir l'enfant ? Il chassa l'idée d'un mouvement brusque de la main. Une belle brèche s'était ouverte dans la citadelle de l'Antonia aujourd'hui vers midi, favorisée par les incendies successifs que les insurgés avaient infligés aux fondations de la tour. Mais ensuite… Il soupira. C'était peut-être là que ses éternuements du matin prenaient tout leur sens. Tous les soldats qui s'étaient portés volontaires pour escalader l'ouverture et atteindre le sommet de l'édifice avaient été massacrés un à un par les insurgés. Il serra les dents. L'Antonia était la meilleure voie d'accès au Sanctuaire. Par Hercule, ces Juifs commençaient à faire chier ! Pièges récurrents, sorties systématiques, sacs de paille tractés contre les murs pour étouffer l'action des béliers, sabotage des terrassements. C'en était trop ! Depuis trois mois qu'avait débuté le siège, il avait déjà perdu beaucoup d'hommes et de temps. Il fallait en finir avec Jérusalem avant la fin de l'été. Son père comptait sur lui pour inaugurer son règne sous le signe incontestable d'une victoire contre la Judée. Le jeune général pensa à nouveau à la postérité secrète de Néron et aux menaces de Lucius, et éternua encore. Un tribun de la XIIe à ses côtés le considéra d'un air inquiet. Irrité, il se saisit d'un porte-voix, éclaircit sa gorge, et prit tout d'un coup la parole pour galvaniser ses troupes.

— Soldats de Rome, et vous tous qui nous secondez dans cette juste guerre, vous ne le voyez peut-être pas encore, mais la victoire est proche, très proche ! Et avec elle, viendront vos soldes, vos bonus en bétail, et en esclaves. Avec tout l'or de Jérusalem !

Les fantassins et les archers se mirent à taper leurs épées contre leurs boucliers et à siffler autour de lui. Il continua, levant la main à plat, signe qu'ils devaient se taire.

— Mais, par Mars-le-Père, je sais que dans ce combat, vous n'êtes pas seulement motivés par les richesses matérielles. Vous avez une soif de vengeance envers un ennemi qui vous a causé de nombreuses humiliations, dit-il en se tournant vers les hommes de la XIIe Fulminata, qui crièrent de tout leur soûl. Et surtout, surtout, vous vous battez pour la gloire ! Elle seule peut rendre votre nom immortel !

Tout le monde hurla en même temps.

— Gloire à nos combattants et gloire à toi, Titus, notre chef !

On vit alors une centaine d'individus se présenter à la queue leu leu pour escalader la brèche de la citadelle. Des tribuns postés au pied de la tour notaient leur nom, ainsi que leur légion, leur cohorte et leur centurie avant l'ascension. Titus les regarda monter avec une admiration teintée de respect. Tous furent atteints par des projectiles pendant leur progression, ou bien repoussés du sommet de l'édifice. Beaucoup vinrent s'écraser à quelques pas de lui, défigurés, les organes éclatés. Il repéra pourtant un petit homme très noir qui se distinguait par son courage et sa rapidité. Il escaladait adroitement la tour, bloquant son bouclier au-dessus de sa tête avec sa main gauche, tandis qu'il se hissait à la force extraordinaire de son bras droit. Arrivé au sommet, il repoussa les insurgés pendant de longues minutes, avant de retomber, atteint à la poitrine par la flèche acérée d'un scorpion. Les soldats en bas chantèrent spontanément un péan à sa gloire, et le général s'approcha du tribun qui avait relevé son nom.

— Comment s'appelait cet homme ?

— Sabinus. Un auxiliaire des troupes d'Alexandrie. Il était originaire de Nubie.

— Gloire à lui. Il nous a montré que c'était possible, conclut Titus, ému.

Il prit alors son porte-voix et donna l'ordre formel de continuer à saper l'Antonia. On devait créer assez d'espace pour y faire passer les légions d'ici quelques jours. Puis il appela sa garde d'élite et remonta à cheval jusqu'au campement pour se reposer un peu.

Comme il franchissait le seuil de sa tente, un soldat en faction lui annonça qu'un bègue au regard bizarre le demandait.

— Il ne manquait plus que lui, marmonna-t-il. Faisle entrer.

Marcus entra en compagnie de l'enfant, la mine hagarde, saturé de crasse et de poussière, comme un échappé du Tartare.

— Qu'est-ce que tu veux ?

— Tu... tu m'avais ca... caché que Lu... que Lucius était chef des ar... des archers, commença-t-il en s'efforçant de retenir sa colère.

— J'ai jugé bon de le réintégrer pour mieux le surveiller, lui répartit Titus, agressif. J'ai d'ailleurs fini par le foutre en prison. C'est un type ingérable.

Le jeune général n'avait pas vraiment remarqué la présence d'Alexander. Âgé de huit ans seulement, le garçon était grand pour son âge, et Titus ne fit pas d'emblée le rapprochement avec l'enfant qu'on recherchait depuis le début de la guerre.

— Lu... Lucius gar... il gardait A... Alexander a... avec lui ! dit Marcus en lui désignant le garçon.

— C'est ton fils ? Où était-il caché ? lança Titus, les yeux écarquillés.

— Sur... sur le Mont des Oli... Oliviers.

Les deux hommes se turent un moment, étonnés l'un et l'autre par la situation. Ils avaient recherché Alexander partout, sauf à côté d'eux, dans le campement militaire de la Xe, situé à quelques stades. Plus loin, les béliers cognaient avec une régularité infernale. Un bruit auquel on ne pouvait s'habituer, et dont la vibration vous saisissait au corps.

— J'ai repris mon fils, dit soudain Marcus sans lui lâcher la main et sans bégayer.

— Qu'est-ce qui me garantit que cet enfant n'est pas une menace pour mon père ? riposta Titus. Et d'abord, c'est le fils de Néron, ou pas ?

Alors que le général dévisageait l'enfant au crâne rasé, à la recherche d'une éventuelle ressemblance, Marcus le fixa de toute l'étrangeté de ses yeux mal assortis et parla tout bas, en latin.

— Gaïa Corn... Cornelia a été vio... violée par Néron. L'enf... l'enfant est roux, un ahenobarbus. Mal... malgré ça, je... je le prends co... comme le mien.

Titus, étonné par une telle franchise, parcourut plusieurs fois la largeur de sa tente, fixant tour à tour Marcus et Alexander, lequel ne lâchait pas la main du vigile, le regard absent. Cette histoire de vestale offerte à Néron était donc vraie. Lucius ne lui avait pas menti ; mais maintenant... Il s'arrêta brusquement de marcher.

— Écoute. Je consens à te laisser l'enfant, mais j'ai mes conditions.

— T... tout ce que tu v... veux, je... je...

— Attends, laisse-moi finir !

Le fils de Vespasien leva son pouce droit vers le haut.

— Grand un, énuméra-t-il, je ne veux pas que le gosse apparaisse dans des lieux fréquentés par les fonctionnaires de l'administration romaine, jamais. Donc, tu ne l'envoies pas à Césarée auprès de Bérénice. Grand deux, poursuivit-il en tendant l'index, tu devras t'engager à ne jamais l'amener à Rome, ni lui, ni sa mère. Si Gaïa Cornelia revenait un jour dans la capitale, elle serait accusée d'avoir rompu ses vœux de chasteté et emmurée vive avec son fils, tu m'entends ?

— D'ac... d'accord, répondit Marcus, sur le point de quitter la tente avec Alexander.

— Attends ! ordonna-t-il. Et assieds-toi cinq minutes avec ton... fils, par tous les dieux du Panthéon ! Il y a une dernière condition à respecter.

— La… laquelle ? demanda Marcus impatient.

— Dans quelques jours, les fondements de l'Antonia seront suffisamment sapés pour laisser passer une troupe d'élite : six mille de mes meilleurs hommes sous les ordres de mon meilleur légat, Céréalis. Six cohortes de mille hommes ; un tribun par cohorte.

— Ou… Oui ?

— En fait, je veux que tu sois le tribun de la première cohorte qui mettra le pied dans la Cour du Temple.

— M… moi ? Mais…

— Tu étais bien le tribun de la première cohorte des vigiles de Rome ?

— Ou… oui, mais pour… pourquoi…

— Parce que tu as l'habitude des terrains accidentés et des incendies. Et puis… Cesse d'argumenter. Je n'ai pas la force d'endurer tes bégayantes objections. Tu veux le petit ? Tu l'as. Voici un papyrus signé de ma main à l'attention du légat de la Xe et de son préfet. Va le transmettre à Lepidus, et qu'il trouve un endroit sûr où ton fils pourra t'attendre. Chez les cantinières, par exemple ? Mais avant de l'embarquer définitivement avec toi, tu devras guider mes hommes à l'intérieur de la première muraille, dans le Sanctuaire des Juifs qui t'est maintenant devenu familier. Donne-moi la victoire, et tu repartiras avec celui que tu veux appeler ton fils.

Marcus serrait toujours la main d'Alexander quand il sortit de la tente en titubant sous le poids des événements. À peine venait-il de retrouver l'enfant dans des circonstances incroyables, que déjà Titus le séparait de lui, pour l'envoyer combattre à l'assaut du Temple. Les jambes tremblantes, il s'assit un moment sous les galeries en ruines du marché aux tissus, afin de reprendre ses esprits. Le petit à ses côtés ne lui parlait pas, mais il lui souriait en coin, comme pour lui faire comprendre qu'il le reconnaissait. Il le regarda sans trop d'insistance. Il ne semblait pas avoir été trop maltraité, mais avec Lucius, tout était possible. Mieux valait ne pas y penser pour le moment ; l'urgence, c'était d'agir. Il réfléchit. Déserter pendant la nuit ? Dans le contexte actuel, c'était mettre Alexander en péril. Avec le nouveau mur de fortins, la Ville assiégée était surveillée sous tous les angles. Il ne voulait pas non plus le confier aux esclaves des troupes de la Xe légion qui ne lui inspirait pas confiance. Le campement romain n'était pas sûr dans son ensemble. Titus pouvait changer d'avis et décider de retenir l'enfant, ou sortir Lucius de prison pour les besoins de la guerre… Et puis s'il mourait dans l'assaut ? Le jeune général ne voudrait même pas confier l'enfant à Bérénice. Alors à qui ? Rien n'était sûr ici, rien ni personne.

Soudain, il se leva d'un bond, reprit la main de son fils et se remit en marche vers le Mont des Oliviers. Il devait parler au rabbi ben Zakkaï.

XXXVIII

Fin du sacrifice perpétuel

Jérusalem, premier jour après les ides d'août (17 tamouz)

Les soldats étaient entrés dans l'enceinte sacrée du Temple, interdite aux profanes. Après la destruction des fondations de l'Antonia, la cohorte de Marcus avait été la première à pénétrer sur le parvis, boucliers sur la tête, en formation de tortue. Là s'étaient déroulés des combats au corps-à-corps avec les rebelles, non loin des portes qui donnaient accès aux deux chambres saintes, et sur lesquelles les troupes de Simon Bar-Gioras avaient posté leurs catapultes et leurs balistes. L'ancien vigile regarda la Cour des prêtres, maculée de sang humain ; l'odeur de la chair déchirée lui donna la nausée. Cet endroit, que jamais il n'aurait pu fouler en tant que simple fidèle, il le souillait aujourd'hui avec des soldats armés. Il essuya la sueur qui lui brouillait la vue. On n'y brûlait plus d'encens, les chants religieux avaient cessé. Ils étaient maintenant remplacés par les cris de guerre, les hurlements de douleur et le bruit des armes. Le sacrifice perpétuel des deux agneaux, qu'on accomplissait matin et soir depuis la nuit des temps, avait été interrompu ce matin, au moment même où la cohorte avait pris possession de la Cour Sainte. Les vingt-quatre officiants *Cohanim* avaient abandonné le cadavre ligaturé de l'ultime agneau qui venait d'être tué, suspendu à son crochet, et le feu était mort sur l'autel. Les prêtres s'étaient enfuis pour trouver refuge dans les différentes pièces du sous-sol, et en contrebas des murs.

L'ancien vigile leva les yeux et promena son regard inquiet sur le Temple encore resplendissant. Il avait peur pour la suite. Il y avait deux jours à peine, les rebelles avaient mis le feu à un grand escalier que Titus destinait à l'entrée de ses légions dans le Sanctuaire. Seules les six cohortes dont il faisait partie avaient pu accéder à la cour du Temple. En réaction à l'offensive juive, le jeune général avait ordonné le terrassement des portes du nord et de l'ouest, envoyant les troupes chercher du bois jusqu'à mille stades alentour. Il baissa la tête pour éviter un projectile. Les flèches pleuvaient, ponctuées de temps à autre par un boulet de pierre tiré d'une baliste. Marcus commanda aux soldats de se réfugier à l'arrière de la Seconde Porte pour les éviter. Ils n'avaient pas reçu l'ordre d'attaquer, mais de niveler le terrain pour permettre l'entrée prochaine des légions. Il sentit l'angoisse monter en lui. Qu'est-ce que ça donnerait quand l'ensemble des troupes aurait accès au Sanctuaire et à la Ville haute ? Elles massacreraient la population, tout simplement.

Des bruits étouffés en direction des ruines de l'Antonia se firent entendre peu à peu. Marcus reconnut la voix suppliante de Yossef ben Matthatiaou, qu'on appelait désormais Flavius Josephus. Titus lui avait certainement demandé une dernière fois de négocier. Sa voix avait du mal à s'élever, entravée par les décombres, mais on comprenait qu'il exhortait les insurgés à capituler, notamment Yohan, installé avec ses troupes en haut de la porte du Temple d'où il déployait ses machines de guerre.

Le négociateur transfuge reçut bien vite sa flopée d'insultes habituelles et Marcus reprit la tête de sa cohorte vers le portique nord-ouest.

Alors qu'il dirigeait le terrassement, il entendit des bruits de pas venant d'un souterrain qui longeait le Temple au nord. Déjà ses hommes brandissaient leurs glaives, mais il leur fit signe de ne pas attaquer. Quelques prêtres vêtus de caleçons en lin remontaient vers la surface, accompagnés de leurs enfants, montrant qu'ils voulaient se rendre. Ils étaient suivis d'une dizaine de notables qui observaient, terrifiés, la cour profanée.

— Amène-nous à Titus, implorèrent-ils. Nous voulons le supplier d'épargner la Maison de Dieu.

Marcus hocha la tête ; il était là pour ça. Il appela dix de ses hommes et fit descendre les prisonniers qu'on abrita sous les boucliers. L'escalier de l'Antonia avait été incendié sur une hauteur de vingt coudées, mais on pouvait quand même poser la pointe du pied, chacun son tour, sur des lambeaux de pierre. Un très jeune homme, effrayé par la pluie de flèches, perdit l'équilibre et tomba dans le vide dans un cri atroce. Tous se lamentèrent, mais l'ancien vigile leur cria de détourner leur regard et de continuer à descendre. La partie intacte de l'escalier leur serait bientôt accessible. Il héla le décurion qui attendait en bas.

— Ces pri… prisonniers veulent parl… parler à Tit… Titus, expliqua-t-il.

— Titus est occupé. Il n'a pas le temps pour eux, mais il désire te parler, à toi.

— Ah ?

Marcus replaça son casque à aigrette rouge sur sa tête et descendit les ruines de l'Antonia en direction du général en chef. Le soleil cognait dur, et il transpirait. Il chercha sa gourde dans sa ceinture, en vain. Elle avait dû tomber sur le trajet. Il trouva Titus qui surveillait les opérations, debout sur un tas de pierres et à l'abri d'un auvent, en compagnie de Tiberius et des légats des légions Lepidus, Frugi et Fronton. Cinq paires d'yeux se tournèrent en même temps vers lui.

— Comment se passent les terrassements du portique nord-ouest ?

— C'est dif... difficile parce que les reb... rebelles nous attaquent depuis le toit du Tem... Temple.

— Alors concentre-toi sur le terrain. Ce n'est plus la peine de me ramener les prisonniers.

— C'est... c'est au... aussi pour ça que... que tu m'avais réq... réquisitionné au départ.

— Peut-être, mais le temps presse. Les hommes sont découragés par les incendies et les sorties permanentes des insurgés conduits par ces canailles de Yohan et Simon. Tu dois te consacrer pleinement aux travaux de nivellement pour permettre aux légions de traverser cette putain de première muraille. Sinon, je serai obligé de foutre le feu aux portiques.

XXXIX

Quid du temple ?

Campement d'Agrippa,
deux jours avant les calendes
de septembre 70 (28 août), dans la soirée

Bérénice attendait sous la tente de guerre de son frère Agrippa, les yeux gonflés d'avoir pleuré toute la journée. Même si on l'avait mise progressivement au courant de la tournure des événements, elle ne s'était pas attendue à rencontrer une telle désolation. La région était défigurée bien au-delà de Jérusalem. On ne trouvait plus aucun arbre à la ronde dès qu'on passait la ville d'Emmaüs. Et, tout au long du trajet qu'elle avait effectué pour venir, elle avait eu l'impression de traverser un immense désert, un Tartare infernal où cheminaient çà et là des prisonniers attachés à des cordes, vers les villes que leur avait choisies Titus.

Et Jérusalem ! Elle éclata en sanglots. Jérusalem avait déjà perdu deux murailles. Hier, quand les terrassements des portiques ouest furent terminés et que l'armée avait commencé à forcer le Temple, les rebelles acculés avaient volé les enseignes des légions et repoussé les soldats qui s'étaient écrasés la tête la première en tombant de la partie la plus haute de l'édifice. Titus avait riposté en incendiant les portiques depuis l'extérieur, et l'argent fondu avait embrasé les boiseries de cèdre odorant, dans les hurlements d'épouvante des habitants de la Ville haute. Elle baissa la tête, atterrée par la gravité de la situation. Par-delà les portiques, c'était le Temple lui-même qui était menacé. Elle pensa aux reproches amers que lui avaient faits certains maîtres de la Loi, des rabbis qu'elle estimait, et elle se mit à pleurer comme une petite fille. Toutes ces critiques sur ses agissements étaient injustes. Bien sûr qu'elle se sentait juive et solidaire de son peuple ! Elle n'était pas seulement cette femme ambitieuse, qui voyait dans sa relation avec Titus l'occasion d'accéder aux fastes du pouvoir. Sa liaison pouvait aussi lui permettre de sauver la Ville Sainte et son Temple, elle en était sûre. Elle se leva et fit plusieurs allers-retours sous la tente en se tordant les mains. Dans quelques instants son frère Agrippa rentrerait d'un conseil de guerre où Titus avait réuni les principaux chefs des armées pour décider de la suite des opérations.

Elle entendit des bruits de pas et se tourna vers l'entrée. Son cœur se mit à battre plus fort. Agrippa franchit le seuil de la tente, accompagné du préfet des camps Tiberius Alexander, et du transfuge Flavius Josephus.

— Alors ? demanda-t-elle à brûle-pourpoint.

— Alors, Titus a fini par ordonner qu'on éteigne l'incendie des portiques, répondit Agrippa, soulagé.

— Il est donc décidé à épargner le Sanctuaire et le Temple ? risqua-t-elle, pleine d'espoir.

— C'est plus compliqué que ça, intervint Tiberius. Les choses ne dépendent pas que de Titus. Nos troupes ont déjà été bien malmenées et nous avons perdu beaucoup d'hommes. Les soldats veulent en découdre, et cette guerre leur en donne parfaitement le droit, acheva-t-il d'une voix tranchante.

Un lourd silence se fit dans la tente, chacun prenant la mesure de la catastrophe qui menaçait. Bérénice ferma les yeux, comme pour ne pas voir l'avenir qui se profilait. Le petit transfuge juif prit alors la parole dans un grec fautif, pour être compris de Tiberius qui ne parlait pas l'araméen.

— Pourr éparrgner le Temple, il faut que les rrebelles de Yohan et Simon n'entrraînent pas les combats à l'intérrieur de notre enceinte sacrrée.

— « Notre » enceinte sacrée ? Parle pour toi, Yossef *ha-Cohen*, répliqua Tiberius, qui prenait un malin plaisir à rappeler à son interlocuteur ses origines sacerdotales. Moi, je n'ai rien à voir, ni de près, ni de loin, avec tous ces Juifs.

L'homme fit un salut romain marqué au roi Agrippa et quitta les lieux sans se retourner.

— Tiberius Julius Alexander est mon ex-beau-frère, expliqua Bérénice en araméen pour que la conversation soit plus aisée. Il a apostasié à l'âge de vingt ans pour faire carrière dans l'administration et dans l'armée romaine. Son oncle, le philosophe Philon d'Alexandrie, était un grand défenseur du judaïsme. En ce moment, il doit se retourner dans sa tombe.

— Et moi, l'interrompit Agrippa d'un air sombre, est-ce qu'à ma façon, je ne suis pas aussi un apostat ? En tant que roi ami, j'ai dû m'allier aux Romains dans cette guerre. Et j'ai contribué à assassiner notre peuple.

— Ton propre royaume était ébranlé par la révolte, lui rappela Yossef. Et puis, tu n'avais pas la souveraineté sur la Judée ; juste la responsabilité du culte à Jérusalem.

— Nous avons tout fait pour que cette guerre n'advienne pas, décréta la reine, dans un douloureux constat. Nous avons parlé aux habitants après le départ de Florus ; tu t'en souviens, mon frère ? Nous…

— C'est vrai, murmura Agrippa. Toi en particulier, tu as vraiment tout fait. Y compris coucher avec le fils de l'empereur.

Bérénice se mit à trembler de tous ses membres. Prise entre la honte et le désespoir, elle se précipita sans mot dire vers la sortie, les larmes aux yeux. Quel mépris dans ces paroles ! Elle devait trouver Titus pour lui demander d'épargner le Temple de ses ancêtres ; elle le supplierait à genoux s'il le fallait. Il l'aimait. Son intercession serait couronnée de succès, elle en était sûre. Elle serait la reine Esther de sa génération, n'en déplaise à son frère. Et elle sauverait Jérusalem.

XL

L'abomination

Jérusalem, 29 août 70,
la deuxième année du règne de Vespasien.
(le 9 du mois judéen de av)

Marcus regardait avancer les soldats dans un flux continu de vindicte et de haine vers le Temple, d'où s'échappait une épaisse fumée. Certains d'entre eux ne se relevaient pas, piétinés au seuil des portes, mais le plus grand nombre progressait dans un même élan meurtrier de feu et de sang. Les habitations autour du Sanctuaire dans son ensemble étaient la proie des flammes depuis ce matin, et on entendait les lamentations des prêtres, couvertes par les chants de victoire des légions. Des habitants de la Ville haute, désespérés se jetaient des murailles, et venaient s'écraser aux pieds des armées. Quant à la Cour Intérieure, après y avoir déposé leurs enseignes, les Romains l'avaient souillée par un massacre à grande échelle. Hommes, femmes et enfants, gisaient pêle-mêle dans cet espace naguère réservé aux prêtres, égorgés le long de la rampe et autour de l'autel saint. Certains soldats avaient même utilisé les crochets réservés à l'écorchage des bêtes pour y suspendre leurs victimes et les égorger plus aisément. Des corps agonisants roulaient d'une marche à l'autre sur l'escalier menant à la première Chambre Sainte, glissant dans des torrents de sang. Mais l'armée ne s'était pas contentée d'utiliser le fer contre les habitants. Une fois que les chefs eurent exploré les deux Chambres Saintes et qu'ils se furent servis en or et en objets précieux, les troupes, confortées par l'absence de statue divine, avaient renversé tous les vases d'airain remplis d'huile sacrée et balancé des torches partout dans l'édifice. C'était à ce moment-là que le feu avait pris, dans une odeur d'encens et de chair brûlée.

Marcus frotta ses yeux irrités par les fumées. Depuis quelques minutes, il lui semblait que les flammes avaient atteint les gonds de la Porte qui menait au lieu Saint. Il ferma les paupières pour s'extraire un instant de cette vision de cauchemar, mais il ressentit encore plus l'odeur du métal et des corps calcinés, holocauste macabre où les humains avaient remplacé les bêtes. Alors, malgré lui, il leva son regard vairon, très lentement, vers l'immense bâtiment sacré : les deux chambres du Temple commençaient à se consumer, en enfilade, dans une lumière de sang aux reflets violacés. L'énorme grappe d'or qui surmontait la Porte monumentale giclait en une coulée épaisse, au milieu des appels au pillage. Soudain, il lui sembla entendre un cri strident par-dessus le chaos, comme un hurlement sorti des entrailles de l'univers. Cette fois-ci, c'était la chambre ultime, le Saint des Saints, qui partait en fumée. L'Ineffable quittait les lieux. Le Dieu des Juifs avait été délogé de sa demeure séculaire. Alors Marcus, instinctivement, hurla en retour, laissant échapper toute la douleur ancestrale qu'il portait en lui dans la profondeur de ses tripes. Et pour la première fois il renonça à rechercher celle qu'il aimait dans les décombres.

Il décida de s'éloigner du feu et considéra la Ville. L'incendie du Temple avait enveloppé l'ensemble de l'enceinte sacrée dans un brasier géant, et les habitants des hauteurs continuaient de se jeter de leurs maisons, pensant que c'était la Ville entière qui se consumait. Au sommet des remparts, des rescapés se tenaient debout, suppliant qu'on les laisse en vie en échange de quelques artefacts brillants qu'ils brandissaient aux yeux des envahisseurs. Des prêtres faméliques en caleçon et tunique de lin déployaient à leurs pieds des tissus pourprés, incrustés de pierres précieuses aux reflets lumineux, captant le regard avide des légionnaires romains et de leurs auxiliaires syriens. Mais les soldats n'éprouvèrent pas la moindre pitié envers eux. Ils les dépouillèrent avant de les égorger afin que leur sang ne se répandît pas sur les étoffes précieuses. Femmes, enfants, vieillards, laïcs et prêtres, toute la population sans distinction aucune était passée au fil des glaives, au milieu de chants et de rires inextinguibles. Les soldats glissaient sur les cadavres en passant d'une cour à l'autre, sans y faire plus attention que ça, comme on marche sur un tas de feuilles arrachées, encore pleines de sève.

Le feu allait bientôt tout dévorer, et Marcus accéléra le pas. Dans la cour des femmes, il trouva les quatre chambres pillées et démantelées. Elles semblaient avoir été minées par d'immenses essaims d'insectes. Il laissait derrière lui les restes de la chambre des nazirs où les lambeaux des corps se mêlaient aux bancs brisés, quand il entendit des chants de louanges à Dieu en provenance du Portique de Salomon. Le spectacle qui s'étalait devant lui le laissa sans voix. Mille personnes au moins avaient trouvé refuge sous le portique royal, guidées par un homme vêtu d'un linceul blanc, qui les poussait à entamer des prières. L'ancien vigile identifia quelques paroles en araméen qu'il avait entendues chez Tamar et Samuel.

— *Notre Père des cieux, que ton nom soit béni et que vienne ton Royaume…*

Il eut une lueur d'espoir. Et si Gaïa était parmi eux ? Il parcourut le groupe des yeux. Mais les femmes portaient des voiles qui dissimulaient leurs visages. Alors il cria en latin.

— Gaïa ? Gaïa Cornelia, tu es là ?

Personne ne lui répondit. Il regarda alors en contrebas, et fut saisi d'épouvante : des soldats brûlaient la galerie par en dessous, condamnant le groupe entier à mourir calciné ! Il apostropha le guide spirituel et lui fit de grands signes de la main, l'incitant à faire bouger ses ouailles. Mais l'homme ne voulut rien entendre. Marcus tenta enfin de les bousculer pour leur faire regagner la Ville.

— Ah quoi bon ? lui dit un vieil homme. Nous préférons brûler ici avec la maison du Seigneur, plutôt que d'être massacrés en bas, dans des mares de sang.

Il avait raison. Descendre dans la Ville relevait effectivement du cauchemar. Le sang coulait à flots, au point que les troupes romaines durent s'y prendre à plusieurs fois pour y bouter le feu. Finalement, les flammes s'élevèrent à partir du palais de la reine Hélène, puis le long du ravin des Fromagers, jusqu'à la fontaine de Siloé. Alors Marcus se décida à partir pour de bon.

XLI

Ad nihilum

Jérusalem, calendes d'octobre 70

Installé dans la plus belle chambre de la tour Mariamne, l'une des seules qu'il n'avait pas rasées, Titus s'étirait avec délices dans un lit propre et moelleux. Il sourit. La cérémonie de récompenses qui s'était déroulée au campement ce matin avait soulevé l'enthousiasme des soldats. Après avoir demandé à ses légats de lui désigner vingt « héros » par légion, il avait promu chacun de ces hommes au rang supérieur sans lésiner sur les accolades, les couronnes, les colliers, les dons en or et en argent... tout le toutim, quoi. On lui avait même désigné Lucius Cornelius parmi les élus.

Le type avait été libéré de prison dans l'urgence, à la condition d'aller à l'assaut du Sanctuaire, et il avait, paraît-il, grandement contribué à protéger ses camarades après avoir allumé un feu meurtrier au niveau des galeries extérieures. Alors Titus avait joué le jeu. Il lui avait passé une ceinture sacerdotale autour de la taille, un truc magnifique, écarlate et incrusté de pierres précieuses, puis il lui avait offert un lourd javelot fondu dans cet or de Jérusalem que Lucius attendait depuis si longtemps. Le jeune général eut un rictus ironique. Malgré sa haute taille, Lucius n'était pas bien costaud, il n'avait même pas été fichu de porter son javelot tout seul. De toute façon l'homme ne perdait rien pour attendre… Il avait voulu les faire chanter son père et lui-même, et ça, Titus ne l'oublierait pas. Il trouverait bientôt l'occasion de se venger.

Il songea ensuite à Marcus. Avait-il réussi à sauver l'enfant qu'il tenait pour son fils ? Il n'en avait pas la moindre idée. Quelle importance, après tout ? La guerre était finie, et son écrasante victoire inscrivait solidement le règne de sa famille sur Rome et son Empire. Il poussa un soupir de satisfaction en pensant encore une fois à la richesse des trophées militaires qu'il avait pu octroyer aux combattants les plus méritants. Ensuite, on avait accompli une belle hécatombe en l'honneur de Mars et de Jupiter Capitolin. Une centaine de bœufs de Galilée immolés face à l'emplacement du Temple… C'était quelque chose. Les hommes s'étaient régalés après avoir célébré le génie de Rome et de Vespasien dans de magnifiques prières. Il ne put empêcher l'excitation de le gagner. Il avait bien entendu leurs péans spontanés qui lui donnaient le titre de « Titus César », comme s'il partageait déjà l'Empire avec son père !

Trop galvanisé pour se reposer, le jeune général se leva d'un bond vers la fenêtre et posa un regard satisfait sur les machines de traits, hélépoles, balistes, oxybèles et béliers, alignées contre ce seul pan de mur qui semblait sortir de nulle part dans la lumière du soir. Il y avait tout juste trois jours, ces mécaniques étaient venues à bout des antiques murailles de la Ville. *Quelle Ville ?* se corrigea-t-il en tendant le cou vers le bas. Jérusalem n'était plus. Il n'en restait que des collines terrassées, des murailles sapées, et des maisons éventrées. On voyait bien encore quelques constructions de-ci de-là, à la périphérie, peut-être. Mais c'en était complètement fini de tout le reste. Ville neuve, Ville basse, Ville haute, monuments, palais… Tout avait disparu. On avait détruit jusqu'aux tunnels de la Ville après l'arrestation de Yohan et de Simon Bar-Gioras, les deux chefs rebelles, qui s'étaient réfugiés sous le palais d'Hérode. Il dirigea instinctivement son attention vers le Sanctuaire, dont un unique pan de muraille à l'ouest rappelait l'existence, et pensa avec agacement aux pleurs de Bérénice sous la tente, à la veille de l'assaut final. Bien sûr, il avait fait semblant de compatir et d'écouter.

Mais il fallait être réaliste. Il avait toujours su qu'il aurait à détruire le Temple des Juifs. Ce n'était même pas un acte d'impiété, comme sa maîtresse avait voulu le lui faire croire, puisque leur divinité n'avait pas de statue. Et puis les soldats étaient trop virulents et haineux pour laisser le lieu intact. Son visage se crispa. Cette Ville et ses insurgés avaient bien failli les rendre fous, ses légions et lui-même ! Mais voilà, c'était fini. Un petit mur, trois belles tours et puis s'en vont. L'armée avait tout incendié, massacré, pillé, rasé et salé ; façon Carthage.

Au bas de la tour, des groupes de troufions continuaient de creuser la terre à la lueur des torches pour en exhumer les trésors enfouis. L'élimination du Temple était aussi une question économique. Jamais il n'aurait pu le piller sans le détruire : les Juifs se seraient opposés à tout dépouillage de leur lieu saint. Il hocha la tête, satisfait. D'ici peu, le bronze massif de la Première Porte, les talents d'argent et ce qu'il restait de l'immense grappe d'or de la Deuxième Porte, allaient être fondus et transformés en numéraire, pour finir dans les coffres de Rome. Il fallait bien réparer les frasques de Néron et payer les armées… Il s'empara du rouleau de papyrus posé sur son lit. Son père y annonçait une nouvelle loi qu'il avait fait valider par le sénat : tous les Juifs de l'Empire devraient remplacer le demi-shekel versé chaque année au Temple par un nouvel impôt en faveur de Rome, dont Vespasien avait déjà trouvé le nom : le « Fiscus Judaicus ». Titus plissa les yeux, amusé. Une chose était sûre : le paternel savait comment faire du fric !

Il jeta encore un œil sur le fantôme de la Ville, pour s'assurer qu'elle n'était plus, et songea que dorénavant, grâce à cette guerre, Jérusalem ne rendrait plus les gens fous. Plus personne, plus jamais.

On frappa à sa porte. C'était Lepidus, le légat de la Xe, qui demandait à le voir. Titus ordonna au garde de le faire entrer.

— *Ave Imperator !* le salua-t-il. Les soldats ne tarissent pas d'éloge sur la cérémonie. Ils célèbrent ton nom et celui de ton père, et…

— C'est bien, l'interrompit Titus, trop rodé aux compliments. Dis-moi plutôt comment se déroule le déménagement de tes troupes du Mont des Oliviers vers l'angle de muraille restante.

— Par Pollux, c'est pas l'espace qui manque, répondit Lepidus sur le ton de la plaisanterie, mais le bois, si. Et puis, les hommes sont lents. Encouragés par ce fou furieux de Lucius Cornelius, ils ne pensent qu'à creuser la terre pour y trouver des trésors que les habitants y auraient planqués.

— Laisse-les faire, mon ami ; je vais bientôt m'occuper de ce Lucius. Il suivra peut-être la XIIe que mon père m'a demandé d'envoyer au fin fond de la Cappadoce, ou bien la Ve et la XVe, qui s'installeront bientôt sur les bords du Danube. Seuls tes soldats vont devoir rester dans ce désert un bon moment. Alors s'ils ont envie d'aller à la chasse au trésor, fous-leur la paix pour l'instant. Ils le méritent.

Le légat acquiesça puis aborda ensuite les questions pratiques.

— Pour le butin de l'empereur, nous avons récupéré des tas d'objets du culte en bronze, argent et or massif : un candélabre impressionnant, deux tables immenses, de lourds cratères… On les fait fondre, ou tu les veux intacts ?

— Laisse-les en l'état. Le peuple de Rome a besoin d'exotisme. Il sera content de contempler les trésors du Temple.

— Nous avons aussi mis la main sur deux costumes de Grand-Prêtres, des trucs de fou, avec des pectoraux incrustés de pierres précieuses, sans compter deux immenses rideaux de pourpre et d'écarlate.

— Parfait. Donne l'ordre d'acheminer tout ça au port de Césarée. On les exhibera aussi pour le triomphe. Ça compensera l'absence de statues. Et les esclaves ?

— Fronton a regroupé les rescapés il y a dix jours dans la cour des femmes, mais comme il a lambiné pour la sélection, onze mille sont morts de faim.

— Sur combien ?

— Quarante mille environ.

— L'idiot ! s'exclama Titus. Il en reste quand même des présentables ?

— Bien sûr. On t'a gardé sept cents beaux spécimens, qui embarqueront pour Rome avec toi au printemps.

— D'accord. Dis au procurateur Julianus de penser à les nourrir au moins tous les deux jours pour leur conserver un aspect engageant. Et pour mes spectacles d'hiver ?

— Trois mille jeunes gens pour des livraisons dans tous les amphithéâtres de la région, ça te va ?

— Donne-m'en le double. Mon père et mon frère sont nés en automne : je dois bientôt célébrer leurs anniversaires.

— Soit, mais ton ami Tiberius réclame de la main-d'œuvre de son côté, pour ses travaux publics en Égypte.

— Refourgue-lui les enfants à partir de treize ans. Ils grandiront sur le trajet.

— Et les autres, on peut les vendre ?

— Bien sûr. Mais dis aux soldats de ne pas être trop gourmands. Le cours des esclaves s'est écroulé dans la région à cause de l'abondance de l'offre. C'est pareil pour l'or… Ah oui : pense aussi à récupérer quelques jeunes pour fournir les bordels. Je ne veux pas que mes hommes s'ennuient.

XLII

Les tentations de l'Orient

Antioche, troisième jour après les ides de novembre 70

Le sourire figé, Bérénice tira sur sa longue robe jaune safran et rajusta sa couronne de feuilles d'or sur son chignon à grosses boucles, avant de prendre place dans la tribune d'honneur aux côtés de Titus. Sur les gradins de l'amphithéâtre, les spectateurs excités célébraient avec une exubérance toute orientale le vainqueur de la guerre.

— Vive Titus, fils du dieu Vespasien, vainqueur de la Judée !

— Titus le Grand, roi de l'Orient !

Le jeune homme, flatté, pressa la main de sa compagne.

— J'ai l'impression qu'ils me prennent pour le nouveau Marc Antoine. Ça te dirait d'être ma Cléopâtre ?

— Ne recommence pas avec cette histoire, répliqua Bérénice. Tu ne peux pas régner sur l'Orient. Ton père t'attend à Rome, tu ne cesses de me le répéter.

Titus ne lui répondit pas. Il laissa un peu courir les louanges sur les Flaviens « faiseurs de miracles », avant de se lever pour annoncer le programme des réjouissances dans un grec impeccable.

— Chers habitants d'Antioche, je suis si heureux d'être avec vous ! Il y a un mois déjà, j'ai fêté les dix-huit ans de mon jeune frère Domitien, à Bérytos. Mais aujourd'hui, en ce troisième jour des ides de novembre, c'est en votre compagnie, Antiochiens, que je veux célébrer l'anniversaire de mon père, notre grand empereur Vespasien !

— Longue vie à Vespasien, et à son fils le dieu Titus ! hurlèrent les spectateurs.

— *Gratias !* C'est donc en l'honneur de l'empereur que je vous offre deux mille cinq cents captifs de Judée, qui combattront jusqu'à la mort pendant des jours dans…

— Fais encore un miracle, débarrasse-nous des Juifs ! hurla un spectateur.

— Les Juifs hors d'Antioche ! Les Juifs hors d'Antioche ! scanda la foule d'une même voix haineuse.

— Je ne peux pas débarrasser Antioche de tous ses Juifs, leur répondit le jeune homme en levant la paume de sa main droite. J'ai déjà détruit la Judée : ils n'ont plus où aller !

Et la foule éclata de rire, enthousiasmée par la réponse du fils de Vespasien, avant d'applaudir à tout rompre, tandis qu'une cinquantaine de jeunes gens montaient nus dans l'arène, suivis de près par des tigres et des hyènes affamées. Bérénice détourna la tête et ferma les yeux pour éviter la boucherie.

— Tu ne regardes pas ? lui murmura Titus.

— Tu sais bien que non, répondit-elle entre ses dents. Je ne suis pas friande de ces mises à mort, surtout quand il s'agit de mon peuple. Josephus, à côté de moi, est dans le même état.

— Désolé pour vous deux, articula le jeune homme. Mais je dois me montrer en bienfaiteur dans les provinces qui ont porté allégeance à mon père depuis le début. J'offre aux gens ce dont ils raffolent.

— Si tu veux être un bienfaiteur, sois un évergète : construis des Sanctuaires et des gymnases, rétorqua la reine avec amertume.

— Ton idée est bonne, ma douce, mais elle me reviendrait trop cher. Néron a ruiné l'Empire. L'avantage avec les massacres de prisonniers, c'est qu'ils sont gratuits.

Bérénice attendit patiemment la fin de la première tuerie et quitta la tribune en compagnie de l'affranchi Flavius Josephus, dont Titus avait fait son historiographe officiel. Pour l'un comme pour l'autre, il s'agissait d'échapper à la deuxième partie du spectacle, celle où on forcerait de jeunes prisonniers à combattre frère contre frère, pour mieux exciter les foules. Josephus désigna les gradins des premiers rangs à la reine. Quelques Juifs y étaient assis, l'air grave, enveloppés dans des manteaux clairs à franges. L'un d'eux apostrophait en araméen les hommes qui entraient dans l'amphithéâtre.

— Donnez vos noms, mes frères ! C'est pour vos femmes en Judée.

Bérénice comprenait la raison de leur présence à ces spectacles sanglants, condamnés par la Loi juive. Il fallait envoyer la liste de leurs noms en Judée, pour permettre à leurs éventuelles veuves de se remarier et d'avoir encore des enfants. Il fallait refonder les familles. Un million de Juifs au moins étaient morts dans cette guerre, et ça continuait avec ceux qui avaient été faits esclaves. Elle frissonna. Ce chiffre était astronomique, sidérant. Elle fit signe à Josephus, et tous deux quittèrent l'amphithéâtre avec soulagement. Ils montaient dans leur char pour regagner le palais du procurateur de Syrie, quand ils virent une dizaine de femmes en deuil se diriger vers eux. Vêtues de manteaux sombres et sordides, presque des guenilles, elles se lamentaient en araméen. La reine fit signe au cocher de ne pas démarrer tout de suite pour voir de quoi il s'agissait. Les pauvresses restèrent un temps à pleurer et à les regarder, surtout la plus âgée d'entre elles, qui fixait Bérénice d'un air étrange et inquiétant. Alors qu'elle donnait l'ordre de leur distribuer quelques pièces, la vieille lui cracha brusquement au visage.

— Laisse ! ordonna-t-elle au garde qui se précipita vers la femme pour la frapper.

La reine s'essuya le front dans un mouchoir de lin, et demanda à se mettre en route. Josephus, gêné, fixait le paysage pour éviter son regard, mais l'épisode avait déclenché quelque chose en elle, une envie de parler, de se laisser aller.

— Je mérite le crachat de cette Juive. Je me suis vendue corps et âme à Titus pour les fastes du pouvoir, et il ne m'emmènera même pas à Rome avec lui.

— Tu exagères.

— Toi aussi tu t'es vendu, poursuivit-elle avec un rire forcé, mais toi il te prendra avec lui. J'ai pitié de nous : tous les deux nous sommes devenus ses impuissantes créatures, la maîtresse et l'historiographe…

— Pour ma part, j'ai fait ce que j'ai pu, protesta Josephus. Le combat contre Rome était perdu d'avance. J'ai essayé de négocier la paix, tant que c'était possible, et j'ai sauvé le plus grand nombre de prisonniers que j'ai pu.

— Tu estimes avoir été utile ? fit-elle la voix tremblante. Moi, je me rends compte que je me suis offerte pour rien. Je n'ai pu rien sauver, ni Jérusalem, ni ses habitants, ni ma propre dignité... rien. Pas même un enfant et sa mère.

Flavius Josephus baissa les yeux et continua en murmurant.

— Pendant les combats, j'ai pris des notes. Je suis en train d'écrire notre histoire, et le récit de cette guerre, pour qu'on s'en souvienne.

— Le récit de la guerre des Juifs ? En grec ou en araméen ?

— En araméen d'abord, et j'aimerais le traduire en grec ensuite. L'empereur est d'accord.

— Tu ne pourras donc pas dire toute la vérité. Vespasien et Titus exigeront une version à la gloire de Rome et des Flaviens.

XLIII

Triomphe

Rome, ides de juin 71,
la deuxième année du règne de Vespasien

L'empereur Vespasien ne se lassait pas de regarder son fils assoupi sur le lit voisin du sien, juste aux pieds de la déesse Isis. Décidément, il le trouvait d'une grande beauté. Titus commençait à peine à perdre ses cheveux, et d'élégantes boucles auburn encadraient encore sa face virile. Le sommeil donnait à ses traits un air apaisé, bien différent de ce visage soucieux qu'il lui avait trouvé quand il était venu à sa rencontre quinze jours auparavant dans le port d'Ostie. Comme convenu, il n'était pas accompagné de l'ambitieuse Bérénice. L'empereur sourit en se remémorant les paroles qu'avait prononcées le jeune homme quand il l'avait retrouvé : « Me voilà mon père, me voilà », avait-il répété, respectueux. Vespasien hocha la tête, satisfait. Jamais, malgré toutes les médisances qui circulaient, il n'avait douté que son fils viendrait le rejoindre à Rome dès que la mer le permettrait. Titus l'avait toujours servi, en bon garçon, pieux et loyal. Ce n'était pas un Marc Antoine.

Il n'avait pas d'ambitions de séparatisme, contrairement à ce qu'avaient voulu lui faire accroire les mauvaises langues, comme ce Lucius Cornelius à qui il avait eu la faiblesse d'accorder une audience ces jours derniers, alors qu'il était censé rejoindre les légions du Danube. Le gars en avait profité pour médire sur le couple de Titus et Bérénice, et sur leur soi-disant désir de royauté orientale, qu'il déduisait des nombreux spectacles offerts par eux un peu partout dans la région. Vespasien chassa une mouche qui s'acharnait sur son visage avec un geste agacé. Décidément, ce Lucius ne lui plaisait pas ; c'était un fourbe qui semblait jubiler des dissensions privées et qui voulait s'en nourrir. Il faudrait s'en débarrasser. Il y penserait sans faute après le défilé familial de ce matin… Le vieil empereur se leva d'un bond et étira ses muscles endoloris. Pour faire taire les ragots, autant que pour des raisons économiques, il avait souhaité célébrer un seul et même triomphe en compagnie de Titus. On fêterait ainsi la victoire sur les Juifs, le retour de la concorde entre les citoyens à Rome, et la nouvelle dynastie des Flaviens.

Il considéra en souriant l'immense statue d'Isis qui veillait sur eux à la lumière des torches. Cette idée qu'il avait eue d'incuber toute la nuit dans le sanctuaire de la déesse était excellente. D'autant que l'Égypte, première province à lui avoir prêté allégeance, lui avait porté chance dès le début de son aventure. Son grand ami le procurateur Tiberius y était pour beaucoup. L'homme était roué : il lui avait proposé toutes sortes de mises en scène religieuses, à Alexandrie et ailleurs. D'abord un oracle du dieu Sérapis l'avait présenté lui, Vespasien, comme le maître du monde. Ensuite Tiberius lui avait fait accomplir des guérisons miraculeuses en public, sur le parvis des édifices religieux, par la salive et l'imposition des mains.

Vespasien avait d'abord refusé de se soumettre à ce genre de mises en scène bizarres, mais il fallait reconnaître que tout ce folklore avait beaucoup plu à la population, armées comprises. Le nouvel empereur s'en amusait. Voilà qu'il était devenu un prince thaumaturge, un faiseur de miracles censé avoir redonné la vue à un aveugle, fait marcher un paralytique, et guéri je ne sais quelle maladie de peau. Il haussa les épaules. Pourquoi pas, après tout ? Partout dans l'Empire, le peuple raffolait de ce genre de salades orientales. À Rome même, le culte d'Isis qu'on avait combattu sous la République avait atteint à présent une popularité inégalée. Alors, autant se placer sous le patronage de la déesse égyptienne, puisque sa propre famille ne pouvait pas s'inscrire sous la filiation d'une divinité romaine. Isis était d'autant plus nécessaire que les Flaviens n'avaient atteint que très récemment la classe équestre, et qu'ils ne possédaient même pas de portraits d'ancêtres, contrairement à leurs prédécesseurs julio-claudiens.

Quelques rayons échappés des ouvertures du toit vinrent éclairer le visage de Titus, et Vespasien y vit un signe favorable. L'aurore se levait. Déjà des prétoriens s'avançaient pour leur apporter leurs toges pourpres et leurs couronnes de triomphateurs. Il tapa énergiquement sur la joue droite de son fils pour le réveiller.

— Va faire tes ablutions à la fontaine de la Pigna, dans la cour. La cérémonie va commencer.

Titus sursauta et posa sur son père un regard égaré. Puis il se leva et emprunta la longue allée bordée de sphinx et d'obélisques en granit et rejoignit l'énorme fontaine de bronze en forme de pomme de pin, dont il préleva l'eau transparente pour se rafraîchir. Il entendit des murmures tout proches, et leva la tête vers le temple de Sérapis situé juste en face. Le public s'était agglutiné sur le parvis, impatient de voir les nouveaux maîtres de Rome sortir de la maison d'Isis.

Les deux hommes revêtirent ensuite toges et couronnes, et marchèrent d'un même pas énergique vers le sud, jusqu'au portique d'Octavie, où une tribune en marbre les attendait. Ils s'y assirent et saluèrent les membres du sénat, avant de se faire acclamer par les trois différentes cohortes de la Ville. On sentait l'enthousiasme et l'admiration des armées de Rome. Prétoriens, gardes urbains, vigiles et soldats d'élite ne tarissaient pas d'éloges à leur sujet. Vespasien était satisfait de lui-même : ça valait le coup d'avoir renfloué quelques sénateurs, et d'avoir été généreux avec le donativum, en doublant la prime des cohortes au moment de sa prise de pouvoir. Il récoltait maintenant les fruits de son investissement.

— Vivent les vainqueurs de Judée !

— Vivent les Flaviens, les empereurs divins !

Les deux Césars firent taire les acclamations et se couvrirent la tête d'un pan de leur toge avant de prier les dieux Mars, Jupiter et Quirinus. Puis, Vespasien envoya ses soldats se restaurer, tandis qu'il se dirigeait avec son fils vers la Porta Triumphalis pour initier le défilé qui les mènerait de monument en monument, depuis le Palatin et le Forum vers l'ultime sanctuaire de Jupiter Capitolin. Alors qu'ils revêtaient leurs armures de triomphateurs, Domitien les avait rejoints sur un sublime coursier blanc. Il était magnifiquement vêtu et accrochait tous les regards. Le vieil empereur accueillit son plus jeune fils d'un œil sévère. Sa cuirasse brillante et ses jambières m'as-tu-vu lui rappelaient Néron. Agacé, il fit brusquement signe à Titus de chevaucher derrière lui en compagnie de son frère, tandis que le cortège triomphal se déployait devant eux. Même s'il s'attendait à un surcroît de magnificence, le nouvel empereur fut impressionné : l'abondance et la variété des animaux, des esclaves et des objets étaient largement au-dessus de ses attentes. À son habitude, il évalua la dépense. Les organisateurs du défilé avaient été payés à crédit, comme les marchands de fauves et les artistes peintres, mais compte tenu de l'incroyable butin qu'on avait récupéré dans le Sanctuaire de Jérusalem, les caisses de l'État seraient largement renflouées. Et puis Titus avait eu la bonne idée de recycler les machines de guerre en tours mobiles pour exposer les panneaux en bois qui racontaient leurs exploits. Vespasien jeta un œil aux immenses scènes colorées qui représentaient les épisodes les plus meurtriers de la guerre, et se retourna vers son fils aîné, pouce levé, pour lui marquer son approbation. Il ordonna enfin au cortège de se mettre en marche.

— Milites !

Les rues débordaient de gens en liesse qui témoignaient leur affection et leur admiration. Son règne s'annonçait sous les meilleurs auspices : on pouvait y aller.

Plus loin, entre Aventin et Palatin, Lucius Cornelius profitait du spectacle depuis les gradins du Circus Maximus. Il ne s'était pas vu octroyer le droit de défiler avec les armées régulières. Qu'importe, ici il était très bien placé. Sa femme, Licinia, assise à ses côtés, ne lui lâchait pas la main. Grisée par cette débauche de tableaux et de butin de guerre, elle lui montrait du doigt tantôt un artefact en or, tantôt une étoffe précieuse, tantôt un jeune esclave d'une étonnante beauté. Lucius glissa une main au bas de son dos, et elle le laissa faire, docile. Son visage se fendit d'un sourire amusé. Exit, le divorce et tout le bazar. Quand il avait débarqué avec ses sept talents d'or, sa situation s'était arrangée sur-le-champ. Il avait réglé les usuriers, sa mère avait cessé de louer ses chambres à des putes de luxe, et Licinia avait rappliqué dans la maison du Palatin, plus aimable qu'elle ne l'avait jamais été. Il soupira d'aise. L'argent était vraiment la meilleure solution aux problèmes conjugaux.

— Amor, tu ne crois pas qu'on devrait s'offrir un bel esclave de Judée ? Il paraît que c'est la dernière mode en ce moment dans les dîners.

Lucius ne répondit pas. Il pensait au jeune Alexander, et à sa flamboyante beauté. S'il s'était empêché de le toucher, ce n'était pas parce qu'il était le fils de sa sœur, mais le fils de Néron. Il avait voulu garder à l'enfant toute sa valeur en tant que successeur du prince. Maintenant il regrettait. Il aurait dû jouir de ce rouquin, s'amuser avec lui encore et encore, puisque Marcus avait fini par le reprendre.

Il enserra plus fort la main de Licinia qui la lui retira, interrogative. Il s'excusa d'un mot avant de replonger dans sa rumination. Tout ça, c'était la faute de ce faux jeton de Titus qui l'avait fait mettre aux fers la veille de l'assaut du Sanctuaire pour une vulgaire histoire de ventres ouverts… Et pendant ce temps, Marcus était tombé sur Alexander, comme par hasard, lui qui ne mettait jamais les pieds dans le campement du Mont des Oliviers. Il écarta les genoux pour cracher au pied de son siège. Son frère ennemi était vraiment un Juif, une femmelette ! Aller récupérer un gosse qui n'était même pas le sien ! Quel intérêt ? Franchement, par Hadès ! Plût aux dieux qu'ils soient tous morts, lui, Gaïa et l'enfant ! Pourvu que cette improbable famille ait crevé dans l'incendie de Jérusalem ! Il se mit alors à trembler de colère. De toute façon, il allait se venger. Sur Titus d'abord, parce qu'il l'avait trahi et qu'il avait voulu l'empêcher de se bâfrer au moment de la prise du Temple. Heureusement que l'armée avait eu besoin de tout le monde pour détruire la Ville, et que l'ordre fut donné de le libérer. Il avait alors dérobé ce qu'il avait pu dans l'enceinte du Sanctuaire. Ce costume de Grand Prêtre, surtout, avec son pectoral serti de douze énormes pierres précieuses l'avait incroyablement enrichi. Il s'était aussi illustré en boutant le feu par le bas au Portique de Salomon, alors que des milliers de fidèles y priaient dans l'attente d'un miracle. Son incendie avait accéléré la victoire : il avait si bien dégagé le terrain que le fils de Vespasien avait dû le remercier dans une cérémonie publique. Mais quand bien même… Titus l'avait trahi. Les idées de vengeance ne lui manquaient pas : il avait déjà commencé à le dénigrer aux yeux de son père en lui rapportant son attitude impériale à Antioche et à Alexandrie avec cette dinde de Bérénice.

— Regarde, Lucius ! L'empereur et ses fils !

Invité par sa femme qui lançait des pétales de rose en direction du cortège, il fixa les trois hommes qui s'avançaient sur leurs montures respectives. Vespasien d'abord, sur son cheval blanc et gris. Même avec une couronne de lauriers posée sur son crâne chauve, il avait l'air de ce qu'il était : un plouc de guerrier rustique aux origines plébéiennes. Titus suivait avec son jeune frère Domitien qui montait un coursier blanc et racé. Avec son port de tête et sa tenue rutilante, il fallait reconnaître que le dernier des Flaviens avait de l'allure ; il lui fit penser à Néron. Le regard de Lucius alors s'anima d'une lueur étrange. Les jeunes gens sont facilement manipulables. Il ne faudrait pas négliger ce Domitien dans ses plans. Licinia lui posa une main sur la cuisse. Il sursauta.

— Tu es toujours dans tes pensées ? Viens, remontons vers le Forum pour profiter encore du spectacle !

XLIV

Roma resurgens

Rome, ides de juin 71, aux alentours de midi

À l'autre bout du trajet, Alcibiades s'était installé sur la plus haute marche du Sanctuaire de Jupiter Capitolin, et contemplait, appuyé sur sa canne, l'interminable pompe qui remontait la voie sacrée. Il n'avait encore jamais assisté à un tel événement. Néron avait bien défilé en triomphateur il y avait une dizaine d'années, reprenant à son compte la pseudo-victoire contre les Parthes de son général vedette Corbulon. Mais le déferlement d'aujourd'hui, au milieu des étendards des légions, avec ces quantités d'or, de bronze, d'argent et de pourpre, ces objets massifs, ces animaux et ces esclaves exotiques, était hors norme. Alcibiades voyait passer les énormes panneaux colorés sur lesquels étaient peints les massacres. On les avait fixés à de grandes tours roulantes, pour que tous les spectateurs puissent les suivre de loin. Le vieux Grec eut l'impression d'avoir de la fièvre, tant il était emporté par la violence des scènes qui s'y déployaient.

Il vit d'abord des tableaux représentant les quatre légions romaines avec leurs étendards et leurs enseignes qui débarquaient dans un port étranger entouré de bâtiments et de statues colorées. Puis les peintures dévoilaient les villes ennemies assiégées avec leurs murailles percées, et leurs habitants blessés qui se jetaient, désespérés, du haut de leurs remparts. À la suite, venaient des fleuves et des lacs saturés de cadavres, qui traversaient plusieurs régions et se transformaient en rivières de feu et de sang, et Alcibiades ressentit une grande tristesse. Marcus lui avait dit dans une lettre que cette guerre avait fait un nombre inouï de victimes, peut-être même un million. À voir l'horreur dépeinte sur ces tableaux, ce n'était pas difficile à croire. Bientôt, le vieux médecin vit arriver le clou du spectacle sur le Capitole : Jérusalem, représentée sur des panneaux encore plus imposants, enluminés à la poussière d'or et d'argent. La capitale des Juifs apparaissait d'abord éblouissante de beauté, avec son immense Temple de lumière, protégé par de hautes murailles. Mais au fur et à mesure que les scènes se succédaient, les murailles s'ébréchaient, les gens mouraient, crucifiés, décimés par le fer et par la faim. Il remarqua un énorme cadre entièrement rouge, témoin de la quantité de sang inhabituelle que les armées avaient répandue. On voyait ensuite la population, hommes, femmes, enfants, passée au fil de l'épée ou réduite en esclavage. Le dernier cadre enfin illustrait l'incendie du Temple : des flammes rouges et noires, en forme de langues monstrueuses, s'échappaient de l'édifice, d'où une espèce de *daimôn* ailé, peut-être le dieu des Juifs, semblait se retirer.

Alcibiades baissa la tête, saturé d'images. Pourtant le cortège triomphal n'en était qu'à la moitié de ce qu'il avait à montrer. Le butin de guerre arrivait. Deux voiles impressionnants tissés de pourpre, d'au moins quarante coudées de long et vingt de large, défilèrent ensuite, déployés par deux groupes de quinze soldats. Émerveillé par leur grandeur et la complexité de leur facture, le médecin leur trouva cependant une couleur étrange, surnaturelle, qui le fit penser à une chair tuméfiée. L'armée offrait ensuite aux regards des centaines d'objets de culte, couteaux sacrificiels, pelles en argent, paniers en or, réceptacles aux formes variées parmi lesquels un incommensurable vase en bronze qui fit l'admiration de tous. Venaient tout de suite après deux immenses tables, l'une en argent, l'autre en or massif. On aurait dit qu'elles avaient appartenu à des géants. Mais, entre toutes ces merveilles, l'attention de la foule fut retenue par le magnifique chandelier à sept branches qui brillait de mille feux sous le soleil de midi. Il avait bien fallu cinq hommes pour le supporter. Certains dans l'assistance commencèrent à soutenir que Poséidon était le vrai dieu des Juifs, parce que l'objet leur rappelait un trident.

De beaux esclaves plaintifs fermaient le cortège au milieu des clameurs et des sons des trompettes. Autant de visages douloureux, de corps frissonnants malgré la chaleur, artificiellement colorés par cette préparation à base de baies rouges censées leur donner une apparence de santé et dissimuler leurs souffrances. Le vieux médecin imagina quelles épreuves ses amis avaient endurées. Marcus lui avait dit dans une lettre qu'il se trouvait en sécurité avec Alexander dans une petite bourgade située à trois cents stades de Jérusalem, mais qu'il était sans nouvelles de Gaïa. Le cœur d'Alcibiades se serra. Il y avait toutes les chances qu'elle ait perdu la vie dans le siège de la Ville.

Il pensa aux précautions qu'il avait prises, cinq ans auparavant, pour la faire sortir saine et sauve de Rome, à la mise en scène de la peste, au sarcophage de plomb. Tout ça pour ça ? Quelle tristesse ! Il tâcha alors de porter son attention sur cette famille flavienne, ce nouvel empereur qui arrivait avec ses deux fils, promesse d'une Rome apaisée après une terrible guerre de succession. Derrière lui, des gens se mirent à chuchoter et à donner leur avis sur les deux frères.

— Titus a beaucoup tardé après la guerre pour rejoindre son père...

— Il avait très envie de rester en Orient avec cette reine barbare, Bérénice.

— Eh ! Vous avez vu la tenue flamboyante de Domitien ? Ma parole, il éclipse les deux autres...

— Non mais pour qui il se prend ce jeune coq ?

Une trompette sonna. Les trois hommes descendirent de cheval et regardèrent dans un même mouvement en direction de la prison. Simon Bar-Gioras, le chef ennemi, était étranglé sur l'escalier des Gémonies. Quand on annonça enfin sa mort, toute l'assistance poussa des cris de joie, acclamant en même temps les trois hommes du nom de « Césars ». Alors Vespasien fit signe aux flamines d'apporter les bêtes, truies, brebis et génisses, que les vestales avaient préparées pour l'immolation. Chacun des trois princes sacrifia tour à tour aux divinités capitolines, Jupiter, Junon et Minerve, dans l'allégresse générale. L'empereur leva ensuite la main droite pour réclamer le silence. Il annonça dans une langue simple aux accents populaires, l'édification d'un grand Temple de la Paix sur le Forum, dans lequel on déposerait l'or de Jérusalem et tous ses trésors. De telles paroles furent reçues avec allégresse. Tout le monde réalisait que la Ville avait retrouvé concorde et prospérité.

— Rome renaît de ses cendres, telle un phénix ! cria quelqu'un dans la foule.

— *Roma resurgens ! Roma resurgens !* lui répondit un autre.

Ce dernier slogan, qui célébrait la renaissance de Rome après la folie de Néron et les guerres civiles, fut répété à l'envi, pendant qu'on distribuait du pain et de la viande sur le parvis du temple. Le vieux médecin, gêné par l'intensité croissante, presque agressive des acclamations, prit appui sur sa canne pour quitter le Capitole. Oui, la victoire sur la Judée et le principat de Vespasien marquaient bien une ère nouvelle. Il observa un groupe de jeunes sénateurs aux cheveux longs qui redescendaient bruyament vers la Curie, et se sentit en profond décalage avec eux. Les choses avaient changé, sa vie à lui aussi. Il ne connaissait presque plus personne à Rome, et Marcus ne reviendrait jamais. Peut-être devrait-il retourner à Éleusis, sa ville natale, pour y terminer sa vie ?

Il avait fini par atteindre le Champ de Mars qui débordait d'agitation. Des fidèles se regroupaient sur le parvis du temple d'Isis parce que Vespasien et Titus, grands adorateurs de la déesse, y avaient passé la nuit. Les gens ne cessaient de se bousculer et de s'insulter pour acheter des ex-voto et s'allonger quelques secondes sur les lits utilisés par les « Césars ». D'autres se dirigeaient vers la galerie marchande des Saepta Julia qui croulait sous le butin et les esclaves de Judée. Il tendit l'oreille. On y parlait un curieux mélange de grec et d'un dialecte oriental. Des judaïsants mal habillés étaient venus du Trastevere avec leurs maigres économies pour racheter la liberté de leurs coreligionnaires réduits en esclavage. Alcibiades éprouva soudain lui aussi le désir d'aider ces malheureux. Moyennant finance, il pourrait en affranchir quelques-uns. Il fouilla alors dans sa ceinture et en retira les sesterces de bronze qu'il avait reçus pour son dernier solde. Certaines pièces récemment frappées portaient déjà la mention de la victoire des Flaviens. Vespasien y était représenté sous un profil réaliste et peu flatteur. Mais quand on retournait le sesterce, on pouvait voir une femme prostrée assise en pleurs au pied d'un palmier, tandis qu'un Romain en armes et en majesté se tenait debout derrière elle, le pied sur une sphère qui représentait un crâne. Cette illustration était légendée par la formule « Judaea Capta », « la Judée soumise, annexée ». Le vieil homme soupira en se promenant le long des cages, frappé par le mauvais état des prisonniers, qui ressemblaient tous à cette femme prostrée. Soudain il entendit prononcer son nom.

— Alcibiades…

Il identifia la chevelure blonde et les traits familiers. Par Asclépios, c'était bien elle ! Il l'avait reconnue, malgré sa tunique sale et son visage émacié.

Épilogue

L'or de Jérusalem

Route de Jérusalem à Yavné, hiver 72

Gaïa écarquilla les yeux en découvrant un espace vide à la place de Jérusalem.

— J'habitais ici il y a quelques mois, répétait-elle comme pour s'en persuader elle-même.

Alcibiades considéra le paysage de désolation qu'ils étaient en train de traverser : on n'y voyait que trois hautes tours juchées sur une colline, lesquelles faisaient face à une deuxième colline, presque inhabitée. Entre les deux, un campement militaire se déployait le long d'un pan de mur qui formait un angle droit, abritant des enclos à bétail, et un marché découvert. L'ensemble ressemblait à une fourmilière posée sur un tas de terre. On voyait s'activer au loin d'innombrables et minuscules individus seuls ou par petits groupes, qui ne cessaient d'en parcourir les ruines et de creuser le sol pour en exhumer les trésors cachés, comme autant d'insectes rampants à la recherche de nourriture. Il remarqua l'immense fatigue de Gaïa en face de lui, qui réprimait une série de bâillements, en proie à un endormissement subit. Le vieux médecin reconnut les symptômes d'un état de choc.

C'était elle qui avait demandé à faire ce détour pour voir ce qu'il restait de Jérusalem. Mais le constat était tellement insoutenable que son esprit s'était plongé dans une sorte de léthargie protectrice. Alcibiades lui étreignit légèrement l'épaule, autant pour la réveiller que pour lui manifester son affection. Son amie ouvrit les yeux, gagnée par les larmes.

— Cette Ville était d'or, de bronze et de lumière... Son Temple irradiait sous le soleil, comme une montagne enneigée. J'ai passé des jours entiers là-bas, à prier au Sanctuaire pour mon fils, confia-t-elle, le regard dans le vague.

L'attelage se dirigea vers la gauche et suivit un étroit chemin de terre le long d'un cours d'eau. Alcibiades aida la jeune femme qui voulait s'allonger sur la banquette et déploya sur elle une couverture supplémentaire. Il s'intéressa ensuite aux villages misérables nichés au creux des collines de Judée. Des enfants en guenilles jouaient entre des pièces de linge étendues sur de rares arbustes, devant des maisons délabrées, tandis que les hommes, vêtus de longues tuniques claires, priaient à genoux en direction du Sanctuaire disparu. Dans ce paysage dévasté, certains hameaux lui semblèrent plus récents et mieux structurés. Il en repéra un où les habitations étaient disposées en forme de croix. Des individus massifs, coiffés de chapeaux de paille et revêtus de vêtements très courts, travaillaient leurs lopins de terre. Sûrement des vétérans des légions. Le vieil homme poussa un soupir résigné. C'était la « Pax Romana ». Après avoir semé la désolation dans la région, des légionnaires à la retraite y goûtaient le repos des guerriers.

Au bout de soixante stades environ, Yavné leur apparut à travers les vignes et les oliviers, de part et d'autre de la rivière. Gaïa et Alcibiades franchirent la porte de la ville et se retrouvèrent rapidement dans les écuries d'une sorte de relais taverne. En quittant l'attelage, le médecin découvrit une cité surpeuplée. Certaines constructions de fortune se situaient même hors les murs, parce qu'il avait fallu accueillir nombre de réfugiés, parmi lesquels celui qu'ils recherchaient, un certain Yohanan ben Zakkaï, un maître de la Loi, rescapé de Jérusalem. Quand ils prononcèrent son nom, les habitants leur indiquèrent respectueusement la direction de sa maison d'étude. Alcibiades prit Gaïa par les épaules. Il leur fallut marcher sur une dizaine de stades dans la nuit tombante, jusqu'à une bâtisse de pierre rose, et les étoiles brillaient déjà dans le ciel noir quand ils atteignirent leur destination. Une femme entre deux âges vint leur ouvrir la porte et désigna une petite cour éclairée par des torches murales. Là, ils trouvèrent le rabbi en question, un homme pâle et affable, qui devisait parmi des jeunes gens assis en cercle autour de lui. Son ombre voûtée se profilait sur le mur du fond, fluctuante et agrandie.

— Soyez les bienvenus, leur lança-t-il en grec quand il remarqua leur présence. Vous cherchez quelqu'un ?

— Marcus Alexander et son fils, répondit Gaïa le cœur battant. Le père a les yeux vairons… Ils sont bien chez vous ?

— Voici déjà son fils, indiqua ben Zakkaï, en désignant un bel enfant de dix ans, aux cheveux longs, flamboyants. C'est mon meilleur élève, une lumière, ajouta-t-il fièrement.

— C'est mon fils… c'est mon fils, Alexander, répondit Gaïa en pleurant.

— I… ici on l'ap… l'appelle « Méir », ça veut di… dire « celui qui apporte la lumière », murmura quelqu'un juste derrière elle.

Gaïa se retourna et se jeta spontanément dans les bras de Marcus.

Elle venait de retrouver tout l'or de Jérusalem.

Remerciements

Marie-Pierre Vaniche et Caroline Didi pour leur amitié et leur lecture.

Olivier Munnich, grand érudit, pour les tuyaux et les conseils.

Alix Penent et Cassandra Lother, mes précieuses éditrices.

Sandrine et Marc Bourgeois, ainsi que Nadine Fournier-Raimbault, pour leur hospitalité.

Nathan, Gabriel.

Pierre.

Quelques mots

Une violente rupture anthropologique est venue fracturer l'écriture de ce roman, qui fut achevé après des mois de sidération devant l'innommable une fois encore advenu pour Israël.

Un roman historique s'inscrit dans son contexte d'écriture, et *L'Or de Jérusalem* ne fait pas exception.

Je pense à cet homme, Yohanan ben Zakkaï, ce rabbi qui a fait le choix de la vie et la lumière. Puisse cette lumière éclairer les ténèbres de notre époque, et nous donner l'espoir.

« Il ne s'est toujours pas éteint cet espoir en nous,
Un espoir vieux de deux mille ans
D'être un peuple libre sur notre terre,
La terre de Sion et de Jérusalem. »

Hatikvah

NORD COMPO
multimédia

Composition et mise en pages
Nord Compo à Villeneuve-d'Ascq

CET OUVRAGE
A ÉTÉ ACHEVÉ D'IMPRIMER
SUR ROTO-PAGE
PAR L'IMPRIMERIE FLOCH
À MAYENNE EN DÉCEMBRE 2024

N° d'édition : 564681-0. N° d'impression : 106078
Dépôt légal : janvier 2025
Imprimé en France